海豹三叉戟
THE TRIDENT

王牌海豹指挥官的成长回忆

〔美〕杰森·雷德曼（Jason Redman） 约翰·布鲁宁（John Bruning） 著
于至堂 蒋硕 张敬 译

重庆出版集团 重庆出版社

THE TRIDENT: The Forging and Reforging of a Navy Seal Leader
Copyright © 2013 by Jason Redman & John Bruning
Published by arrangement with William Morrow, an imprint of HarperCollins Publishers.
Simplified Chinese translation rights © 2017 by Chongqing Publishing House
All rights reserved.

版贸核渝字（2014）第245号

图书在版编目（CIP）数据

海豹三叉戟 /（美）杰森·雷德曼（Jason Redman），（美）约翰·布鲁宁（John Bruning）著；于至堂,蒋硕,张敬译. — 重庆：重庆出版社，2018.12
书名原文：THE TRIDENT
ISBN 978-7-229-13373-3

Ⅰ.①海… Ⅱ.①杰… ②约… ③于… ④蒋… ⑤张… Ⅲ.①回忆录－美国－现代 Ⅳ.①I712.55

中国版本图书馆CIP数据核字(2018)第160855号

海豹三叉戟
THE TRIDENT

〔美〕杰森·雷德曼（Jason Redman） 约翰·布鲁宁（John Bruning） 著
于至堂 蒋硕 张敬 译

责任编辑：连 果 赵光明
责任校对：刘小燕
书籍设计：博引传媒

重庆出版集团 出版
重庆出版社

重庆市南岸区南滨路162号1幢 邮政编码：400061 http://www.cqph.com
重庆长虹印务有限公司印制
重庆出版集团图书发行有限公司发行
E-MAIL:fxchu@cqph.com 邮购电话：023-61520646
重庆出版社天猫旗舰店
cqcbs.tmall.com
全国新华书店经销

开本：710mm×1000mm 1/16 印张：19.75 字数：270千
2018年12月第1版 2018年12月第1版第1次印刷
ISBN 978-7-229-13373-3
定价：56.00元

如有印装质量问题，请向本集团图书发行有限公司调换：023-61520678

版权所有 侵权必究

发行评语
Advance Praise for *THE TRIDENT*

作为一名海豹突击队员，我倍感荣幸能与美国军队中一些最好的战士和领导者并肩战斗。杰森·雷德曼谦逊而直接地记录了他的旅程……非常出色。他的生活更是"永不退缩"精神的缩影。

——马库斯·鲁特埃勒（Marcus Luttrell），
《纽约时报》畅销书《孤独的幸存者》（*Lone Survivor*）作者

《海豹三叉戟》是一个引人入胜、坦诚且直抵人心的故事。故事记录了一个战士的生死之旅。这是一本优秀的回忆录。

——肖恩·帕内尔（Sean Parnell），
《纽约时报》畅销书《亡命排》（*Outlaw Platoon*）作者

这是一本有抱负的领导者都应该读的书。军人和平民，心怦怦直跳地走上战场，激发人心的是战士的勇气和不屈不挠的无畏精神。那种坚韧不仅来自自身，还包括他们的家人。

——埃里克·布雷姆（Eric Blehm），
《纽约时报》畅销书《无所畏惧》（*Fearless*）作者

这个故事不仅是一位海豹指挥官在伊拉克战场的故事,还是一位海豹突击队员同他自己的战争,并取得了最终的胜利。我相信,他的故事会激励读者,正如它一直激励着我一样。

——罗伯特·M.盖茨(Robert M. Gates),美国前国防部长

雷德曼没有任何隐藏……只是一种炽烈的个人记录,这样的记录能向我们表明他以及上千位像他那样的人所经受的,并且会继续经受的战斗。

——拉里·邦德(Larry Bond),
《纽约时报》畅销书《逃脱计划》(*Exit Plan*)作者

《海豹三叉戟》是一部美国战士的编年史,它坦诚、引人注目,且鼓舞人心。

——《华盛顿时报》(*Washington Times*)

《海豹三叉戟》不仅详述了悲剧性的战争伤害以及艰难的康复之路。它还是一个发自内心的故事,一位海豹突击队队员寻求成为一名更出色、更聪明、更谦虚的队友和家中的顶梁柱的故事。强烈推荐。

——埃里克·奥尔森(Eric Olson),
美国海军上将,前美国海豹突击队队员,美国特种部队前指挥官

　　美国海豹三叉戟（徽章）出现在本书，得到了美国海豹突击队有关部门的许可。尽管海豹突击队有关部门出于安全考虑对该书内容进行了审阅，但书中所呈现的所有观点均为作者个人，并不代表美国海豹突击队、美国国防部、美国政府或其他任何部门。

This book is dedicated to my wife and
kids
Their love brought me home

谨以此书献给我的妻子和孩子们，
他们的爱带我回家。

本书也献给那些勇士们，那些男人和女人们。

他们愿意走出城墙并杀死毒龙……

他们愿意一次又一次深入虎穴……

他们中有些人无法归来，特别是我的那些海军特战部队的兄弟，他们在9·11事件后响应号召奔赴前线，最终永远地离开了我们。

姓名	阵亡地	阵亡时间
（海豹）杰里·波普（Jerry Pope）	也门	2002
（海豹）马修·J. 布儒瓦（Matthew J. Bourgeois）	阿富汗	2002
（海豹）尼尔·C. 罗伯茨（Neil C. Roberts）	阿富汗	2002
指挥员（海豹）皮特·G. 奥斯瓦德（Peter G. Oswald）	萨尔多瓦	2002
（海豹）大卫·M. 塔珀（David M. Tappe）	阿富汗	2003
（海豹）马里奥·梅斯塔斯（Mario Maestas）	训练中	2003
（海豹）托马斯·E. 雷策（Thomas E. Retzer）	阿富汗	2003
（海豹）布莱恩·伍列特（Brian Ouellette）	阿富汗	2004
（特战快艇）罗伯特·P. 维特尔（Robert P. Vetter）	训练中	2004
（海豹）西奥多·D. 菲茨亨利（Theodore D. Fitzhenry）	训练中	2004
（海豹）迈克尔·P. 墨菲（Michael P. Murphy）	阿富汗	2005
（海豹）丹尼·P. 迪茨（Danny P. Dietz）	阿富汗	2005
（海豹）马修·G. 阿克塞尔森（Matthew G. Axelson）	阿富汗	2005
（海豹）丹尼尔·R. 希利（Daniel R. Healy）	阿富汗	2005
（海豹）詹姆斯·苏（James Suh）	阿富汗	2005
（海豹）谢恩·巴顿（Shane Patton）	阿富汗	2005
（海豹）埃里克·S. 克里斯滕森（Erik S. Kristensen）	阿富汗	2005
（海豹）迈克尔·M. 麦克格里维（Michael M. McGreevy）	阿富汗	2005
（海豹）雅克·J. 丰坦（Jacques J. Fontan）	阿富汗	2005

（海豹）杰弗里·S. 泰勒（Jeffrey S. Taylor）··············阿富汗··········2005

（海豹）杰弗里·A. 卢卡斯（Jeffrey A. Lucas）··············阿富汗··········2005

（海豹）马克·A. 李（Marc A. Lee）··············伊拉克··········2006

（海豹）迈克尔·A. 蒙苏尔（Michael A. Monsoor）··············伊拉克··········2006

弗雷迪·波特（Freddie Porter）··············训练中··········2007

约瑟夫·C. 施威德勒（Joseph C. Schwedler）··············伊拉克··········2007

詹森·D. 路易斯（Jason D. Lewis）··············伊拉克··········2007

罗伯特·R. 麦吉尔（Robert R. McRill）··············伊拉克··········2007

史蒂文·P. 多尔蒂（Steven P. Daugherty）··············伊拉克··········2007

马克·T. 卡特（Mark T. Carter）··············伊拉克··········2007

詹森·R. 弗赖瓦尔德（Jason R. Freiwald）··············阿富汗··········2008

约翰·W. 马库姆（John W. Marcum）··············阿富汗··········2008

约书亚·T. 哈里斯（Joshua T. Harris）··············阿富汗··········2008

托马斯·J. 瓦伦丁（Thomas J. Valentine）··············训练中··········2008

兰斯·M. 瓦卡洛（Lance M. Vaccaro）··············训练中··········2008

夏普尔·加纳（Shapoor Ghane）··············训练中··········2008

路易斯·萨夫让特（Luis Souffront）··············伊拉克··········2008

迈克尔·科赫（Michael Koch）··············伊拉克··········2008

南森·哈迪（Nathan Hardy）··············伊拉克··········2008

安德鲁·J. 莱特纳（Andrew J. Lightner）··············训练中··········2009

埃里克·F. 谢伦伯格（Eric F. Shellenberger）··············训练中··········2009

赖安·乔布（Ryan Job）··············伤在伊拉克···2006

··············美国··········2009

泰勒·J. 特拉汉（Tyler J. Trahan）··············伊拉克··········2009

布兰登·J. 鲁尼（Brendan J. Looney）··············阿富汗··········2010

大卫·B. 麦克伦敦（David B. McClendon）··············阿富汗··········2010

亚当·O. 史密斯（Adam O. Smith）··············阿富汗··········2010

丹尼斯·C. 米兰达（Denis C. Miranda）··············阿富汗··········2010

亚当·布朗（Adam Brown） 阿富汗 2010
泰勒·斯廷森（Tyler Stimson） 美国 2010
罗纳德·伍德（Ronald Woodle） 训练中 2010
科林·托马斯（Collin Thomas） 阿富汗 2010
迦勒·A. 尼尔森（Caleb A. Nelson） 阿富汗 2011
（海豹）乔纳斯·凯尔索尔（Jonas Kelsall） 阿富汗 2011
路易斯·兰格莱斯（Louis Langlais） 阿富汗 2011
托马斯·拉茨拉夫（Thomas Ratzlaff） 阿富汗 2011
罗伯特·里夫斯（Robert Reeves） 阿富汗 2011
希斯·罗宾逊（Heath Robinson） 阿富汗 2011
克拉基·维克斯（Kraig Vickers） 阿富汗 2011
布莱恩·比尔（Brian Bill） 阿富汗 2011
亚伦·沃恩（Aaron Vaughn） 阿富汗 2011
克里斯多夫·坎贝尔（Christopher Campbell） 阿富汗 2011
达利克·本森（Darrik Benson） 阿富汗 2011
杰瑞德·戴（Jared Day） 阿富汗 2011
詹森·沃克曼（Jason Workman） 阿富汗 2011
杰西·皮特曼（Jesse Pittman） 阿富汗 2011
约翰·道安达拉（John Douangdara） 阿富汗 2011
约翰·法斯（John Faas） 阿富汗 2011
乔恩·图米尔森（Jon Tumilson） 阿富汗 2011
凯文·休斯顿（Kevin Houston） 阿富汗 2011
马修·梅森（Matthew Mason） 阿富汗 2011
迈克尔·斯特兰奇（Michael Strange） 阿富汗 2011
尼古拉斯·努尔（Nicholas Null） 阿富汗 2011
尼古拉斯·斯佩哈尔（Nicholas Spehar） 阿富汗 2011
斯蒂芬·米尔斯（Stephen Mills） 阿富汗 2011
托马斯·C. 福柯（Thomas C. Fouke） 训练中 2012

帕特里克·D. 菲克斯（Patrick D. Feeks）··················阿富汗·········2012

大卫·J. 沃森（David J. Warsen）·····················阿富汗·········2012

迪奥·R. 罗伯斯（Dion R. Roberts）··················阿富汗·········2012

马修·G. 坎特（Mathew G. Kantor）··················阿富汗·········2012

凯文·R. 艾伯特（Kevin R. Ebbert）··················阿富汗·········2012

尼古拉斯·D. 柴克奎（Nicolas D. Checque）···········阿富汗·········2012

（海豹）乔布·普林斯（Job Price）···················阿富汗·········2012

马修·莱瑟斯（Matthew Leathers）···················训练中·········2013

克里斯汀·M. 派克（Christian M. Pike）··············阿富汗·········2013

克里斯·凯尔（Chris Kyle）·························美国···········2013

布雷特·夏德（Brett Shadle）·······················训练中·········2013

乔纳森·H. 卡拉斯特（Jonathan H. Kaloust）··········训练中·········2013

The mark of a man is not found in his past,
but how he overcomes adversity and builds his future.
Quitting is not an option.
Regardless of the overwhelming odds or obstacles in your path,
you always have an opportunity to overcome.
It is your attitude that will determine the outcome.
— *JCR*

过去，并未发现男人的气魄，
现在，如何才能克服困难并创造未来呢。
退缩不是选择，
不管在你的路上有多少势不可挡的险阻或困难，
你总要寻找机会去克服，
你的态度将决定结果。
——杰森·雷德曼

目 录
Contents

荐序 　　　　　　　　　　　　　　　　　　　　　 *1*
自序 　　　　　　　　　　　　　　　　　　　　　 *1*
引言 　　　　　　　　　　　　　　　　　　　　　 *1*

第一部分 锤炼
1 杀戮：鲜血流进伊拉克的土地 　　　　　　　 *2*
2 面部中枪 　　　　　　　　　　　　　　　　 *7*
3 生死救援 　　　　　　　　　　　　　　　　 *13*
4 路易斯维尔的夜总会遇见真爱 　　　　　　　 *19*
5 黑鹰救援 　　　　　　　　　　　　　　　　 *35*
6 二次生命：领悟领导力 　　　　　　　　　　 *43*

第二部分 分离
7 阿富汗巴格拉姆：送别红翼行动中牺牲的战友 *54*
8 复仇：抓捕"火箭人" 　　　　　　　　　　 *67*
9 屡受打击 　　　　　　　　　　　　　　　　 *74*
10 山谷激战 　　　　　　　　　　　　　　　　 *81*
11 黑暗边缘 　　　　　　　　　　　　　　　　 *92*
12 梦想成为海豹突击队员 　　　　　　　　　　 *102*
13 高悬的达摩克利斯之剑 　　　　　　　　　　 *112*

1

第三部分　精炼

- 14　游骑兵学校的失败　*122*
- 15　重拾信心　*131*
- 16　在游骑兵学校"监狱"的最后日子　*137*
- 17　从游骑兵学校毕业　*144*

第四部分　锻造

- 18　脱胎换骨　*158*
- 19　在费卢杰移动作战　*168*
- 20　两次任务　*181*
- 21　学会接受批评　*187*
- 22　卡玛镇的激战　*192*
- 23　抓捕基地组织头目　*204*
- 24　丛林混战　*209*

第五部分　再造

- 25　回家　*218*
- 26　字条　*229*
- 27　重聚　*238*
- 28　重生　*247*
- 29　与总统会面　*254*
- 30　登顶　*260*

- 尾声　*267*
- 致谢　*273*

荐 序
Recommended preface

我第一次遇到杰森·雷德曼的时候，他正在贝塞斯达（美国马里兰州中部城市）海军医院接受康复治疗。他在自己病房的门上贴了一条标语，对我而言，那标语代表着我们受伤战士的勇气、决心和乐观精神。我深受感动并在之后自己的办公室接见了杰森一家人。随着在伊拉克和阿富汗的战争如火如荼地展开，他和他的故事会继续激励着我。

本书记述了雷德曼中尉服役于他的国家的故事。它令人钦佩地真实记录了一个年轻人最为艰苦的身体训练，并从中认识到体能训练、精通战术和勇气并非一位成功军官的主要特质，在战场上更为重要的是自律、品格以及获得战友信任，包括个人实际行动中的责任感和使命感。本书记述了指挥官杰森·雷德曼受伤前后的故事，这是一段足以致命但最终以喜剧结尾的生命旅程。正如他的自述，正因为有与他同样勇敢而坚决的妻子对他的坚定支持和深切的爱，他才得以存活下来。

他的治愈故事，像战斗一样，是团队故事：他的妻子和家人、医生和护士、他的朋友和战友，他们所有人帮助他战胜死神，重拾生命。在这个故事中，他代表着所有在战争中负伤的人和他们漫长的康复之路。这也是一个充满勇气和英雄主义的故事。

我的高级军事助手之一，海军中将乔·柯南（Joe Kernan）就曾是海豹突击队中的一员，并在战斗中指挥海豹突击队作战并成为了海豹突击队总指挥。有关杰森·雷德曼，我们彼此谈论了很多。乔曾经告诉过我，一名海豹突击队员最需要具备的品质并非强悍的身体，而是韧性的精神。一个周五的清晨，在加利福尼亚州科罗纳多，我站在一支湿冷而筋疲力尽的海豹训练班前向他们宣告魔鬼训练周结束时的场景令我印象深刻。毋庸置疑，正是他们坚强的意志支撑着他们的双腿，经过了6天几乎不间断、令人筋疲力尽的体能训练。但我相信雷德曼的意志远不止于此，这反映在他总是坦诚地描述自己的缺点和不足，以及他总是谦逊地记录帮助他克服缺点和不足的人和环境。

有关伊拉克和阿富汗战争的著述颇丰，将来也许还有更多，包括那些亲历战争的人的著作。这个故事不仅是一位海豹指挥官在伊拉克战场的故事，它还是一位海豹突击队员同自己的战争，并取得了最终的胜利。我相信，他的故事会激励读者，正如它一直激励着我一样。

——罗伯特·盖茨（Robert Gates）
美国国防部长（2006—2011年）

自 序
Preface

过去几年美国海豹突击队已经得到了空前的曝光。这个团体中的小部分人对这种曝光表示欢迎，而大多数人希望所有这些注意力尽快散去，他们坚持遵循着海豹突击队最初的谦逊本色，坚守着"行动高于一切，而非荣耀"的信条。每个选择开口说话的人都有他们自己的理由。我最初选择沉默，但后来在朋友和领导们的鼓励下，我开始与大家分享自己的故事。

过去的6年让我有足够的时间回顾自己20年的海豹突击队生涯。9·11事件前后，我在伊拉克、阿富汗以及中南美洲各个热点地区服役。我自豪于自己所取得的成就，但也强迫自己面对内心的真实：年轻时追逐的梦想。当我不得不躺在医院的病床上达数周之久，我开始回顾自己过往的历程。我希望自己能够沉淀下来思考人生。我写这本书既是指向成功未来的路标，又是对狂妄自大传说的警戒。

我成长于战士之中，但很长一段时间内我很羞涩。沉痛的教训为我指明了正路，并在令人钦佩、备受尊敬的朋友们的帮助下，我找回了自我。我及时地体会到了领导力的真正含义，责任要求我们男人冲上战场。今天，我回首往事，感到无上荣耀，因为我曾与一群比我更优秀的勇士并肩战斗，并完成了重要的战斗任务。

多年以来，许多海豹突击队叙述者将我们描述为不可战胜的机械战士。其实不然，我们也是人。为了完成使命，我们被驱使着，成为了最优秀的战士，但我们也有人类共有的弱点。如何控制人性的弱点，是我们能否成功的重要因素之一。我的故事反映了某种真实，并且阐明了我是如何克服自身弱点的。

  成为一名海豹突击队员，成就了现在的我，并实现了自我超越。回首往事，我将自己的人生之路比作将一把古剑打磨成一件利器之路。我被选中，被硬化，被锤炼，逐渐成形，直到最后被用于战斗。但艰苦的战斗暴露了我的缺点，我一度被击碎。我再次得到了机会，被再造为更优秀的领导者，并且使我有幸与一些这个国家培养的最伟大的战士们并肩战斗。

  这便是我的人生之旅。

——杰森·雷德曼

引 言
Introduction

南美洲哥伦比亚（1997年）

我站在大自然抛弃的残暴的作品中微笑，就是这个地方。在三叶雨林之下隐藏着美洲虎、凯门鳄、美洲豹和毒蛇，这种毒舌的致命毒液能在几分钟内杀死一个成年人。丛林地面上常密密麻麻地铺满了上万只红蚂蚁，行似罗马军团，它们会吞噬路上的一切。日落之后，吸血蝙蝠隐藏在暗夜之中。即使丛林中那些最不起眼的毛毛虫也是死亡杀手。

我记得，当我志愿加入这次军事部署的时候，一位老兵警告我："记住，永远不要睡在地上，因为丛林中的一切都足以致命。"

环绕着瓜维亚雷河有无数的水湾池塘，我与毒蛇、凯门鳄及水塘中潜藏的危险的水虎鱼生活在一起。我必须与这种被叫做牙签鱼的微小鱼类划清界线。当地人告诉我们，这种寄生鱼喜欢钻进人的尿道，并将它尖尖的背鳍刺入那里的软组织。我是一名时刻准备献身的爱国者和海豹突击队员，但那是一条我不想跨越的界线。我时刻凝视着清澈的河水，我甚至不敢在河边撒尿，以免这些小恶鱼会逆流而上。

我们部署的这个小前哨是南美丛林版的外籍军团要塞。这里离最近的定居点约40英里，它横跨于瓜维亚雷河两岸，为原始雨林所环绕。

如果说这些生活在河中的生物给我们拉响了警报，河水本身也不好对付。它以如烂泥般的速度移动，淤泥与烂叶混合成浑浊的赭色，对于我们的航船导航而言这就是一场噩梦。白天，正午之前最高气温可达100华氏度（37.7℃）。潮湿的空气使我们汗如雨下，我们就像正在参加马拉松比赛一样，即使蹲在水边的树荫下也没有丝毫凉爽。我们布防后的第一天，我便放弃了待在晴天烈日之下的尝试。冲凉之后，走出浴室的那一刻，你会再次汗流浃背。穿好衣服的刹那，你的制服也会被汗水浸透。

尽管这里充满了自然和人为的危险且酷热难耐，但我喜欢在这里的每一分钟。在我加入海豹突击队之后，哥伦比亚是我的第一次真正部署。我们在巴拿马之外建起了据点，我至今对那个地方仍记忆犹新。我们是一支由大多数新兵组成的超级团队，我们在完成训练后通常会去泡吧。我们一起派对狂欢，一起训练，在那个热带天堂我们成为了真正的兄弟。

在享受我的哥伦比亚之旅之前几个月的一天晚上，我们在运河区一个巴拿马裔美国籍街坊那里聚会。离我们不远的地方突然着火了，一辆消防车从我们聚会的地方呼啸而过。参加这次聚会的人群涌向街道那边的房子，那些消防车到来的时候，至少400人站在院子里和两处房子之间的街道上。我站在街道的一边，和一个兄弟练习着我的西班牙语，比尔·杰森（Bill Jensen）站在街道的另一边。当这些消防车闪着警灯，响着喇叭，成功分开如红海般汹涌的人群，我发现自己与消防车后面的平台仅有咫尺之遥。像所有喜欢惹事的年轻人一样：我跳上了消防车。人群突然散开，消防水枪开火了，为了自己珍贵的生命我抓稳了消防车。我看了下右侧，比尔也在那里坚持着，我们像玩过山车一样大声叫喊着。谁知道我们这两个年轻的白痴醉汉心里冒着什么鬼点子？我们就那样一路跟着消防车，奔向着火点。我们嘶喊着，抱怨着，享受着我们美好而刺激的生命时光。那时，我们意识到如果我们还想回到晚会就必须跳车，而消防车仍然在快速行驶着。我发现

引 言

路边沟渠的土地是一处不错的跳车地，我们徒步回到了晚会，抓起另外一瓶啤酒，享受着当晚剩下的美好时光。

在巴拿马的那几个月建立起的友谊持续贯穿我的余生。我总会回忆起这段美好的时光。那时我很年轻，仅仅 22 岁，我通过艰苦努力、运气和精神磨炼，加入了一支由我所敬佩的人组成的勇士兄弟会，他们在军事领域的能力和职业精神是无法超越的。在我们停工期间，他们组织聚会的能力同样出众。我们的生命在服务于我们的国家的同时也在高速逝去，我珍惜生命的每分每秒。

但是，我想得到更多。我是一名新兵，一个从未经历战火考验的下士情报特种兵。20 世纪 90 年代，作为一名海军特种兵，你所能去的战争热点地区并不多。由于毒品战争的爆发，偏远的哥伦比亚成为了仅有的几个热点地区之一。在 9·11 事件之前的那段日子，战斗经历就像圣杯一样稀少而珍贵。

当部署到哥伦比亚一个月的机会突然出现时，我欢喜雀跃。我抓起行囊，登上了飞机。可我眼中的目的地却是荒凉衰败的丛林，以至于我的战友对此大为不满。

我们生活在二战遗留下来的罐状活动房中。我们用这个地方对这些哥伦比亚军人进行训练。这些哥伦比亚人鱼龙混杂，教他们战斗也非常有趣。尽管我是一名充满激情的互联网专家，但我们在这里还要兼职战术顾问，要对他们进行一些基本的射击训练以及在步枪射击范围内的移动开火训练。当他们从一处移动到下一处并对准目标射击时，我们通常需要陪着奔跑，以确保他们不会做傻事。一次，我正踱步陪着一位十来岁的农民兵缓慢前行，他穿上制服总共才 6 周的时间。突然，他的锈迹斑斑的比利时制 FAL 轻型自动步枪卡壳了。那一刻，他并未正确清理步枪，而是将眼睛望向枪管中。我看着枪口开始对着他的眼睛，在子弹即将从他头骨上穿出之前，从他手里夺过了那支步枪，避免了一场悲剧。

他的举动令我抓狂，但我又对他感到无奈。很多应征士兵不会读写，也没有战争阅历或枪械常识。他们多数人一辈子都生活在现代世界的边缘。对他们大多数人而言，电视都是新奇事物。

我们的工作是训练、激励他们，使他们成为职业化的哥伦比亚军人，因为哥伦比亚军方正致力于赢得一场贩毒集团的战争。正是这次贩毒集团的存在，廉价的可卡因也开始在美国的街头泛滥。回味那段生活，我发现有些哥伦比亚士兵确实希望自我提高并改善他们国家的面貌。我尊重这些小伙子并愿意将自己所知倾囊相授。我享受着他们的文化，享受与他们并肩工作的日子。与此同时，我知道，我们必须学会有所保留。因为这些士兵中不少人拥有双重身份，其中部分人为哥伦比亚革命武装力量（FARC）工作。这是一个拥有两万多武装分子的军事集团，致力于推翻当时的哥伦比亚政府，保护哥伦比亚毒品大佬的利益。我们制定计划对毒品仓库、制毒窝点发动袭击时必须做好保密工作，并保持谨慎。我们不能让太多人知晓我们的行动内容及行动时间。保证行动（作战）的安全性，是我们在这片丛林中最重要的事情，这关系到我们的生存。由于毒品交易会带来大量的不义之财，穿着制服的间谍络绎不绝。

在基地之外，我们还与哥伦比亚军警执行了一些联合作战任务。大多数情况下，我们的任务与监控相关，很少有机会与叛乱武装直接接触。尽管如此，也不能说这些任务就不危险。一天晚上，我们被派去取回几天前我们安放在丛林中的传感器。一个哥伦比亚军官给我们提出了警示："叛乱分子喜欢玩饵雷陷阱诱杀游戏。"

我们的分遣队长官雷克斯·迪格比（Rex Digby）转头向我说道："好的，新兵蛋子……去解决他们。"

我迈步向前，大脑高速运转。我是如此偏执，以致将传感器所在地周围的一切都看作诱杀陷阱。我围着它转圈，寻找着任何可能的蛛丝马迹，地雷拉发线或半掩的爆炸装置。那是我生命中第一次直面死亡。我仔细观察着传感器周围的区域，直到我确信叛乱分子并未在这里做手脚。我是正确的，并且那一夜我学会了在小心谨慎地做危险的事情

引 言

的时候相信自己的直觉。

几周后的一个夏日的午后,酷暑难耐,我正躲在我们的罐状活动房中写互联网报告。突然传来一声枪响,片刻后,一个哥伦比亚军人气喘吁吁地跑进来说:"我们有个人受伤了,你们能帮忙吗?"

我们的高级长官雷克斯同时还兼任我们分遣队的队医。他抓起了自己的医用包,向哥伦比亚人保证道:"我们会竭尽所能。"

正当他向门口走去的时候,他转向我说:"嗨,新兵蛋子,我们走。"

我一直对医药兴趣浓厚,我曾考虑在完成这次派遣任务之后去做一名军医,那也是我下一步的职业规划。所以,我一跳而起,扑向这次机会。我们两人一起在令人窒息的大蒸笼中穿梭,直到我们发现了那个受伤的哥伦比亚军人。他平躺在地上,脸上有个大大的窟窿。

雷克斯卸下了他的装备,跪在这个受伤的军人面前。我同样跪了下来,以便及时完成指令,帮助他救治伤员。快速检查完毕后,我们已大致了解了伤员的受伤情况。这个哥伦比亚人左面颊中弹,受伤部位处于眼睛的正下方。子弹也许留在了他的大脑中,因为我们没有发现穿出的弹孔。

"发生什么了?"雷克斯问。

一个哥伦比亚军官走了过来,用西班牙语回复,"叛乱分子躲在丛林中放冷枪骚扰我们,这个值班的军人不幸中弹。"

我和雷克斯交换了一下眼色。这真是一个小概率事件,跟中彩票差不多。我们两人都看到这个军官腰间挂着手枪,枪套并未扣上。我们心中都泛起了相同的疑问:这一事件也许还有不同的故事版本。

雷克斯检查了一下伤员的脉搏,微弱且不稳定。考虑到伤口的自然属性,我惊讶于他那如此低的出血量。

雷克斯说:"将J形钩放进他的嘴里,打开气道。"

我在雷克斯的包里找到了这一器械。我将它放进了这名哥伦比亚伤员的嘴中。我活动他的下颌，帮助他打开气道。没有气流，也许是子弹反弹破坏了他的气道。

"杰森，我们需要做一个环甲软骨切开手术。"

"收到，你需要我做点什么？"

雷克斯递给我一把手术刀，用低沉的嗓音说："看，这个家伙已经病入膏肓，我们难以将他真正救治，但我们必须得做出能救治的样子，以保住我们在哥伦比亚军人眼中的颜面，懂吗？"

我点了点头，我学习了在维持国际关系方面的第一课。

"做切口吧。"

我可从未用刀割过任何活物，但我毕竟通过了严苛的训练，我知道，我有能力学会做任何事情。雷克斯让我完成它。我俯身看着草地上那个人的脖颈，我发现了切割点并将刀片刺入了他的皮肤。但我并未用力下压，我在做这个手术的时候并未刺穿软骨，打开他的气道。

雷克斯也拿起了手术刀，教我具体的操作步骤。我仔细看着，用心记着。我讨厌犯同样的错误，那也是我的职业自豪之源，所以在大多数情况下，我只需要一次演示就能学会。下次再遇到这种情况，我不会再如此温柔了。

"我们可以做心肺复苏了。"雷克斯告诉我。

换我开始按压哥伦比亚人的胸部，正如我在外伤医疗训练中所学的那样。雷克斯继续着自己的治疗。我们将他装入袋中，放到了担架上。

"我们需要将他送往医院。"雷克斯告诉这个哥伦比亚军官。他一直在附近徘徊，就像监视我们干活一样。

距离这里最近的医疗点在河道的下游，有一小时的路程。我们抬着他快速冲向码头，我们的特别行动小组为我们配备的一艘河道巡逻艇正等候在那里。这艘巡逻艇是塑料船身且装备了强力的发动机，它的时速可达每小时40英里。如果在航行的途中遭遇叛乱分子，我们有3台机枪可用于防御。

我们快速上船，解开缆绳。大约一个小时的时间，这艘快艇在漂

引 言

浮着残骸碎屑和各种障碍物的河道上颠簸前行，我和雷克斯继续为伤员做心肺复苏。我们只能尽量保持这个伤员活着，像植物人那样活着。最终，我们到达了这个离我们最近的处所，并将这个伤员送往当地的医疗点。这个地方看起来像极了恐怖片中的场景——锈迹斑斑的设备、发霉的墙体、肮脏而血迹斑斑的床单。天花板上的灯大多是坏的，房间内呈现出一种昏暗且凄凉的气氛。

我们将伤员交给了当地的医生，但他很快就死了。那颗子弹已破坏了他的几乎整个大脑，他能坚持到现在已是一个奇迹。为了救他，我们已竭尽所能，这也为我们从哥伦比亚人那里赢得了尊重，虽然他们最终也没向我们坦白这背后的真相。后来雷克斯和我再次谈起这件事时，我们认为："也许是哪个军官情绪失控，头脑发热，向他开了枪。"这也是我第一次亲眼目睹枪伤，并且参与抢救一个将死之人。

那个哥伦比亚人死后不久，我们收到了一份互联网情报，警告我们400名武装叛乱分子正穿越丛林向我们的小前哨扑来。我们只有不足1/4的兵力，且看不到其他美军增援的希望。夜晚，我们收到的情报更加可怕，一大伙叛乱分子距离我们越来越近。他们已懂得运用"游击战"的战术测试我方前哨的防御火力，但是他们还未意识到可以聚集足够的力量截断我们的后路。

在我们预料的他们到达之时的那个前夜，守卫在我们四周的机枪突然点燃了暗夜。在我们营地四周的每个角落，哥伦比亚人都布置了一架M60机枪和一支40毫米榴弹发射器。我躺在自己的铺位上，突然被四周响起的猛烈的枪声惊醒。在这些自动武器的枪火中，我能识别出40毫米榴弹在营地铁丝网外的丛林中的爆炸声。

我翻身而起，从靠近我铺位的窗户向外望去。我能看到枪口喷出的火焰、空中散出的白光以及手榴弹爆炸发出的橘红色光芒。为了防备叛乱分子在我们预料之前对我们发动袭击，那一夜我一直穿着丛林作战服和衣而卧。我从铺位上跳起，冲向我们的弹药箱，快速穿上军靴并抓起挂在床位末端的步枪。伴随着机枪的长鸣声，雷克斯冲了进来。

"杰森，带上我们的背式无线电，跟我出来。"

虽然我曾在分遣队学习过无线电知识，但我并未接受过这类专业的通信联络训练。作为一名生活在互联网时代的军人，我见证了无线电时代的终结。在我们行李架的硬壳底座上并排放置着两套装置，外形上像某种型号的加固型台式电脑的机箱。

我跟随雷克斯来到了我们的罐状活动房外的防爆墙处，这里距离营地外围大概有100米。在这里，能看见周围夜空中有更多的白光绽开。机枪不断咀嚼着远处的丛林，40毫米榴弹再次炸开。哥伦比亚人来回奔跑，沿着铁丝网配备人员或向武器里装填弹药。

"给你。"雷克斯一边说着一边递给我两个铝热剂燃烧手榴弹。

"这是用来做什么的？"我问。

"准备好它们。如果我们必须匆忙离开，我会告诉你如何破坏无线电塔和电脑装备。"

想要炸毁它们，可见我们当时的情势有多么危急。雷克斯担心我们会遭到重创。

我目瞪口呆地回答道："好的，收到。"

雷克斯告诉我，为了逃脱或避开敌人的追捕，准备溜进丛林中执行双E计划。这也是我们曾经反复训练过的。首先，在我们到达某一前哨执行任务之前，我们会针对这一特殊地区制定双E逃脱计划。如果发生最坏的情况，我们将会知道在哪里碰头以及如何逃离，避免出现慌乱。但现实情况是，我们必须在茂密的丛林中匍匐前行几英里，与毛毛虫、蚂蚁和蟒蛇为伍。当我们尝试着寻找一条通道联系我们的美军战友时，还得设法躲开叛乱分子的巡逻队，这让我感到无助。

交火持续着已有一小时的时间。哥伦比亚人掠过丛林，将树木炸成了碎片。我独自一人站在防爆墙的边上，步枪子弹已经上膛。我观察搜寻着目标，但我看到的只有惊慌躁动的混乱的哥伦比亚士兵来回

引 言

奔跑。我并未看到叛乱分子。最后,交火的壮观景象突然结束了。

丛林恢复了平静。我们等待着敌人的回应,但却没有任何声响。哥伦比亚军方组织了两支巡逻队,我看到他们走出了铁丝网,消失于营地边缘被枪火蹂躏得支离破碎的丛林。他们在暗夜中匍匐前行,搜寻敌人留下的蛛丝马迹。

当他们回来时,我们得知叛乱分子只是派了几个士兵进行了试探攻击。他们开火只是为了试探我们的防御力,我们的哥伦比亚盟友回敬了我们的全部火力,也许屠杀了大量无辜的丛林生命,但并未伤及叛乱分子。他们也暴露了我们所拥有的重武器和火力塔的位置。

也许是由于那些叛乱分子的侦察兵带回的情报使我们的敌人放弃了对我们全面进攻打算;也许是他们本就从未真想过进攻我们的营地,战争并未继续。第二天,我们收到的互联网情报表明,这400人的叛乱武装力量已转身离去。

没人希望被蹂躏,做好炸毁我们无线电的准备只是为了防止最坏情况的发生。那天晚上,我并未直接参与战斗让我感到遗憾。后来,当我们作为一个团队,坐下来讨论这件事时,我们都嘀咕着是否应该被授予作战勋表。当时的我们确实处于战斗状态,但我们并未参与直接交火。因此,我们决定不申请这些梦寐以求的勋表。在20世纪90年代,仅有很少一些海豹突击队员曾经亲历战斗并佩戴上了作战勋表,他们总能获得我们这些新人的仰慕。

最重要的是,我也渴望着自己有一天能够佩戴它们。毕竟,那是对我们能力的认同。为了战斗,我们接受了比任何其他组织更为艰苦的训练。我想放手一搏,接受终极挑战。

我是一名坚强的冲锋者,成为一名海豹突击队员是我所有的人生赌注。在我的生活中,除此以外一无所有——没有家庭承诺、没有妻子儿女。海豹突击队的手足情谊是我全部的生命支撑。

那次的哥伦比亚的部署开启了我的职业军旅生涯,并在我未来的人生岁月中起到了重要的参考作用,成为了我们之后的许多行动和部署的判断依据。我因成功返回巴拿马而兴奋不已。我想，此时的我比生命中的其他任何时候更能体会生命的火力和前途的光明。我感到自己已得到了证明并经受住了考验。

在那次部署之后，我成为了一名通信联络员，而不是海豹医护兵。我拥有使用无线电装备的手艺以及能操控绝大部分比较挑剔的装备技术，这是其他人所不能的。维护价值上万美元的高级无线电和电脑技术装备，可是一项无比重大的责任，特别是对于一名二十来岁的年轻人而言。我以此为傲，我知道拥有这种能力是非常重要的。

不幸的是，我有点太自以为是了，我过高地估计了自己和自己的能力。自负令我做了一些幼稚且不成熟的事情。我总喜欢摆出一副行家里手的模样。我认为自己是一名出色的射击高手，在战场上，我能很好地控制自己。我技艺精湛并努力学习，技术装备的使用早已烂熟于心。我练习着自己的战场技艺，随时等待调遣，在难得的展现自我的机会到来之时唯恐落后。

然而，来自于哥伦比亚独特经历的那份自信的膨胀，在某种程度上成为了我的阿喀琉斯之踵。有时，当我需要吸取教训时，我的傲慢和自大会令我成长的机会错失。

哥伦比亚之行后的两年，我参加了自己职业生涯中强度最大、最令人印象深刻的实战演练之一。在某种程度上，这次训练的强度水平甚至超过了几年后我参与的一些真实战斗。

海军特种部队与美国航空航天局建立了合作关系，我们受邀参与测试美国最具战略性航空航天基地及重要设施的周边安全状况。这是一项棘手的任务，这一基地有许多的移动设备，我们做了周密的计划并仔细研究了基地的安全系统。

在一片死寂的夜晚，潜入茂密的红树林沼泽，我们开启了这次任务之旅。我们利用水下设备，沿着沼泽一条 10 英尺深的舟道的底部秘密潜行。我们的四周一片漆黑，我的数字指南针发出的微弱的绿光是我能看到的唯一光亮，就像黑色天鹅绒上闪耀的珠宝。除此之外，均

引 言

为无尽的黑暗。日落后，长时间潜游于水下，就像航海穿越到了外星世界。

我享受着那种安静。它使我有机会全神贯注于手头的任务，抛却了心中的一切杂念。一切人类行为所引起的喧哗与骚动不复存在。没有了远处的链子锯或割草机的低吟，也没有了号角声或头顶的飞机的轰鸣声。我们深度潜行，并进行着仔细的测算，伴随着我们的只有潜水呼吸设备释放氧气所发出的柔软的声音。

水面上，没人会知道我们潜行在水下。我们的潜水设备不会排出气体，也不会有气泡涌向水面。因此，不会给"敌人"留下任何追踪。水变成了我们的隐形斗篷。

我紧盯着发光的数字指南针，确保我们的正确前进方向，直到黑暗中有个声音传来。它听起来像一串声音，吞咽着回声。似乎有某种东西在应和着。我向上瞥了一眼，只看到一团舞动着的黑乎乎的东西。

我的后背一阵发凉。我不知道那个声音是什么。我甚至不能想象，也许存在着的危险。我思索着，那天晚上在这片水域中是否存在除我们以外的其他捕猎者。

我专注于自己的任务，且继续保持着潜游状态。更多的声音回绕在我们的周围。

该死的，那是什么？

我们继续潜游，对我们而言，那片黑乎乎的东西只是一个小小的障碍，即便当时的我们并没有水下夜视镜。几年前，法国海军摸索出一套在这种情况下使用的类似导航方式。我们美军也采用了这一方式。行动者通常将成对分组。其中一人携带战斗导航板（Attack Board），它包括一个发着绿色荧光的数字指南针、一个秒表和一个深度计。持有这个设备的人相当于驾驶员，他的工作是在既定时间带领小组前进。他的伙伴则游在他的上后方，留意着时间和距离，同时也观察着前行的路，确保"驾驶员"不会撞上障碍物。我们可以精准地知道，我们的脚蹼每摆动一下我们能前行多远。我们仔细注意着自己前行的步伐，数着脚蹼摆动的次数，我们需要时刻掌握着自己前行距离的数字。我们需要准确地计算出通过那段距离需要花费我们多长时间，秒表会帮助我们确定如改变原计划而改道是否具有可行度。我们称其为"飞翔方位"（flying a bearing）。陆地导航也采取类似的方式，只是他们不计算脚蹼的摆动数，而是计算自己的步伐数。

在黑暗的水中潜游是十分危险的，因为你会随时迷失方向。在我加入海豹突击队之前，一位海豹突击队员在一次类似的训练任务中在一艘船下因失去了方向感而溺亡。

那天晚上，在那片红树林沼泽中，我是"驾驶员"。当这些未知的声音怪诞地萦绕在我们的周围时，我的双眼紧盯着战斗导航板，不敢有丝毫懈怠。我试着不被这些回音打扰，专注于自己的任务。

那天晚上，我们的任务比较棘手。我们受命"炸毁"位于佛罗里达卡纳维拉尔（Canaveral）角的美国航空航天局内部一个高安全区域的关键目标。

卡纳维拉尔角位于一个海岛之上。发射平台为沼泽和水湾所环绕。水是我国（美国）最重要的空间基地的第一道安全屏障。雪白且洒满阳光的海滩上布满了围墙、摄像头、电子传感器和守卫。

我查看了一下战斗导航板，我估计我们即将到达第一个目标航点，一座大桥之外便是军事禁区。我们在水底悄无声息地潜行，通过大桥并转变航向，进入距离发射平台主围墙不远的浅水区。正当我们浮出水面并移向浅水区的时候，我们看见某种不祥之物滑向了我们前方的这片水域。

那是短吻鳄，也是一种我们耳熟能详的鳄鱼。我们为上百只短吻鳄所包围。也许，在一般情况下，在这些生性残暴的猛兽之间游泳会令你感到恐惧。但当你在水下待了3个小时之后，你会像短吻鳄那样生气。我们使用的潜水呼吸设备提供的是纯氧。长时间暴露于压力之下的纯氧环境加之兴奋的副作用，通常让你从生气升级为狂怒。当你停留在水下的时间足够长，浮出水面后你会狂怒到希望杀死周围的一

引 言

切，包括你的游伴。我坚信，在这个星球上，没有任何一种事物比正忍受着纯氧之毒刚露出水面的海军战士更危险。无疑，我们比短吻鳄更危险。

我的一位队友在一只发怒的鳄鱼面前浮出了水面，鳄鱼径直扑了过来。队友并未击空，他一拳打在鳄鱼的鼻子上。鳄鱼逃向了红树林，他却惊魂未定，思索着刚才发生了什么。

从距离拳击鳄鱼处几百米外的地方，我和游伴爬出了这片沼泽，并将我们的潜水设备藏在了一个红树林海岛上。我们重回这片水域并悄悄地摸向了主围墙。我们到达了目标海滩，滑行上岸。那围墙附近并无障碍物。我们迅速通过了这里并奔向了发射设施。我们躲过了头顶的探照灯并隐藏于阴影之下。这里的周围应该有巡逻的卫士，可我们却并未遇见。

我们冲向一座建筑物，并以它为掩体更深入地接近我们的目标。我们紧贴墙壁穿过一片空地，到达了另外一处建筑。

一个哨所出现在我们与我们要炸掉的燃料管道之间。我和我的队员都携带了模拟引爆装置。我们的任务是将这些爆炸装置安装在那些三叉戟导弹的大规模燃料管线上。为了测试他们的防御力，美国航空航天局要求我们试着对其实施打击。除了美国航空航天局的安全部队，没人知道我们的到来。

这个哨所是个强硬的障碍，它离我们的攻击目标只有50米的距离。我们匍匐着继续前进。哨所内，我看到一个哨兵背对着我们，正紧盯着屏幕。这时，他只需扭头就会发现我们两名装备了模拟爆炸装置和M4步枪的队员正匍匐着爬过哨所。如果真是那样，游戏结束。美国航空航天局可能会自鸣得意，他们的安全防线牢不可破，而我们海豹突击队则会因为这次行动的失败而蒙羞。

那个哨兵并未转身。他正观看监控影像？欣喜之事会再次上演吗？我紧张得说不出话来，他的失误恰恰是我们的救赎。

我的队友移向那些燃料管线并将模拟爆炸装置安装了上去，我负责掩护并监视哨兵。片刻后，他完成了任务并拍了拍我的肩膀。那是转换角色的信号。他开始监视哨兵，我去安装第二个模拟爆炸装置。随着我们任务的完成，我们放松地原路返回，穿梭在一片黑暗之中，直到我们到达了那片熟悉的海滩。我们再次与鳄鱼同游，从红树林海岛取回了我们的潜水设备，并回望了一眼目标区域。卡纳维拉尔角仍然处于一片安静中，没有警报声，没有夜巡的哨兵。炸药已被悄悄地安在了燃料管线上。如果一切按计划进行，我们可以从容地启动（引爆）定时器，我们成功地完成了任务。

当晚，我们派遣的几个进入卡纳维拉尔角的两人行动小组悄无声息地渗入了美国航空航天局的安全区，并成功地将模拟爆炸装置安装在了美国航空航天局最为重要的设施上。然而，我们行动者中的一员，一个古怪且让人捉摸不透的家伙，到达了指定区域后擅自决定要更进一步。他莫名其妙地穿过另外几个安全隔离区，进入了演习禁区。他随机选择了一个目标并安装好了炸药，成功逃脱。他用自己的实际行动生动地表明：美国航空航天局最为安全的区域仍非常脆弱。

擅自闯入禁区可不是一个好主意。在第二天，我们与美国航空航天局召开的简报会上，他的擅自行动使整个海豹突击队陷入了麻烦。会后，队长将我们拉到一边并告诉我们：尽管我们圆满完成了任务，但因为个人的擅作主张、我行我素，使我们前功尽弃。他告诫我们，每人都要反思自己的行为，永远不要做自私的决定；一定要按计划行事，不要胡闹，否则可能会破坏我们的整个任务。不出意外，美国航空航天局将永不会邀请我们再回来。

现在回想起来，队长的话非常重要。他的话有根有据且充满智慧，对于与其他组织的联合行动，我们必须谨慎小心以免越界。那也是领导力的关键要点，与他人协同合作，必须明白什么该做，什么不该做。在这次行动中，我们并未做好，美国航空航天局和海豹突击队最终为此付出了代价。

但在当时，我站在那里时，并未真正理解队长试图给我们表达的

引 言

思想。我如傲慢的孩子般认为：我们是令人敬畏的，我们完成了目标，我们完满地完成了任务。我们中的一员看到了一个偶然的目标并搞定了它，很好，他的首创精神和勇气是可贵的。无论如何，那便是过去的我们，对吧？

我错过了领悟那次简报会上有关领导力教程的理解，在接下来的岁月里，我会为此付出更大的代价。

几年后，我作为一名高级训练顾问经历了另外两次南美部署和服役，因为成绩出色而被举荐申请加入一项军官培养计划。追随祖辈和父辈的脚印，成为一名军官对我充满了吸引力。对我而言，我想扮演更重要的角色，希望有能力成为领导者，但我的领导观存在缺陷。我已是一名成功的老兵，然而，从老兵升级为军官将是一次飞跃。事实证明，那也确实是一次超出我想象的巨大飞跃。

2001年，我成为了海军军官培养计划中的一员，并在当年的8月开始了我的欧道明大学（Old Dominion University）的学习生涯。我决定从那天重新开始，我的目标是尽可能地做好每件事。我埋头苦干，将全部精力用在完成学业并成为欧道明大学后备军官培养计划中的学生军官上。3年后，我以享有最高荣誉的方式毕业，并最终成为海军军官。我将其视为人生之中第一次真正的领导力测试，我已为我以全优成绩通过测试，并为回归海豹突击队成为一名海豹突击队军官做好了充分准备。

我在校读书期间，发生了一件大事——9·11事件。9·11事件发生后，海豹突击队进入了战斗状态。我是其中少数没有真正战斗经历的一员。阿富汗与伊拉克的战火从根本上改变了美国的策略和步骤。2004年，当我从学校毕业回到队里时，我并不知道那次事件会给我们带来多大的影响。我个人的急躁以及9·11事件之后海豹突击队行动风格的大变，叠加在一起，正如我个人的完美风暴。正如我回到队里时，并未意识到领导力的关键要点一样。我曾经在相对安全的环境中管理装备或领导一小撮人。现在，我将要步入一种动态的领导力的大联盟，这里的赌注更大。但在当时，我丝毫没有意识到这个问题。

带领一大帮人，刺激并鼓舞他们以完成共同的目标，那才是动态领导力的精髓。

我以优异的成绩毕业并展现出了某种水平的动态领导力，但在现实军队中和商业社会中，还需要拥有亲和力与凝聚力，以及可以吸引一大群A型人格的人跟随你赴汤蹈火的能力。

一位动态领导者一定是谦卑的，一位动态领导者一定会意识到那些愿意追随他的人所做出的牺牲，傲慢没有立足之地。真正的领导者需要足够的自信以知晓什么时候需要做什么决定，什么时候需要听取周围更有经验的人的意见。真正的领导者不能是自私的，他一定会为每天所肩负的义务奠定正确的基调。

当然，在2004年，在我大学毕业并成为一名海豹突击队军官时，我并未理解领导力的真正含义。当我最终意识到这些的时候，似乎已经太晚了。

PART I
THE HARDENING

第一部分 锤炼

1 杀戮：鲜血流进伊拉克的土地

伊拉克，安巴尔省（2007年9月）

我鲜血直流。随着我的鲜血从身体里流出渗入伊拉克的土地，我能感觉到我的生命正走向死亡。棕色的杂草被鲜血喷溅为深红色俯倒在我的周围，在这片灌木丛中在我的身后蔓延开来。我在这些杂草中无法躲藏，我彻底暴露了，独自一人且伤痕累累。疼痛像电流那样击打着我。

子弹撕裂了我的左胳膊。

被子弹击中后，我尝试着用自己的左手活动，它似乎不在了。我使劲挣扎着，尝试着感知自己身体的左半部分。胳膊失去了知觉。我试着动左手的手指，没有任何反应。现在我能感受到的，只有疼痛。

满脸都是子弹击起的尘土。通过夜视镜，我看到绿色的光团冲破黑暗——那是从自动武器枪口喷出的光芒。10米外，一挺敌人的机枪再次开火。那可能是一种用弹药带的、数人协同操作的俄式PKM机枪。那声音听起来就像打开了巨大的拉链。我周围的空气中爆发出巨大的爆裂声，这种7.62mm子弹以1762米/秒的速度从我身边呼啸而过。那些恐怖主义者的枪手压低了枪口，喷起的尘土再次沾满了我的脸。有几颗子弹如此靠近我的脑袋，以至于我能感到它们飞过时带来的震浪。

左边，一支AK-47突击步枪开火，然后是另一支。在毫无遮蔽或隐藏的情况下，我被敌人的交叉火力所压制——那是杀戮地带中一段

第一部分 锤炼

至少 100 米长 75 米深的易受攻击的危险区域。

我用右手调节着装在胸前的手持电台的音频："呼叫军部！呼叫军部！"我呼叫着指挥部，"我们有 3 人严重受伤，包括我在内。"

没有任何回应。

我再次呼叫，仍然没有得到任何回应。我和我的队友躲在一个缓坡的后面，我们与特遣分队其他成员之间有一片茂密的植物。我们相距大概只有 200 米，但微小的高速差和灌木丛足以阻止信号的传送，因为我们的无线电设备只能视距传播。他们应该能听见枪声，但如果未接收到我们发出的信号，出于避免发生友军开火事件的考虑，他们不会派出援军。没人愿意盲目地走入交火地带，意外地向他的战友们开火。

我们小队的医护兵布拉德·拉金（Brad Larkin）在我的下方，他也被子弹击中了。布拉德是我们队伍中仅有的几个新兵之一，他是突击小队的"活宝"。在我们拍照时，他总喜欢突然闯入做鬼脸。现在，他像我一样无助，他 1.8 米的身躯被子弹击中，鲜血直流。他开始哭喊，但枪声吞噬了他的声音，我从未听过他那样的哭喊。作为一名新人，他要干的活往往是枯燥乏味的。许多次，新兵与老队员们都会展开愚蠢的较量。布拉德憎恶这样的较量，但他总会面带笑容地欣然接受。我们也许会让他感到挫败感，为测试他的责任心我们会给他出很多难题，但我们绝不会使他失去冷静。他总是用那自作聪明又使人发笑的言语来回击我们。

他再次发出哀嚎，现在我可以肯定地说他已严重受伤。那是一个男人所发出的刻骨的哀嚎。我可以肯定他在我左边的斜坡约 50 米处。如果我能准确定位他的位置，敌人也能做到，他们在我们的右上方。

在收到回话之前，我深吸了一口气低声说道："不要喊了！这只会吸引来更多的火力。"我的声音遥远而模糊，就像我正在一条长廊的末端通过一个硬纸管而呼喊。我又重复了一次。因为失血，我的话未说完整且含糊不清，消失在枪火的喧嚣声中。

忘记那些，除非我死了，我不再是他们的领导。目前，我首先要做的是止血。

我们曾经为这样的场景而接受过专门的训练。如果我们在战斗中不幸被击中，我们应当有能力照顾自己，而其他的小队成员要试着控制住敌人的火力。在这样的时刻，未受伤的队员应指向目标的枪械，那才是我们获得生存或赢得胜利的唯一方式。在敌人被杀死或被击退以后，医护兵才能到达伤员的身边。那是治疗之梯，而目前，我正处于这个梯子的底部。

即使兄弟们无视程序，并试着为我提供帮助，他们也无法靠近我。因为他们必须穿越右前方PKM机枪控制的开阔的杀戮区，这无异于自杀行为。目前，我的生死掌握在自己的手里，或者，更确切地说是"独手"里。

我有一个止血带，为了止血，我需要握紧它并将它缠在我的残肢上。自5个多月前第一次在伊拉克执行任务开始，我就一直带着它。我用3根粗橡皮筋将它绑在我的胸袋上。我从未使用过它，但我能准确地知晓它所在的位置。因为每次执行任务之前，海豹突击队员总会一丝不苟地将装备放置在相同的地方。我们昼伏夜出，我们不停地训练，直到我们记住各个装备所在的具体位置烂熟于心，以至不用看也能准确地找到它。

敌人并没有向我们开火，直到我们处于那挺机枪的近距离射程范围之内。我们已扫射了他们所在位置10米范围内的区域，但他们并未吱声。他们从未在我们的视线中出现过，那意味着他们一定在这一区域边缘地带的灌木丛中挖掘了埋伏点。目前我离那杂乱的灌木丛和小树只有几米的距离。他们隐藏起来并做了防护，而我们则完全暴露于外。

但是，为什么他们会让我们如此靠近他们？

答案在我心中渐渐变得清晰起来，他们听见了头顶上盘旋的我方的直升机。他们想避开我们的空中优势，将我们锁定在近距离平射的范围内。他们清楚，在近距离的范围内，我们无法向他们所在位置发射炮弹或火箭弹；在近距离的范围内，武装直升机或喷气战斗机组绝不会擅自开火以免误伤友军。现在，各方对"意外伤害我方军队（blue-on-blue）"①事件的关注越来越高。正如我们看到的，战斗机绝不会开火，除非他们有十足把握不会伤及地面友军。有时，这有点过分谨慎而小题大做了。

敌人仔细研究过我们，深谙我们的行动之道并知晓如何利用这一要点为他们所用。这意味着，我们所面对的并非花了几美元雇来的向我们胡乱开火的当地的乌合之众。我们正被有能力和有知识的老兵伏击，他们的能力远超越了我们通常所遭遇的匪徒。

现实情况已非常明了。我的麻烦在于无法向外界寻求帮助。只要我深陷于机枪的火力控制之下，我们不会得到任何的空中支援。我们的生存依靠盘旋于我们头顶之上，可向敌人开火的我军飞机。

止血。我害怕哪挺机枪发现了我的掩体。

我伸手摸自己的止血带，但似乎并未摸到。我扭动着、搜寻着，却没有丝毫用处。在我奋力挣扎的时候，我的腿在地上画了半个圈，直到最后我的脚后跟蹬进了软土并为我提供了足够大的杠杆力以再次将自己的躯体伸直。我暂停了一会儿，喘了口气，平复自己的伤痛。那种感觉就像某人将一根长钉刺进了我的后脑勺。

好，让我们放手一搏吧。

我右手上举至胸前。太好了。我那戴着手套的手指蜘蛛爬行般越过我的装备。我能感觉到我胸前装备袋中那 4 个额外的格袋。那里面装着我的荧光棒、笔、全天候手持无线电。那个止血带正在无线电的下面。我转头向左，但我无法看到任何事物。我的夜视镜仍然盖在我的双目上，聚焦于 3 米之外。所有近前事物都变成了一团模糊的绿色斑点。我只有用手指去感受身边的一切。

另一阵枪火划破夜空，在距离我一段距离之外出现了更多的喊声。

---

① "blue-on-blue"：在战争中，我方发动的袭击却意外伤害了自己的军队。

我全神贯注于自己的任务。最后，我的手指终于发现了那个止血带。它是黑色的，叠成小维克牢（Velcro）②带状。我们的一些医疗装备是国外设计的，比如我们的以色列加压包扎。而这个小物件是美式的，由 TQS 公司制造，这家公司是由一名前海豹突击队队员所经营。相比之前战争中我们使用的止血带，这是一种巨大的改进。像你在电影中看到的那些破衣烂衫的日子，早已一去不复返。

因为尽力一搏，我早已气喘吁吁。我将维克牢止血带滑到我的残肢上，然后用其边上的小黑塑料肚带将其绑紧，直至流血停止。然而，我的操作没有成功。

那挺机枪装填弹药后再次发作。子弹炸起尘土，从我的头顶飞过。我无法躲闪，也不能匍匐前行，这里无处可躲。我能做的只是无视即将射来的枪火，并继续全神贯注地观察着前方。

我的手指再次触摸着自己的装备，直到我发现了那个止血带并再次抓紧了它。这次，我猛地一拉。橡皮筋再次伸展，但止血带还是没有完全打开。

这使我感到困惑。我被激怒了，变得焦躁起来。

加油，我并没那么弱。我曾经做过这样的训练，从未遇到过这样的问题。

但在训练中我并未流血，也并未局限于单手操作。

我又作了一次尝试，依然不起作用。我知道，为了弄好止血带，我必须保持冷静。我得维持住自己的体力，我遇上麻烦了。附近没有人可以给我提供帮助，我感到自己的生命似乎已不由自己把控。

集中精力。你的生命取决于它，杰森。

我再次摸向那个止血带。在我能自由拉它之前，敌人的机枪再次发作。子弹从我身边呼啸而过，尘土飞扬。恐怖分子的扳机稍微放缓了一下，几秒钟之后，我听见它们再次发作。然后，我失去了听觉。

---

② 维克牢：一种尼龙搭扣的商标名称。

2　面部中枪

在我的周围，远处橘红色的火光刺穿了黑夜。回荡在战场上的，只有阵阵传来的机枪开火的声音。我睁开了眼睛，几乎看不见任何事物，除了笼罩着这个小岛的黑暗。这似乎已成为了我的裹尸布。

我的头盔掉了，我能感觉到它就躺在我的右手边。夜视镜夹在头盔的前面，这也是我无法看见太多事物的原因。在曾经的训练间隙，我们通常会摘下头盔，它们沉重而笨拙。如果你戴了太长时间，你的脑袋会变得涨痛并会染上可怕的头疼病。

现在，我为何会摘下了它？我已分不清它是如何掉落的了。

我努力思考着这个问题，但我的大脑短路了。散射的、半隐半现的想法像烟雾一样盘旋着，堵塞着我的思绪。欲将它们清理掉，就像清理老旧谷仓的蜘蛛网一样，我陷入了困惑。当我试着集中精力思考的时候，感觉就像要穿透钢筋混凝土一样困难。

头盔躺在我的身旁。战火继续，我仍然处于麻烦中。难道没有什么事情需要我去做吗？

一种强烈的想法，为某种原始的紧迫感所驱使，突然穿透了那堵混凝土墙。

似乎有些事情很不对劲。

之前的想法消失了。

我的胳膊中弹，这是我知悉的。现在是什么？

一个念头，缥缈而无形地在我的心中盘旋。

原本的疼痛感去哪了？

我感觉不到自己左臂传来的疼痛，后脑勺的刺痛感也消失了。

那股电流般的疼痛已停止。而事实上，我并未麻木，更像神经脉冲无法冲破嵌入我大脑中的那堵墙。

你的脸怎么了，杰森？

这种念头驱动着我举起右手。我看着它奔向我的双眼，一个戴着手套的黑影。我的手指摸到了我的右脸颊，我期望能感觉到它们在我裸露的皮肤上留下的触摸感。然而，我丝毫没有感觉。

我的脸已不属于自己。

我曾经无数次触摸身体的这一部分，当刮胡须或洗脸的时候，这次却感到无比陌生。我的脸颊上出现了一个洞，从脸颊一直延伸到鼻子所在的位置。我的手指一下缩了回来。在枪火的映射下，我看到手套被鲜血浸湿了。

我被击中了面部。

一个想法得以明确：我失去了鼻子和胳膊，我会血流不止。

现在，双方的交火稍微有所缓和，交火变得更为分散。如果没有夜视装备，敌人只能靠声音判断瞄准的方向。我也无法分辨我们的人在做什么，我未看到任何人。

我任凭左臂垂向身旁的地面。

现在是什么？

僵尸，我想到了僵尸。我看到了它们冲击人类最后前哨时的场景。人类在一个大型的购物中心和它们展开背水一战。

该死的。

我什么时候降临过那样的战场？

谁跟我说了那些话？是电影吗？

我快速展开了回忆，回忆自己是否和谁一起看过这样的僵尸电影。

阿尔·乔利埃特（Al Joliet），他是我们组的高级队长。现在，我的回忆渐渐清晰起来。神经元启动，我看到了阿尔在弗吉尼亚的房子。在他的房子里，四处都是武器。他确信，僵尸末日随时都会爆发，他

第一部分 锤炼

在自己的家中做好了一切准备——他在沙发下藏了刀；在客厅的其他地方藏了战斧；将散弹枪和手枪挂在厨房和卧室。

我心中闪出了一个念头。阿尔就在附近，他是我的朋友和兄弟。我现在非常需要得到他的帮助。

"阿尔，我被击中了头部。"我大声叫喊。

没有回应。今晚，阿尔是我们的突击队长和空中管制员。我无法看见他那1.88米的高大身躯或他的黑色眼睛，那双即使在紧张状态中也总是不轻易发怒的眼睛。但我知道，他正冲破枪林弹雨封锁的黑暗，向我而来。

我听见了他的声音，"雷德曼？"听到他那深沉的嗓音，我感到惊讶。他生长于堪萨斯州（Kansas），却仍带有轻微的中西部口音。

我血流不止。

"阿尔，救伤直升机多久能来这里？"在那种混乱状态下，我的话语中充满绝望，甚至连我自己都无法理解。

"雷德曼，战斗仍然激烈，我不能让它来。"

不久前，我们一起看了《活死人黎明》（Dawn of the Dead），这是一部杰出的僵尸电影。剧中一人物被不死僵尸折磨并哀叹道："该死的东西。"那也是他最后的遗言。那时，我告诉阿尔，如果我遭遇不测，我也会那样说。现在，我应该说那句话了，我正处于艰难时刻，甚至无法集中精力。

机枪小组听见了我们的对话。枪手移动机枪时子弹带咔咔作响。片刻后，我周围的地面子弹纷飞。枪手通过声音瞄准定位，扣动扳机，子弹窜出枪膛，飞过我的头顶。我感觉有一颗子弹似乎击中了我的身旁，我没感到疼痛。

更多的子弹飞来。我的头盔仍然躺在我的身旁，一颗子弹击中了头盔的顶部。如果我一直佩戴着它，也许我已经离开了这个世界。

头顶上，远处一条"巨龙"咆哮。火舌点燃了1英里（1.6千米）外的夜空。片刻后，嘎吱……嘎吱……炮弹壳撞击着机枪小组后面的矮灌木丛，压制并盖过了那里的枪火之声。

嘎吱……炮弹，以1000米/秒的速度飞过我的头顶，紧接着是爆炸之后的阵阵风声——巨龙的喘息。

嘎吱……嘎吱……嘎吱……钝钝的爆炸，炮弹的碎片四处横飞。冲击波翻滚着穿过四周的开阔地。我能够感受到它们的余波，嘎吱……嘎吱……嘎吱。撞击点火光四射，腾起一阵阵烟雾和尘土。我所躺的位置距离密集炮火不足50米。

火龙再次盘旋。炸弹蹂躏着那片灌木丛。

不知何故，阿尔开始呼叫空中支持，尽管我们所在的位置距离敌人依然很近且异常危险。头顶的火龙是我们的救世主，一架AC-130空中炮艇。它装备了各种机枪机炮，包括一种我们称之为平衡器的武器，一组电子动力的五管加特林机枪，可向数千米外的目标每秒钟喷射66枚25毫米口径炮弹。AC-130空中炮艇慢吞吞地蹂躏着夜色中远处那片看不见的杀戮战场。毫无预兆，它到达了我们的头顶。地面上的人几乎听不见它涡轮螺桨引擎发出的声音，因为它飞得太高。所有你能听见的，只是平衡器嘎嘎作响，那意味着它正向敌人发出死亡般的攻击。

平衡器是这架飞机上最小口径的武器。它还携带有40毫米和105毫米口径速射机关炮。它是重要的空中火力支持平台，能高精度毁灭性打击敌人。

炸弹一个接着一个，依次相叠。我躺在炸弹风暴的背风处，我的大脑与感觉似乎分离了。时间仿佛有了弹性，有些时间感觉像永恒，有些时间又如火箭般飞逝。自始至终，地面上那挺机枪从未停歇。机枪小组吞噬着子弹带。他们不停地填装弹药，甚至在平衡器将他们所在的地面研磨成碎末的时候。

交火不时缩小或扩大。四周时而狂噪时而寂静，时而黑暗时而发出炫目的光。整个世界失去了秩序或不再连续。它蹒跚、抽搐、滑行，正如时间再次滑逝。我无助地躺着，如同一名囚徒正试着用短路的大脑理解各种混乱。

第一部分 锤炼

最终，我意识到我的眼睛是睁开的，我正凝视着我左侧树上的树叶。

我试着挪动自己的右胳膊，但它像承受着千斤重量。我试着抬起我的手指，太多次的努力均告失败。我甚至无法扭头，我筋疲力尽地凝视着上方。

温暖的夏夜，没有微风吹动黑夜中头顶的树叶。然而，一种彻骨的寒冷深入我的骨髓。我感到的寒冷是如此彻骨。

敌人已经严重伤害了我们，我们队伍中的3人受到了重伤。自从我们到达这片不毛之地后，我们见识了纯粹的邪恶，那种无与伦比的残暴与残酷。今夜，我们与之战斗的人，是那些邪恶之人的保镖。邪恶之人以他们所信仰的神的名义，以扭曲的行为证明他们的信仰——酷刑折磨、砍头、自杀式炸弹。为了恐怖分子的利益，他们大开杀戮，市场上布满妇女儿童支离破碎的尸体。他们意图杀死我们，然后证明那是阿拉的意愿。我曾经看见过他们杀死自己的家庭成员，他们是混乱和仇恨的煽动者。谋杀是他们控制人们的手段。他们通过制造反抗他们之人的悲惨下场，威胁当地的百姓。

我的任务小组今晚早些时候来到这里，我的任务是拿下安巴尔省最残忍、暴力的基地组织领导人之一。他正躲避着我们，当我们的直升机冲向他们所在的村庄的时候，他开溜了。他安排他的手下准备了这场有组织的伏击，这帮亡命徒为了他们懦弱的领导人正同我们决一死战。

现在，邪恶者似乎成为了赢家。罗伯、布拉德和我，我们的生命正在脱离我们的躯体，而我们的兄弟正奋力营救我们试图成功穿越交火地带。一想到邪恶者的胜利，我就怒火中烧。他们不能赢，他们不能击败我们。我拒绝承认这点，我一定要坚持正义。

我想要复仇。

嘎吱……火龙咆哮。几秒钟后，地面开始颤抖。尘土和残片如瀑布般倾泻而来。

一种极度痛苦的哀嚎越过喧嚣，机枪沉默了。那些意图用机枪撕碎我身体的恐怖分子，现在躺在离我不足50英尺的地方，同样血流不止。他们和我一样痛苦万分且充满了恐惧。他们大声叫喊着自己的神。

"阿拉！真主至大！"

现在你需要你的神？

"真主至大，阿拉！……"

嘎吱……

神会拯救邪恶者吗？正义终会获得胜利。

3　生死救援

在那短暂的瞬间，在极度混乱中，一切归于沉寂。机枪手不再呼喊阿拉，机枪也安静了。这种短暂的平静一直持续到另一机枪在西边更远的地方开始咔嗒作响。AK-47 的枪声，然后我听见一些我们自己的突击步枪的回应。尽管有了空中支持，但敌人并未停止战斗。在今夜之前，我们仅遭遇过一次这样决绝的抵抗。在这之前的通常情况下，大部分的恐怖分子看到来自空中的威胁便会四处逃窜。他们投降时，会向我们求饶并宣称自己热爱美国和乔治·布什（George Bush）。但有一次例外，6 月之前的那个月我们面对的一伙暴徒非常凶悍，他们宁可坚持到最后一颗子弹战死也不会投降。那天晚上，我们不得不呼叫武装直升机，外加一架 AC-130 幽灵才结束了那场战斗。

阿尔在我的旁边，他告诉 AC-130 机组成员，必须给予敌人更多火力的打击。

"朱丽叶·阿尔法（Juliet Alpha），清除热点！"

嘎吱……

轰炸西边。那种声音听起来反常而无声，就像某人调低了我生命的音量。

"阿尔，救伤直升机什么时候能到？"我问。

沉默了一会儿后，他说："5 分钟，雷德。"

我无法分辨他的回答是严肃的还是在开玩笑。大多数的晚上，我们会一起玩扑克，他因善于虚张声势而闻名。他会冒很高的风险并下血本支持自己的虚张声势，以致我们从未知晓他是否真的有一手好牌。

而现在，我选择相信他的回答。

阿尔回到无线电工作中。他正精心安排着我们的防御部署——与武装直升机协调、指挥我们小队中的剩余成员、向救伤直升机告知我们的位置。他的声音平和、镇定而专业。

根据战前的部署，我曾看过一份被称之为《巴格达急诊室》(Baghdad ER) 的说明。我知道，受伤的勇士有97%的机会可以获得生存，前提是他们到达战斗保障医院时还有脉搏。所有，我需要做的就是坚持，直到救伤直升机的抵达。

我的手指如石头般活动困难，呼吸也开始变得急促，我感到了寒冷。我合上了眼皮，在平静的黑暗中，我似乎听到了呼喊声。

"雷德！雷德！雷德！"阿尔冲着我大喊。我睁开眼，直盯着那片夜色中的天空。一棵树出现在了我的左面，阻挡了我的部分视线，它是怎么到那里的？大树之外是繁星，它们是如此闪亮。银河像镶嵌在黑色夜空中的银色钻石飘带。大自然的壮观景象令我感到敬畏。与夜空的广袤相比，我已不在乎别的任何事物。

交火开始失去了生气，枪声也变得零星且断断续续。我们的轰炸摧毁了不远处的灌木丛。受伤的恐怖分子也许正处于临死前的痛苦挣扎，也许正打算逃避来自空中的屠杀？

现在，我必须保持住自己的呼吸。我的呼吸变得更加困难，我的身体也感觉到了强烈的压迫感，就像砖墙压顶。

我唯一的感觉是寒冷，就像冬天的坟墓。

"阿尔，救伤直升机还有多久能抵达这里？"

"5分钟，雷德，5分钟。"

"10分钟前你就那么说，"我虚弱地回复他，我知道这是他对我的安抚。我的呼吸非常困难，我感觉自己的身体似乎已脱离了这个世界。我的生命力正在下降。另一次呼吸，我竭尽全力才将它吸入肺里。它消耗了我大部分仅存的气力。我意识到，自己的生命已所剩无几。

我回忆起曾经的训练：在基本水下爆破队／海豹突击队训练班期

第一部分 锤炼

间，我们经常需要在水中待上数小时，海浪拍打着我们低温的身体，直至我们无法坚持面对下一波海浪。一次又一次，伙计们选择放弃并摇响了退出之铃。我在海浪中看着他们，我的眼睛因盐水而灼痛，我的身体因虐待而酸痛，但我不会退出。

破坏某个男人忍耐力的关键是令他感到寒冷，并让他一直保持在那样的状态中。寒冷会令你的元气大伤，就像减缓电池组的耗用功率。你的身体难以与之对抗。在寒冷中，打颤是你的自然反应，且你的能量也会迅速消耗。颤动会令你筋疲力尽，它能摧毁你的斗志和精神。只有极少数的人可以在这样的环境下坚持下来。

一个小时又一个小时，我坚持着，我在海浪中坚持着自己的梦想。我做到了，我佩戴上了海豹三叉戟徽章。训练接近尾声，我也会不由自主地颤抖，直到我感到新局面的到来。在靠近圣地亚哥的科罗纳多的那些夜晚是我生命中最寒冷的日子。

那时，教练们会小心地照顾着我们，不会将我们推出太远。那是限于海豹突击队训练班的训练。教练会将你推向极限的边缘，但绝不会超越红线。

今天，在这片伊拉克的荒漠中，没有了教练们的照顾，更没有什么红线。

我感觉自己已超越了红线，滑向了深渊。这里无处可逃——你无法走出海滩，走向等待着我们的温暖的厢式货车、热咖啡；你无法拿到返回舰队的车票。与曾经的训练相比，这是一种完全不同的体验。这是一种来世的寒冷，精神的寒冷；这是一种漫向死亡的彻骨的寒冷，一种由内向外延伸而行的冰冻。

这就是我现在的全部感觉，我也许即将离开这个世界。

该死的东西。

我接受这样的结局。作为军人，这也许是我最理想的结局。我和兄弟们并肩战斗，打击邪恶的敌人。这与身处疗养院中缓慢度日直至日渐衰弱不同，我不需要那些嘟嘟作响的机器维持自己那最后的生命。

这与突然发生的车祸也不相同。突然发生的车祸可不会带来任何荣誉。我的心思止于这些想法，记忆将我带回到过去，我想起了自己的妻子艾丽卡（Erica）。

这时，那子弹纷飞，交火也越来越强烈。阿尔通过无线电呼叫AC-130机组。平衡器咆哮着喷出炮弹，炮弹淹没了西边的敌人。

短暂的喘息后，我胸口感到了的压迫感。

艾丽卡有着长长的金发、温暖的双眼、母鹿般美丽的眼睛。我第一次看见她，就被她深深吸引。

我听见了一些声音，阿尔仍用无线电对话的声音，附近的一些其他声音。我无法看清他们是谁，我无法扭头。我唯一能做的只有凝望银河。

我尝试着深呼吸却未能成功，那种压迫感太强烈了。

一挺机枪打出了一串长长的子弹。25毫米口径炮弹爆炸开来，男人们呼喊着。

我的小女儿是麦肯齐（Mackenzie）。

她蓝色的眼睛，充满了热情。

菲尼克斯（Phoenix）是我的儿子。他7岁时，我第一次带他玩单板滑雪。当时，我看着他能独立地站立并滑向山下，我感到了无比骄傲。

安杰丽卡（Angelica）也是我和艾丽卡的女儿。艾丽卡在愚人节那天告诉了我怀孕的消息。我不相信，也不相信验孕棒的测试。艾丽卡不得不去医院确认验孕棒测试结果的准确性。当这个消息最终得以确认时，成为了我一生中最美好的时刻之一。

我喜欢当父亲的感觉。我一直亏欠艾丽卡和我们的孩子。因为我们的特殊身份，我们必须接受为此付出的代价。

我们经常带孩子们去大灰狼水上乐园游泳、玩耍。

每个父亲节假期，我都会带女儿们去舞蹈室，之后去隔壁修指甲、修脚。我和她们坐在一起，当她们沉浸于美食并大快朵颐时，我会告诉她们，她们吃饭的样子有多可爱。

第一部分 锤炼

有多少我认识的军人从战场归来,错过了周年纪念日、生日、节假日和家庭周末,因为他们已处于为另一次战斗部署而进行的封闭训练。有多少家庭被战争拆散,在美国,特殊的军人团体的离婚率接近90%。而福克斯(Fox)和美国有线电视新闻网(CNN)并不经常报道这些情况。每一位勇士/父母都为此付出了代价。正因如此,我们都背负了沉重的负担。

我听见了盖过交火的马达声?我尽力去听,但我不敢肯定。一些是 AK-47 的尖叫声,一些是我们的 M4 的回应声。

一个突然的想法萦绕心间,我将要失去什么?生日、毕业典礼、万圣夜?圣诞节精心装饰的圣诞树、美食、礼物和笑声?我会错过所有这些美好的夜晚和里程碑般的日子,我将失去对这些快乐的分享,更不能帮助家人渡过难关。

艾丽卡,她的笑容能引燃一个房间。人们被她吸引。

她会过上孤苦伶仃的生活。某一天,也许她会找到其他人组建新的家庭。这是我曾经告诉她的,我希望她那样做。

某个别的男人会抚养我们的孩子。

我尝试着再次深呼吸,但胸口的压迫感越来越强烈。我感到仅有一丝空气流入我的肺里,呼吸太困难。

> 我会用你的光指引方向
> 因为我的世界只为你而存在

《三门落下》(*3 Doors Down*)是我最喜欢的歌曲之一。它曾陪伴着我走过了无数黑暗岁月。

我不愿就此离去。

"上帝,"我说。我的嘴唇还能动吗?我不敢肯定,但我希望自己能坚持下去。

这些年,我已成为了一名糟糕的基督徒。当我完成海豹突击队训练班的课程并赢得我的海豹三叉戟徽章后，我告诉自己，在海豹突击队中上帝无处安放。偶尔，我也会用那个借口支撑着自己的生活。事实上，我从未停止过信仰。我无时无刻不在祈祷，只是我很少去教堂。

我错了，上帝无时无刻不和我们同在。不管我们在哪里，无论我们做什么，他总和我们同在并时刻准备着宽恕我们。这就是我的上帝，没有报复或愤怒，只有宽恕、仁慈、爱和拯救。

"上帝，请赐予我回家的力量。"

平衡器再次咆哮，阿尔再次呼叫着空中支援。炮弹降落到我们右边的某处地方。

"我想再次见到自己的妻子，我想看着我们的孩子健康成长。"

我睁开了眼睛，头上的银河闪耀着光辉。我躺在树旁，耳朵里充斥着战斗的回响。

那种压迫感消失了，我感觉自己的气力似乎恢复了一点。我能挪动手指了，也能扭头了。

艾丽卡，我会回家看你的。

4　路易斯维尔的夜总会遇见真爱

肯塔基州，路易斯维尔（2000年）

7年3次南美军事部署进入我的职业生涯。作为海豹突击队员，我在肯塔基州诺克斯堡（Fort Knox）军事基地与一小群战友做基本战术指导。我们每天工作18小时，有时长达20多小时，最长的时候甚至可达24小时。那时，我们只有一个想法，离开军事基地到镇上缓解下压力。努力工作、痛快玩耍，那是我们在9·11事件之前的口头语。

周三晚上，我们完成了一次长时间的野外训练后准备举行一次夜晚狂欢。离开军事基地进入小镇之前，我们讨论着当晚的活动内容。行动保密性使我们在镇上不得不保持低调。我们必须行事谨慎，我们所说的每句话都要注意分寸。我很少提及自己出生于俄亥俄州，我会说自己大部分时间生活在北卡罗莱纳、佛罗里达和维尔京群岛。

即便不考虑职业保密的因素，我们的身份公开依然会给我们引来诸多麻烦。如果我们告诉别人，我们是海豹突击队员，我们可能会得到两种反应——女人们通常会认为这是一个谎言，她们并不相信我们；男人们则会无休止地纠缠我们，甚至尝试着寻衅打架。我们要么被气得暴跳如雷，要么以一场酒吧打架而结束自己的夜晚狂欢。我们混在当地人中间，躲开当局人士，以避免行动的失败。不久后，这样的行动变为了某种竞赛。许多队友成功说服一些年轻女性相信我们是驯狮员，或者相信我们是驾驶太空梭牵引装置的工作者。

有时，我们成群结队地铺展开来。我们假装自己是一支到此参观的篮球队或是曲棍球俱乐部，或者一群度假的公司高管。

那天晚上，我们决定假装自己是一支拳击队，因为在我们突击排有个小伙子的外貌与拳坛金童奥斯卡·德·拉·霍亚（Oscar De La Hoya）极为相似。周边的人们难以分辨真伪，纷纷向他索要亲笔签名。我们计划告诉当地人，我们来到镇上是为了和驻扎在诺克斯堡的美国军人打一场拳击比赛。

那晚，我们转进一辆准载15人的雪佛兰汽车。我们交叉穿梭于城镇，就像我们即将参加各种训练赛事一样。当然，这样一群A型小伙长时间地挤在如此密闭的空间，势必导致某些无聊战斗的出现：一是直接打架，我们亲切地称其为"厢车打斗"——某人可能会突然出拳，近距离格斗瞬间爆发于后座，但大家都不能击打驾驶员；二是广播打斗，"广播"是我们玩的另一个刺激游戏——新人总是被要求坐在车厢的最后，我们当中的一人喊"广播"，新人必须打出一条路来，冲到车厢前调节音量按钮，以提高汽车的音响系统。当然，阻止新人们前行是我们每一个人的责任，也是游戏的规则。

在车厢格斗中，总会出现人员擦伤，我们并不会对此在意。当我们交还车辆给交通部门时，他们也许会询问，为什么车辆的天花板上有脚印？为什么大多数的座位靠背损坏了？我们通常会耸耸肩，守口如瓶。

那晚，因为高强度的训练，我们没有做任何的车厢恶作剧。为了当晚的狂欢我们积攒着能量。我敢肯定，那些发动机T型小伙子会对我们的老实感激不已。没有了常规毁坏，他们也不必费力替我们修理。

我们今晚必须到达路易斯维尔的巴克斯特大街，寻找一家夜总会。之前的周末，一个队友曾去过那里。我们行驶了几个街区之后，停在了一幢摇摇欲坠的、蔓生着混乱植物的建筑物前，它曾是一处南北战争前的仓库。随着之后的多年翻修，这座建筑已成为了一幢红色与米色相间的拼图式砖砌建筑物，它拥有后现代式可伸缩玻璃屋顶和大量木梁。它占据了这个街区的大部分地方。穿过街道是一座历经百年的墓地，墓地旁矗立着一座废弃的殡仪馆。

夜总会与墓地之间是拥挤的街道，车来车往。一辆豪华轿车穿过人群，从我们的灰色海军厢式汽车旁穿过。看着这里各色的人群，我知道，我们已到达了目的地。

当我们下车走向前面的入口时，霓虹招牌异常明亮，映射出一辆19世纪的满载啤酒小桶的流动炊事车的形象。门前的人群和汽车沐浴在它所散发出的橙色光晕里，在街道上投射出长长的影子。来自4个不同地方的乐队所弹奏出雷鸣般的音乐，人行道也开始了震颤。我们支付了门票并走进了路易斯维尔最古老、最狂野的夜总会。

我们走进拥挤的人群，那里涵盖了美国的几乎各个阶层。乡巴佬、牛仔们喝着酒，旁边聚拢着联谊会的女孩和兄弟会的成员。我们向徘徊在美洲狮旁边的那些穿着紧身衣的可爱的性感女郎抛媚眼。这里有青少年犯罪团伙成员、吸毒者和嬉皮士，他们漫步在酒保和睁着大眼睛的青少年之间谈论着他们伪造的证件。这是凤凰山酒馆（Phoenix Hill Tavern）的啤酒狂欢夜。

凤凰山酒馆就像个迷宫：5个酒吧、4个舞台、3层楼，乐队和DJ们分布在角落和缝隙处。地板是老旧的未经修饰的木头。橡木上挂着盆栽植物，旁边摆放着多彩的彩饰陶罐。墙上覆盖着美式老物件，房间里用旧货店的古董装饰。

那也是我们的生活方式。

我们买了一些喝的，开始了我们的夜生活冒险之旅。我将自己安排在靠近门口的位置，看那些肌肉硕大的保镖查看证件。一群群新到者涌了进来，其中不乏漂亮脸蛋。这必将是一个伟大的夜晚，对此我毫不怀疑。

一个长着母鹿般漂亮眼睛的女孩走上了楼梯并出示了她的证件。她有一头长长的金发、一身简单的装束，但看起来令人晕眩。她上身是蓝白条相间的露背装，下身是白色宽松的长裤，脚上是平底人字拖。当肌肉男检查她的驾驶证时，她笑了笑。我看到了她那张迷人的笑脸，搭配着她那晒成棕褐色的皮肤相得益彰。里面的霍克·霍肯（Hulk Hogan）向她打着手势，当她穿过拥挤人群的时候，我的视线一直未曾离开她。

我必须与她来个偶遇。我计算着我的时间并且在靠近酒吧的地方追上了她。她用她那母鹿般的眼睛注视着我。看着她那长黑的睫毛，我情不自禁地被她吸引。

"嗨，我是杰森。你好！能与你共饮一杯吗？"

我羞愧于自己苍白的言语，既无智慧也无魅力。这是我最弱智的一次搭讪。

不过，那也是我生平中最美好的一次！

"哈喽，"她答道。我想，她应该是被我试图诙谐但又可怜巴巴的搭讪方式逗乐了。

我试着与她浅谈下这里的音乐。她礼貌地聆听了一会儿，然后打断了我的谈话。

"我今晚来这里是为了见几个朋友，他们正在楼上等着我呢。"

我顿时感到手足无措、羞愧难当。

"那好，我一会再来找你。"我试图挽回刚才的尴尬。

她点了点头并与我道别。我呆呆地看着她消失在拥挤的人群。

我重新加入了我的兄弟们的队伍。不久，我们在啤酒上消费了5美元，大家玩得非常尽兴。但我的思绪已然飘向了刚才那个漂亮的女孩。她身上散发着某种魅力——迷人的微笑。我想知道关于她的一切事情。

顺其自然吧，好好享受这个夜晚。

我喝了一杯啤酒，仔细思考着当下的现状。我并没什么可忧虑的，我正从与前女友的关系中走出来，前女友仍居住在我在弗吉尼亚的房子里。尽管我尽着最大的努力试图维持好与她的关系，但现实情况是复杂的——她有孩子。我照顾着她和她的孩子，但我希望她们能尽快找到新的住处。我知道，当我从肯塔基回家时，一定会出现令人不快的局面。

喝完酒，音乐冲击着我们的耳膜直到耳朵几乎麻木，我起身上楼。

我上到二层并开始寻找那个金发女郎。一群人或是喝酒，或是跳舞。我发现了她，她正站在长凳上，在这个房间的远端。某个男人正跟她说着话。

不，这可不行。

我快步走向他们。那个男人穿着一身 L.L. 宾恩（L.L.Bean）③品牌的服装。他正兴奋地侃侃而谈，但女孩似乎早已厌倦了。我的机会来了……陷入困境的年轻女孩。

我将谨慎抛诸脑后。当我到达那个长凳的时候，我正好站在了他俩的中间。背对着"呆子先生"，我含情脉脉地看着金发女郎并释放出了一种自信："还记得楼下的我吗？"

"呆子先生"猝不及防。我无视他的存在并请教了姑娘的芳名。

"艾丽卡，"她告诉我。

"你是单身吗？"我问。坦诚地说，我无法相信像她这样的女孩没有男朋友。

"是的。"这次她会心一笑。"呆子先生"依然呆在那里，什么也没说。

"我不相信。这怎么可能？像你这样的美女为何会单身？"我问道。

她回答："我知道自己在寻找什么，只是我还未曾找到。"

"也许你已经找到了。"

"呆子先生"最终被击败，他跳下了我们所在的长凳，消失出了我们的视线。

那天晚上的这个酒吧有无数的美丽女人，但艾丽卡拥有自己的独特魅力，她的美是独一无二的。

我们一拍即合，一起开怀大笑，一起畅饮并分享着彼此的故事。此后，我们一起下楼加入了我的队友之中。在那里，我们一边聊天一

---

③ L.L. 宾恩（L.L.Bean），美国知名户外品牌。

边跳舞，愉快地度过了余下的良宵。她迷人而聪慧，总是面带笑容且笑容甜美。

第二天，她邀请我去吃烤肉。我如期赴约，艾丽卡怀中抱着她7个月大的儿子菲尼克斯，热情地接待了我。这的确令我感到意外。当菲尼克斯用他的奶瓶敲打我的脸时，我仍有点猝不及防。

我搓揉了一下自己的脸，我和菲尼克斯待了一小会儿的时间。艾丽卡和她的朋友们给我派发了组装烤架的任务。与艾丽卡一样，菲尼克斯也有一双棕色的大眼睛，一头浓密的头发。艾丽卡的孩子活泼好动，不久，我便确信那个孩子的体内一定隐藏着核聚变的秘密。

到当晚结束的时候，我们两人都已经喜欢上了对方。同时，我与艾丽卡的朋友们也相处融洽。我与菲尼克斯、艾丽卡一起在路易斯维尔度过了愉快的周末。不久后，军事训练之余，只要一有空隙我便通勤于那个小镇与诺克斯堡军事基地之间。

一个月后，周日复活节那天，我去见了她的家庭并以拳击手的身份介绍了自己。当时我仍未向艾丽卡吐露真相。向她的祖母（我们称之为G.G.）圆这个谎时，我心中感到内疚。G.G.是个固执的老妇人，她非常喜欢我的拳击手身份。那天晚上，我向她告别的时候，她说："记住，杰森，保护好自己的脑袋，双拳向上护住头！"

几周后，我将自己的秘密告诉了艾丽卡——我并非拳击手，而是一名美国海军海豹突击队员。当我对自己之前的谎言作了大段解释后，她沉默了几分钟。那种沉默令我感到不安。我们的关系已足够亲密了，但不久后我就要离开这里回到弗吉尼亚，她也非常清楚这点。我想，我们也许永远不会再见面了。这也许就是工作的代价。你遇上了一个对的人，你们都看到了希望，但当那段感情即将被起航时海军的特殊身份将你们分隔开。在看小说时，我通常也沉迷于那种分手的方式，但这次除外。

这是一个重大的时刻。作为海豹突击队员，我理解自己职业肩负的使命。对女人而言，她们可不想与军人一起生活——军人的妻子和女朋友将面临一种艰难且孤独的生活。当丈夫和男朋友们消失在他们视线的那段时间，她们不得不独立抚养小孩并操持家务，那是一种压倒性的折磨。大多数女人并不希望过这样的生活。另一方面，也有一些女人迷恋军人的形象和军人的冷酷并一头扎进与军人的亲密关系中。但通常都会以戏剧性的结尾收场，以分手告终。

我知道艾丽卡不属于后者。不过，她是一位单亲妈妈。她的生活、家庭，所有赖以生存的关系网都在路易斯维尔。一个身不由己、随时处于待命状态的军人能给她带来什么？这样看来，我们现在的相处也许是所剩无几的甜蜜时光。我知道，这是横亘在美妙爱情与残酷现实之间，能将爱情击碎的艰难时刻。

最后，她终于做出回答："这也许是我做的最疯狂的事情，但我愿意收拾行囊跟你去弗吉尼亚海滩。"

我惊呆了。"你不知道你正在沦陷，也许，你应该逃离这场沦陷。"

艾丽卡并未离开。

之后不久，我回到了弗吉尼亚。尽管那段时间，我们并未规划好我们的未来，但我坚持在训练完成后与她保持信件往来。电子邮件给我们提供了一个合适的平台，我们通过邮件分享自己的心事，即那些面对面的接触中难以启齿的心事。

我们享受着彼此亲密的美好时光。我们喜欢相同的事物，有相同的音乐品位，享受着一起玩耍的欢乐时光，喜欢相同类型的电影。我们谈论希望、梦想和未来。我们分享着对潜水的热爱，艾丽卡梦想着在将来能经营一家潜水度假酒店。我们都来自离异家庭，我们有许多共同语言。我们都对自己的未来婚姻具有一个共同愿景——如果我们能喜结连理，一定要白头到老。我们绝不希望自己的孩子经历父母离婚并面对功能失调家庭的剧变。

艾丽卡和菲尼克斯融入我的生活似乎显得非常自然。我们彼此适应。长久以来，将我与这个世界分割开来、我无法实现的部分，在她那里成为了现实。她的存在完善了我的生活。

一段时间之后，我再次来到肯塔基参加训练，训练间隙我们几乎时刻黏在一起。每次我离开她时，都无比期待与她再次重逢。我们彼此越来越亲密，不在一起的日子令我们感到空虚与寂寞。

我最后一次在诺克斯堡基地的训练旅程结束后，我收拾行囊并返回了弗吉尼亚，那里是我的家。在我离开之前，我为艾丽卡制订了计划，希望他们可以尽快来弗吉尼亚与我相聚。

几周后，艾丽卡和菲尼克斯来到了弗吉尼亚，我们在一起度过了美好的时光。我们都富有冒险精神，即使我们做不同的事情，也能发现进入新境地的共同点。我们来到池塘边，漫步在木板路，躺在沙滩上。一天，我们决定去搜寻一些圣诞树装饰物。艾丽卡有个习惯，每到一个新地方都要买一些有特色的装饰物。在大西洋大街的一家弗吉尼亚海滩旅游商店里，我们发现一个张开大嘴、准备吞食猎物的鲨鱼小雕像。艾丽卡喜欢这个小饰物，将其选为我们的第一个圣诞树装饰物，同时还能纪念我们的那段旅程。她说，来年她会将它挂在圣诞树上。艾丽卡买下了它，并在它的嘴里放上了一张我们三人在海滩上拍摄的小照片。

菲尼克斯只有两种速度：全速和无意识。事实上，他几乎不会停止活动。他匆匆地奔走于我的房子四周可以长达几个小时：撞墙、打碎东西。我们跟在他屁股后面奔跑，清理他制造的小灾难，他却突然倒在地板上酣睡起来。

当他们离去，返回路易斯维尔的家中时，我感受到了别离的滋味以及可怕的安静。在他们离开弗吉尼亚后，一有时间，我便会开车前往路易斯维尔。作为报答，只要日程允许，艾丽卡也会来弗吉尼亚海滩看我。这种距离上的折磨令人烦恼。艾丽卡搬到弗吉尼亚海滩生活对我们两人而言，可谓是巨大的进步。但对艾丽卡来说，她也许要放弃她的朋友、她的家庭以及陪伴菲尼克斯的那些曾经的小伙伴。对我来说，我也许要放弃自 7 年前离开母亲加入海军以来一直享受的自由的单身生活。

感恩节那天，我邀请艾丽卡来北卡罗莱纳州（North Carolina）见我的家人。我们共同度过了一个美妙的周末。艾丽卡同我的姐妹和母亲相处非常融洽，她给大家都留下了极好的印象。我意识到自己可能遇到了人生中的完美伴侣。我想与艾丽卡共度人生的每一分钟，我想了解她的想法。在我们的人生冒险之旅中，她的感觉是什么。我想让她开心，得到她朝阳般的微笑。

与艾丽卡相处总是那么融洽。我们心灵相通，几乎在任何事上都能达成一致。

我相信，上帝为每人都挑选了一个完美的灵魂伴侣。艰难之处在于，如何从茫茫人海中发现她，通常人们容易找到的并非是上帝为你安排的人选。这也解释了为什么离婚率如此之高。我知道，在那个感恩节，我找到了我的伴侣。

当然，那时睾丸素、酒精似乎也对我们的爱情带来了帮助。事实上，我失去自由已经 10 个月了，我的单身自由已被抛洒在凤凰山酒馆。这段时间是我生命中最美好的一段时光。当然，事物总有反向的一面。就像俗话说的那样，魔鬼和天使都站在了我的肩头。天使降临——艾丽卡是如此完美，我也许永不会再找到另一个像她那样的人。魔鬼诞生——魔鬼用他的叉猛戳我的脖子并大喊"自由"。

最终，魔鬼获得了胜利。

在那个周末行将结束之时，从家里出来后，我们在一片沉默中开车返回弗吉尼亚海滩。方向盘后面的我躁动不已。艾丽卡问我怎么了，我搪塞了过去。

突然，我来了一个急刹车。艾丽卡再次问我怎么了。我的言语给了她重重一记耳光。这次，我变得冲动起来。我向她倾诉，我列数了我们不应该在一起的每条原因——我的工作、艾丽卡也许会失去她在路易斯维尔的所有关系网。我谈及了长距离分居的痛苦——即使我们结婚，我的工作也会强迫我们分开。我竭尽所能地利用我的工作作为逃避责任和义务的"通行卡"。

但这丝毫没有起到作用，艾丽卡依然镇定自若。我不敢相信眼前的事实——我向她泼脏水，她却坚定自如。我继续实施了B计划。

尽管艾丽卡和我彼此互补，但我们之间也存在根本的不同。多年的军旅生涯使我早已习惯了组织生活。我喜欢有计划和有条不紊。在我的家中，一切都是井然有序的。艾丽卡则颇具自由精神，她行事并非总是那么有计划，且不介意杂乱。她很少主动清理杂物，小杂乱不会成为她的困扰。许多夜晚，我在房子里转圈并建议她打扫一下房间。艾丽卡会向我粲然一笑地说："我们可以先做一些有趣的事！"

只有我将生活中的这些不协调的小事抛开，才有了我们之间的美好时光，她吸引着我走出秩序感。

那天晚上，我破坏了我们之间亲密关系的最后楔子。我步步紧逼，直到她哭起来质问我："你究竟是什么意思？"

"我的意思是，我们之间完了。"我冷冷地回答。

当我们到达我的房子时，艾丽卡抱起菲尼克斯并将他放在了她的车里。午夜后，艾丽卡打包好了她的行李离开了我，她向路易斯维尔奔去。她的音响设备循环播放着同一首歌：

　　脚踩油门，关上后视镜
　　因为我永远不会回头，那是事实。

随着我们之间的距离越拉越远，她以自己的方式唱着乔·迪伊·墨西拿（Jo Dee Messina）的歌缓解苦恼。没有任何和解的兆头。

我站在门廊，望着她的汽车尾灯消失于我的视线。我感觉自己的心仿佛被一根尼龙绳扎了起来。尼龙绳的另一头拴在了她的汽车的保险杠上,尼龙绳撕裂了我的胸膛。

那个夜晚,我失眠了。我只是躺在那里,被自己无意识的行为击垮了。正如电影《情到深处》(*Say Anything*)中的那句经典台词:"这世界到处都是男的。做个男人,别当男孩。"

我曾是个典型的男孩。

我在痛苦中焦虑不安持续了两周时间。为了满足自己的自负心理,我未曾给她打电话。

与此同时,艾丽卡用沉默惩罚着我。假如她给我打电话,痛诉我的白痴行为,我也许能抓住与她说话的机会。至少,我们曾以声传情共同度过了一段美好时光——我们曾有10个月的时间亲密无间。她曾是我每个清晨醒来后的第一个念想,是我晚上睡觉前的最后挂念。我喜欢给她写信,我还会将她发给我的每一封电子邮件保存下来。

现在,我们的联系中断了。我感受到了分离的痛苦。沉默使我抑郁、堕落。我试着将自己放逐于工作,但效果并不如意。我蹒跚度日,对艾丽卡的思念越来越浓。人们常说,在你开始上路之前,必须先沉入谷底。在我所处的这个事件中,没有谷底。我保持螺旋下降、自由下降,没有任何冲撞。可怕的是,我在这种下降中无路可逃。

我和男孩们喝酒尝试着将她忘掉,但现实情况并不如我预想的美好。我将原有的傲娇置于脑后,准备给她打电话。艾丽卡接了电话,听到我的声音后便大喊:"见鬼吧!"之后便挂断了我的电话。在那个时候,我不确定,事情是否还有转机。

我继续给她打电话。通常情况下,我得到的只是电话留言信息,但至少我听到了她给我留言的声音。许多次尝试之后,她最终接听了我的电话,她告诉我不想再与我有任何的关系。这时的我,多么希望自己恰巧被卡车撞了,相比而言,那也许还能给我带来好运。

几天后,我意外地接到了她打来的电话。艾丽卡特别喜欢帽子,有了帽子的装饰,艾丽卡能展示出一种创意十足、不拘一格的时尚感。

感恩节那天晚上，艾丽卡匆匆离开弗吉尼亚海滩，她忘了拿走她最喜欢的一个帽子。她让我将帽子邮寄给她，然后又一次挂断了我的电话。这使我渐渐明白，艾丽卡真心要和我分手。

我停止了打电话的行动并试图转变策略。我试着重新梳理曾经发生的事情。我希望说服自己，我们的相见也许并非命中注定；我们的生活有着天壤之别，就像油和水——她的生活是凌乱的，海豹突击队让我明白秩序和清洁才是生活成功的关键。艾丽卡和我之间的对立或许让我们相互吸引，但这样的吸引却不能持续。我进行着复杂的思想斗争。

然而，我试图说服自己的那些谎言没有一个能起作用。

一天晚上，我正和两个兄弟相约，徒劳地尝试着在酒瓶底寻找慰藉。因为这点，格伦（Glenn）和詹森（Jason）也许早已厌烦了听我倾诉与艾丽卡分手的故事，但我很少谈及别的话题。

格伦已经耐心耗尽："嘿，傻蛋，停止哭喊，去找她。"

当夜晚些时候，我回到家仔细考虑着格伦的建议。在我们的感恩节灾难发生之前，我原本计划的是12月去路易斯维尔和她一起过圣诞节。菲尼克斯患有室中隔缺损先天性心脏病。那年更早的时候，他的医生建议菲尼克斯动手术修正一下。艾丽卡将手术计划在12月18日。那时，我曾答应过她，我会在那天与他俩同在。

现在，我竟然愚蠢地把事情搞砸了。

我想，在路易斯维尔的她，此时或许正为了菲尼克斯的手术强打精神，这也许是我的机会。一个单亲妈妈要面对一件如此可怕的事情的前几周，我怎么能那样对她？

我曾经许诺要在他们身边，为了菲尼克斯，也为了我深爱的女人。尽管我有很多毛病，但我一直以信守诺言为人生信条。不管发生任何事，我都会坚持到底。

我决定去找她。

我知道，菲尼克斯手术之前的那个夜晚，艾丽卡与她的朋友们有一个圣诞聚会。我思量着，如果我能在她的朋友们到达之前赶到她家，我也许会能获得与她和解的机会。如果我出现得太晚，她的朋友们也许会与她结成同盟，我的机会也许就渺茫多了。时钟嘀嗒作响，在我面前有一条长路需要驱车前往，那正是圣母玛利亚时间。

我将一些衣服丢进袋子，并拿起了吉普车的钥匙，准备这次冬路之旅。弗吉尼亚海滩的冬季是温和的，所以我很少在吉普车上放帆布顶棚。看了天气预报后，我知道路易斯维尔那边相当冷。所以我寻找着吉普车的帆布顶棚。几个月前，我把它放到了床底。当我找到它时，它的后窗被我的德国牧羊犬影子（Shadow）咬了个大洞。

天气预报说，路上会有强风暴。如果没有后窗，难以想象前途的艰险。如果我遭遇了不测，牧羊犬影子也很难幸免。我按上帆布顶棚，将狗和行李袋放到了后座，向肯塔基的方向奔去。

我驾车向西进入了山间，尽管穿了几件厚外套，但方向盘后面的我仍然瑟瑟发抖。我看了一眼时间，要在艾丽卡的聚会开始之前到达她那里的机会之窗，正在迅速萎缩。如果我选择不停车直行，也许能在她的朋友们出现之前的 30 分钟抵达那里。

一路上，我都紧张不已。我想知道接下来会发生什么，我开始展望具体的情节。艾丽卡听到急促的敲门声后会开门吗？然后呢？她会向我扔东西吗？

很有可能！

或许，我应该做好躲避子弹的准备。希望别出现子弹，我并不善于躲避那玩意儿。

她会给我说话的机会吗？我要跟她说什么？我开始琢磨着如何组织自己的语言。我试着对狗说话，它看起来仿佛深受感动。但它只是一位友好的听众，而我真正需要面对的是一位磨刀霍霍的强硬家伙。

我们到达了西弗吉尼亚山地，宇宙似乎也与艾丽卡结盟站在了我的对立面。通过收音机，我听到了暴风雪正在逼近的消息。狗狗影子和我转进了巨大的暴风雪中，地平线交织成了一片雪白。我们的前行异常放缓。随着时间一分一秒地过去，我知道，我的机会也在减小。

如果在聚会开始后我才蹒跚而至，我将面临一幅什么景象。我敲门时，她的朋友们会出面干涉吗？她们会不会隔着门板赶我离开？即便我冲破了这道关口，艾丽卡会藏在房子里不见我吗？那群发脾气的女人会阻止我们相见，并骂我是蠢驴吗？

随着我到达山区的中心，行驶在64号洲际公路上（I-64），雪下得更大了。很明显，宇宙在告诉我，"放弃吧，掉头回家。这样太冒险了。"

我加大油门，全速穿越暴风雪。

尽管车内开着暖气，我的吉普车内的温度还是降至了冰点。感谢上帝，因为工作需要，队里给我发了一些市面上能买到的最好的御寒装备。不幸的是，这些装备并未放置在我的车上。冷风抽打着驾驶舱，我很快处于低体温症的边缘。

我正以每小时60英里（96.5公里）的速度前行，吉普车在延伸的黑色冰带上打滑，失去了控制。吉普车滑向路边，冲向对向车道。迎面驶来的是一辆18轮的拖车，这是一次严峻的考验。

我准备接受这次挑战，在即将相撞前的最后时刻，轮胎紧咬住了湿湿的路面并将我火速送离了那个车道。大卡车从我的旁边呼啸而过，我的吉普车撞上了一个英里标志牌，并急停在了西弗吉尼亚岩石峭壁的草丛里。

艾丽卡曾开过我撞上卡车的玩笑，差点就成为了事实。

在生死边缘的游走令我感到兴奋。我的肾上腺素飙升，我握紧了拳头振臂高呼，我甚至想与狗狗击掌相庆。

我重新回到路面上并加速前进。狂风肆虐，白云裹挟着雪花，我进入肯塔基州界，牧羊犬黑影也禁不住打着冷颤。

我们全速而来，没有浪费一分钟，聚会将在60分钟后开始。我将吉普车停在了艾丽卡房子的前面并跳了出来。我身着两件半冰冻状的上衣，头上套着个黑色的无檐帽。我确信，在常人的眼中，我现在的装束就似一个流浪汉闯入者，而绝非丈夫角色。

第一部分 锤炼

我敲响了艾丽卡的门。在心中,这个动作我已不知彩排并练习了多少次。

保持简洁、机灵而浪漫。如果这些都失败了,那就卑躬屈膝。就算卑躬屈膝,也是值得的。

门开了。她看上去光芒四射,所有的精心打扮都是为了迎接她的朋友们。她看见我后的第一反应是吃惊,然后是一种轻蔑的表情。穿过门廊,我能看见她的圣诞树,树上挂满了各种装饰物,每个装饰物都代表着一个不同的地方和冒险。

没有小鲨鱼。

我睁大眼睛凝视着她,回想起那个夜晚我目送她哭着回家时的场景,我意识到自己是多么的愚蠢。我仿佛窒息了,之前几个小时一直与我处于同一战线的狗狗影子也躲开了我。现在,我必须坚强,因为我已一无所有。

我的视线越过了艾丽卡,落在那棵圣诞树上,想起了那个有我们三人照片的装饰物。我想在圣诞树上放上我们的小鲨鱼。我想与这个美丽的女人以及她的旋风小子一起分享快乐。我能看到在未来的岁月里,我们的圣诞树满载我们从不同地方带回的装饰物。直到某天,当我们的头发都灰白时,当我们的脸上布满皱纹时,它会成为我们过往美好生活的见证。

此时的我站在门口,毫无头绪。我怎样才能准确地表达出自己心中的真实情绪。

"嘿,"我开了口。

她怒视着我回应:"嘿。"

"艾丽卡,我来这里是为了菲尼克斯明天的手术。我是个男人,我说的话一定会兑现。"

这并没有打动她。

我跪了下来。我告诉她，我希望得到她的原谅；我告诉她，我深爱着她；我告诉她，我想让她和菲尼克斯搬到弗吉尼亚海滩与我同住。
　　她听完我的话后，说："让我搬去弗吉尼亚海滩的唯一方法是——我的手指上得有枚戒指。"
　　我打量着她的双眼："成交。"
　　我揽她入怀，我们在门口互相拥抱。当我们接吻时，我意识到自己刚刚表演了史上最蹩脚的求婚表白。

　　当我们走进屋时，我意识到了我手里的东西。我举起它说："我捎来了你的帽子。"

5　黑鹰救援

伊拉克，安巴尔省（2007年9月）

远处传来了旋叶涌起的声音，那是我们熟悉的声音。支奴干（Chinooks）直升机巨大的双旋翼会发出轰鸣的声音；五旋叶的低空铺路者直升机（MH-53）发出的声音显得粗糙；黑鹰直升机（MH-60）发出的声音则显得平缓。

暗夜中，直升机的螺旋叶片飞速旋转，那正是我所关心的。叶片旋转的声音越来越大，它给我带来了希望。

阿尔再次出现在我的身旁，他发出指令并通过无线电保持信息通讯。在我前方的不远处，我模糊地看见了某个人正用突击步枪进行射击，但我并未听到还击的声音。

"阿尔，我们现在是全员状态吗？"我虚弱地问。

"放松，雷德，剩下的交给我就行，飞机会在一分钟后抵达。"

这一分钟在我看来可不短，我仍然无助地躺在那里，身体处于飘忽状。大地开始颤抖，螺旋桨叶片发出的轰鸣声渐渐传来。

我的止血带！一种想法猛地撞击着我的脑袋。我可不想死在救援来临之前。"阿尔，我需要止血带，我的胳膊中弹了，血流不止。"

"已经处理过了，雷德。"

当我听到这句话时，彻底蒙了。这一切是什么时候发生的？他弯腰帮我绑上了止血带？

阿尔打开了无线电并与我们小队的其他队员开始了对话。他们正向这条道路移动。夜色中，他们的身形如幽灵般模糊，但我依然能辨认出他们的轮廓。他们与我的小队中的三名队友联合起来，以确保即将到来的救伤直升机的营救行动。他们会掩护救伤直升机，直到我们安全登机并向战地医院返航。

枪炮声停止了。我晕眩不已，感觉自己早已支离破碎。我无法确定自己的周围正在发生什么。但我感觉不到疼痛，这也许是来自祈祷的力量，我需要再坚持这最后的几秒。

一架黑鹰直升机盘旋在我们的头顶，像一道黑色的防护网。飞行员熟练地驾驶着直升机降落在距离我们大约 75 米远的地方。直升机螺旋叶片发出的声音随着发动机功率的降低而不断减小。

我将自己的心绪集中起来，一架黑鹰直升机正在那里等着我。一个想法突然在我脑海中浮现，一切仿佛都豁然开朗起来。

我想起了当晚执行任务前的作战指示中提及的内容——我们会得到一个特种作战直升机编队的支持。救伤直升机搭载有航空军医，而并非只有护士。在那架直升机上，我将会得到一名医生的照顾。此时的我，感觉身体内仿佛又充满了力量。这最后几十米的穿越行动，会有我最优秀的战友陪伴。

突然，我看见阿尔站在我的身旁，他的脸上布满了尘垢。在大家的眼中，阿尔的身份总是神秘的，除了他最亲密的朋友。他能被认为是美洲印第安人，或被认为是非裔美国人，或被认为是亚裔美国人。令我们忍俊不禁的是，一遇到女人，他就会手足无措。

他伸手向我抓来，我想起了曾经与他玩扑克牌时的场景。

我欠他钱吗？他冒着生死营救我是为了让我还钱吗？

阿尔抓住了我的防弹衣背后的拉手，拉着我向救伤直升机靠近。这种突然的运动令我感到疼痛，我忍不住哭喊起来。他并未放缓节奏，反而加快了节奏，我在剧痛下几乎不能呼吸。

"停！停！"

他停了下来。

"我坚持不住了，快扶我起来。"

我休息了几秒钟，直到疼痛减退。阿尔帮助我努力迈腿。上帝赐予我的恢复力现在派上了用场，我挣扎着直膝而立。然后，我抓住阿尔，尝试着站立。

"阿尔，抓着我的胳膊和头盔。"

我不想让自己的胳膊留在这堕落之地。我幻想着也许以后可以将它接好，这是我的愿望。

他似乎感到了困惑。

"阿尔，抓着我的胳膊和头盔。"我又一次重复道。

我们习惯对自己的物品负责。武器、夜视镜、防弹衣……我们不会将任何东西留给战场上的敌人。

阿尔点了点头，然后消失了一会儿，留下我独自一人。我想，他是去找寻我的胳膊和头盔了。我弯着腰等待着，鲜血从我的脸上涌出，溅湿了脚下的土地。我凝视着眼前的一切，思绪飞转，直到他返回并将一个胳膊放在了我的肩膀上。我们一起走向救伤直升机。我试着抬头，但鲜血流进了我的喉咙，我不得不再次弯腰避免自己窒息。血渍在我身后的土地上留下了暗斑。世界开始倾斜，我感觉自己的四周开始旋转起来。

我们继续前行。阿尔扶着我以确保我不会失去平衡或摔倒。

黑鹰直升机旋转的主旋翼的叶片反射着蓝白色的光，它正等着我们。当直升机降落到陆地后，它们通常会成为巨大的、易受攻击的目标。我们接受过专业的训练，我们知道如何快速登机以降低自己暴露的概率。但在那一刻，我的行动无法提速。

我们到达这架直升机旁边时，医生正站在侧门。门上有个把手，它的作用是将抓住它的人拖进机内。我伸出右手抓住了它，此时，我感到了安全。我奋力向前，躺到了冰冷的钢质甲板上，几乎用尽了自己剩下的全部力气。我再次飘忽起来，并失去了触觉。

艾丽卡吃晚饭了吗？

37

这样的感觉可不像在家中。躺在我身体之下是黑色而冰冷的金属，可不是家里舒适的床垫。我在哪里？我似乎又陷入了幻觉。

一声尖叫使我震惊，也使我回归。我凝视着黑鹰直升机内顶缝合的隔音材料。

我在伊拉克，我在战争中负了伤。

我感觉到了周围动静并看见了罗伯，他是被医生推进直升机的第三个伤员。罗伯的腿和胳膊被击中多次，他身高1.83米，挪动他可不是一件容易的事情。通常情况下，罗伯是个安静的小伙儿，他的脸上总是挂着愁云，这也许和他的大学经历相关。在训练中，我们发现他是一个野蛮的徒手搏击者，所有的坚韧都隐藏于他那出色的阅读力和渊博的智慧中。直到几个月前我才得知，他还拥有英文文学学士学位。

现在的他正处于极大的痛苦中。当他被推上直升机时，他的愁容变为了痛苦的呻吟。他躺在舱内的甲板上，准备着迎接新的战斗。

"坚持下去，雷德。"我听见有人嘶哑地说。

我回头发现布拉德躺在了我的身旁。他还说了一些别的话语，但我未能听清楚。

在确认了我们三个伤员的安全后，航空医护人员爬进了飞行舱。通过对讲机系统，机长开始向机组人员发话，黑鹰直升机离地起飞。它倾斜着摇摆着不断向上攀升。令人欣慰的是，黑鹰直升机的飞行状态是平稳的，这让我感到了安全。

沉睡，我现在的感觉只有困倦。黑暗之中，这里充满了平静，就像漫长而忙碌的一天之后，羽毛褥垫给我们带来了舒适和平静。我不想再做任何挣扎，只想放松地进入梦乡。

我闭上了眼睛。

很快，我又被颠簸着回到了现实，布拉德正在一旁抱怨着黑鹰直升机的喷气发动机带来的喧闹。我无法听清他的语言，也无法仔细观察他的嘴唇。在我醒来的那一刻，我意识到自己必须睁开双眼，躺在我身下的冰冷的金属甲板就像一块冰层。我要坚定自己的意志，我不能放弃。我不能这样孤独地死去，我想起了艾丽卡和可爱的孩子们。

为了他们，我必须保持清醒。

上帝，快带我回家，让我回到艾丽卡和孩子们的身边。

"阿巴拉契亚山脉（the Appalachian Mountains）的一次日落，我们正举行着婚礼。我们亲密地站着一起，轻风吹拂着山丘，吹灭了婚礼蜡烛上的火焰。我们笑了，我们彼此报以微笑并假装什么都没发生，我们将蜡烛递还给了持烛人。"

在这些支离破碎的意识中，我想起那些被吹灭的蜡烛的讽刺之意，正如我自己的生命火焰缓缓闪烁而渐渐逝去。

我听见了呼喊声，刺耳的叫声将我拖回到现实。布拉德正试着和我说话，但发动机的轰鸣声再次碾碎了他的话语。罗伯在一旁沉默着。"大鸟"继续飞翔，它正以100节的飞行速度划破伊拉克的夜空。那种最初攀升时的倾斜和摇摆已被持续而轻微的震动所取代。飞行越是平稳，我的睡意越浓，我再次放松了下来。

军医正忙着为我们疗伤。他从罗伯那边向我走来，然后走向布拉德。他低着头，全神贯注于自己的工作。我发现他的手上有一块印记，他是一个完美的职业医师。我猜想着，他在这片沙漠战区看过了多少伤者。

每一秒都像一小时那般漫长，我甚至不能活动自己的右胳膊。我是如何走上直升机的？黑色天使与我同在，它正等着我放松的那一刻，他正等待着拉着我离开这个世界。我又一次闭上了双眼，并尝试着再次努力地睁开。

"我的孩子；
我那淘气的小男子汉；
我的公主；
我的天使。"

孩子们需要我，过去，我不是一个好父亲。我是自私的，我需要得到第二次机会。

你能做到，杰森，保持清醒。

我必须保持清醒，只要我的眼睛还能睁开，鼻子还能呼吸。只要我清醒着，我就有机会战胜黑暗天使，走出黑暗。

走出那温暖的黑暗、平和的黑暗。

"雷德，不要抛弃我们。"

这句话使我惊醒。我听见布拉德呼喊我名字的时候，我快速睁亮了眼睛。驾驶舱的仪表盘闪着绿光。黑鹰直升机的客舱闪着灰色和黑色的身影。医生的身影在我的周围晃动，黑鹰直升机的发动机呜呜作声。

我在飞行中感受到飘浮的感觉。我不能屈服，我不允许自己再次堕入黑暗。

亲爱的上帝，请赐予我第二次机会。

黑鹰直升机向前倾斜、盘旋。过了一会儿，直升机的轮子开始与地面拍打。飞行员们正在使用刹车制动。靠近我脚旁的舱门滑开了，我仍然置身于这场生死游戏之中。

我闭上了眼睛。它们（眼睛）就像是被永远地焊死，进进出出的嘈杂声渐渐消退。不熟悉的声音发号着我无法理解的命令，在那边黑暗之中活动。人影显现又消失，卤素灯发出的刺目之光使我再次睁开了眼睛。

黑鹰直升机的声音早已远去，其发动机发出的吼声就像衰退的记忆那般消逝。我躺在一副担架上，担架被装载在某种高尔夫手推车的背面。我的旁边是布拉德，但我并未看见罗伯。

罗伯在哪儿？

布拉德不断地给我说话。我无法听清他的言语，但我能明白他的意图。他在鼓励我，试图让我逃离黑暗中的那片宁静。

高尔夫手推车摇摆着向前推进，我被推进了一座难以言状的有双层门的建筑物，有人在那里等着我们。我想和布拉德对话，告诉他，我们会没事的，但我提不起丝毫气力。

我的眼皮再次耷拉了下来。画面消失了，声音也渐渐弱化，即使最大的噪声也不再嘈杂。

我的视域中出现了条条光斑。我再次睁开了双眼，现在的我正处于那座建筑物之中。我头顶之上是一个平台。一个男人正站在上面抽烟，不时地向下盯着我，他的面部难以辨认。门开了，高尔夫手推车快速被推了进去。

"坚持住，雷德，坚持住，"布拉德一遍又一遍地重复着，就像念着咒语。

我们都被强烈的白光吞没，它也盖住了我们的视线。我眨眼斜视，除了刺眼的强光外无法看见任何东西。

一种不可抗拒的带有权威性的声音充斥在我们的周围。穿着褐色衣服的护士和戴着口罩的外科医生出现在我的面前。我从高尔夫手推车上被抬起，放到了其他地方。我无法肯定自己现处何地以及周边发生的事物，我被一群男女们围着。我感觉到了拖拽，我听到了衣服被撕裂的声音。强烈的白光边缘轮廓渐渐明晰。我看见了医疗设备、器械和导管。

他们卸下了我的大部分装备以及我的衣服。一种紧迫的声音在门廊里回荡。我想，他们也许正将我送进手术操作间。我闭上了眼睛并感受着这次旅程。又一扇门打开了，更多的声音飘荡而来。

我们被送到这里的时间也许稍微偏晚了。我感觉到冥冥之中有股力量欲将我再次拖入无边的黑暗，我太虚弱以致无力反抗。为了这次反抗，我早已拼尽全力。最厉害的精神意志也有底线，我的防线似乎快被攻陷。现在，我的唯一感觉是，我被照顾得很好。医生和护士们知道自己的工作，他们会竭尽全力帮我渡过难关。

医护人员将我抬起并放置于手术操作间中心的桌子上。奶白色的布景，我能听到脉冲的声音。颜色开始变得生动起来，白光关闭，我看见了周围的环境。然后，耀眼的白色再次亮起，令人窒息。我沐浴在了白光之中。

我感觉自己的左边似乎正发生着什么。是手吗？某人正触碰着我，他们的手指正滑动在我的身体上。某物发出沙沙的响声。（某人）用力一拉，然后传来了一个惊恐的女人的尖叫："上帝，他身上还有炸弹。"

一瞬间，那片白光消失了。肾上腺素刺激着我睁开了眼睛，我看清了整个操作间。护士们正快速地穿梭，医生们乱作一团。那一瞬间，我感到了孤独。操作间就像坟墓一般沉默。

我的思绪快速跳回到刚才出现的左侧拉拽。受伤士兵被推进操作间之前，医务人员通常会先行清除掉他们认为存在风险的一切事物。在他们救治伤员时，子弹、手榴弹、炸药等任何可能引爆或伤害他们的装备都会被事先取下并放置到安全的地方。刚才的那声尖叫，一定是某人拉开了弹药袋并发现了我放在那里的手榴弹。

"仅是一颗手榴弹，仅是一颗手榴弹。手榴弹上的别针被压胶封存着，它是安全的。"

"不要丢下我。"我大声倾诉着。

我盯着那些门，但它们仍然关闭着。我用尽了自己的全部力气。

白色渐渐消退，我闭上了眼睛。黑暗天使向我张开了双臂。

6　二次生命：领悟领导力

伊拉克（2007年9月）

　　一种轻柔的脉冲旋律有节奏地萦绕在我的耳畔。一些（声音）保持着稳定的节奏，一些高音会在稳定的间歇期出现，就像电子钟。

　　嘀嘀嘀……嘀嘀嘀……嘀嘀嘀

　　我能从它们的和声中捕捉到一种稳定而轻柔的吹气声。我听见了周围的对话声，对话的语调平静而专业。托盘发出咯咯声，推车发出咔嗒声，铃声以一种稳定的间隔敲响——那是生命走向安全的交响曲。

　　我的心中一阵狂喜。这里应该是配备了电子脉冲的巴格达重症监护室，我想，我会好起来的。这样的信念绝非错觉，医生和护士们正在对我全力救治。

　　艾丽卡和孩子们就像我的锚，使我这条小船可以在暴风雨中停泊。一想到他们，心中的负罪感油然而生。这些年来，我对他们的关心实在太少。我曾经是自私的，我专注于生命中的其他方面，总是忽略和他们在一起的时间。

　　我必须利用这次难得的二次生命的机会去改变现状。我必须确保自己的生命之路总是通向他们，那才是我新生活的中心。

　　我仍然躺在那里，闭眼倾听着，心神飘浮于某种药物引起的朦胧状态。我可从未吸食过毒品，也从未体验过它会给我带来什么快感。现在，我想，我也许知道了——那是一种飞翔的感觉。他们给我注射了什么？吗啡吗？也许是，只有上帝知道。

我睁开眼睛,遭遇了明亮的荧光灯光线。我花费了稍长一段时间来适应以便能看清这个房间。当我慢慢恢复视觉时,我看见了许多围绕着我的人,但我还不能识别他们。

过了一会儿。

他们的脸和轮廓开始变得清晰。灰色的头发、高大壮硕的身体、四方脸,站在我床边的是我的指挥官吉尔·布拉德福德(Gil Bradford)。一眼望去,他仍像曾经在大学校园中的进攻型前锋。他像高塔一般立在那里。他绝非呆头呆脑的橄榄球运动员。然而,与他交谈,你会发现他那略带邪性的聪颖。我们总是喜欢开玩笑,在他小小指挥官的身体里蕴藏着四星上将的智慧。

站在他旁边的是,秃顶的个头稍矮却更壮硕的欧尼·约翰逊(Ernie Johnson),他是我们的士官长。欧尼加入海豹突击队快30年了,他总给人留下举止平和的印象。像所有的其他海豹士官长一样,他备受整个海豹突击队的尊重。

看到他们令我情绪高涨,我的兄弟们都在自己身边。我想大喊着和他们打招呼,我试着张口却一个字也吐不出来。我只能发出像猛拉风箱时发出的声音。同时,外面传来了警铃声。

刚刚发生了什么?

"不要试图说话",一个我不熟悉的声音。医生?护士?无论他是谁,他正站在我队友的旁边。

"你被击中了面部,"这个声音继续响起,"所以,我们不得不为你做了切开手术。"

"切开?"从我的颈部接出一根管子穿过我的床,连接到供养机。一定是那里发出的吹气的声音。

他告诉我:"你会好起来的,但由于刚才的切开手术,你暂时还不能说话。"

我慢慢地点头并想起了多年以前的一个做过切开手术的哥伦比亚人。很快,我又走出了那段记忆。我刚离开的那处高地,战斗非常惨烈,我成为了幸运者中的一员——我得到了很多人无法得到的生命的二次机会。

那位医生或护士继续说道："由于你面部遭受了大面积的损伤，我们必须为你的下颌进行缝合。你在手术室已待了 10 个小时且大量失血，但你会渡过难关的。"

"你的左臂也伤情严重，不过，我们会尽全力为你提供帮助。"

用眼角的余光，我能看到我的左臂上缠满了绷带，像木乃伊一样。它并未像我之前认为的那样，在交火中被炸碎。

哈哈，太好了！

我感觉自己仿佛飘浮于被单之上。思想处于一种分离状态，脑袋与分离的思想一起游泳，我被精神愉悦的波浪所吞没。

贝贝，不懂规矩的小男人；天使、公主，我会回家看你们的。

"疼痛的程度如何？"

我伸出了拇指，完全没问题。在我的思绪中，我正飞翔于天际，甚至感觉不到自己的身体。

我抬起右胳膊，做了一个写字的动作。紧接着的是一团混乱。过了一会儿，有人递给我一支笔和便笺纸。我认真地写下了三个问题：

我的队友们还好吗？
已经通知我妻子了吗？
我看起来还算标致吧？

我撕下了那张纸片，并将它递给了吉尔。他拿着那张纸，读了一会儿后看着我，"是的，杰森，罗伯和布拉德都很好。他们现在都已做完了手术。"

我就像一个美梦成真的祈祷者，宽慰和狂喜之感混合，将我送入一种更高的精神欢娱状态。我们都能回家看望自己的家人，还有什么比这更值得高兴？

而那些伏击我们的人，这次战斗中的敌人们并未取得胜利。

吉尔说："你的妻子已得到了通知，是我亲口告诉她的。"

我试着点头，我非常感谢他，但伤口切口以及缝线了的下颌阻止我那样做。

吉尔狡猾地看了看欧尼·约翰逊，继续说："这些伙计们想让我告诉你，他们从不认为你长得标致。"

我想写出更多的问题，但药物使我感到困倦。有人拿出了相机，我在他拍照之前用尽了全身力气露出笑容并伸出了一个拇指。片刻之后，一个医生（或者护士）仔细观察着我的静脉注射滴注。就在那一刻，我仿佛突然失去了牵引力。一种突然袭来的疲劳感萦绕着我。我顺其自然地闭上了眼睛并感受到了一种持久的平和。

当我再次醒来的时候，我听到了军队重症监护室里那些熟悉的声音，但场景却和之前大不相同。吉尔和我们的士官长早已踪迹难寻。当我结束手术时，我看到的只有那些医生和护士们，我对这个地方完全陌生。

一位路过我床边的护士看我睁眼后告诉我，"这里是巴拉德（Balad），我目前的状态比较稳定，正等待着前往德国的航班。"我是什么时候被搬运到直升机上并飞离了巴格达？我对此毫无记忆。在我的旁边仅仅一帘之隔，躺着一名美军士兵，他正处于昏迷状态。一颗路边的炸弹在他的汽车边上爆炸，他的头部严重受伤。与我相比，他的身上插满了管子，四处都有缝针的痕迹。各种医疗仪器发出的和鸣记录着他的生命轨迹。它们与我的心脏监护器、静脉注射、供氧设备所发出的声响混合。它们共同构成了重症监护室的特有声道。

我依然处于飘忽状态，我能看见来来往往的护士或医生，但我很难分辨他们。它使我想起了一种缩时照相机设备，它可以拍摄一段时光，然后快进录制播放，但内容却很模糊。

第一部分 锤炼

每次我醒来，意识到自己还活着，那种美妙的快感便会将我淹没。它匆匆而来，融化成一股暖流，流淌于我的体内。药物撩拨起了我的这种感觉，它使我周围的一切都进入了超现实和超凡脱俗的景象。现实与梦境相混合，二者之间的界限已模糊到我无法分辨。

一次偶然的机会，我注意到了医护人员递给我的药物。那并非吗啡，而是另一种含有鸦片成分的镇痛剂——盐酸二氢吗啡酮。这是一种目前普遍使用的最强大的止痛药，据说它的药效可以达到吗啡的八倍，但它的药物依赖性并不高。

这个重症监护室的护士们将盐酸二氢吗啡酮挂起来，为我做静脉注射。当我醒着的时候，通过推动按钮，我能够进行自我治疗。每隔10—15分钟我推动一次，确保自己仍处于接近免受痛苦的朦胧状态。

我不知道过了多少小时或多少天，但是只要我回到这个现实世界，我总能看到聚集在这个重症监护室角落里的那些人影。场景是模糊的，并且开始我并未认出任何人。随着人影成形我渐渐明白：我的战友们在这里。约翰·普林斯（John Prince），我们排的直接负责军官，我的顶头上司，站在我的床边。短而灰白的头发暴露出他负责这支海豹突击队几十年的风雨，他注视着我，面露出一种淡淡的消遣而又保持一种浓烈强度的表情。那是一种不管在任何情况下我总能在他的脸上看到的同样表情。

自从我正式入伍的前一年，约翰·普林斯一直是我的良师益友。在这个重症监护室，看到他在这里，便激发了我的斗志。通过做每件事树立榜样，他已经向我展现了独特的领导力，这已经几乎超越了其他任何人。

多年以来，我荣幸地在许多不同类型的领导者手下服役并已形成了一种领导力的概念，我形象地将其称为"围墙类比"。你可以想象一个链环的围墙，我们用一块小木板串联其顶部的开口。围墙的一边，是你领导着的那些人；围墙的另一边，则是等待汇报工作的上司。人们通常情况下，总是站在这堵围墙的两边。一些人有强烈的被爱渴望，他们喜欢与其他人打成一片，一起派对或一同游玩。他们之间的关系太过亲密了，在这一过程中，他们已远离了领导关系的围墙。他们失去了与指挥系统中上司的很多沟通机会。在实战中，这势必会降低作战单位的效率。

另外一些人在没有得到围墙另一端的上司的授意下绝不敢擅做决定。他们通常是事业中心主义者并且野心勃勃，但他们通常忽略被领导者。导致被领导者往往认为他们只是政治牲畜，他们距离围墙的另一端越走越远。为了得到下一个军衔，这些野心勃勃者会说他们上司想听的，并站到自己下属的对立面。

以上的举例或许较为极端，但大多数领导者都属于这个类型。只有少数的不到10%的领导者可以拿捏得恰到好处，他们总能恰好地站在领导关系围墙之侧，同时得到两边的尊重。这些人是善于沟通的高效领导者。

还有1%的人决定着领导关系，围墙两边之人都追随着他，这部分人非常少。他们爬上了领导之墙，站在围墙顶端的小平台上俯瞰着围墙的两边。他们能敏锐地意识到他们的上司和下属不同的需求。他们拥有独特的能力，在必要之时跳到任何一边，联系他们需要联系之人。

约翰·普林斯便是这1%的少数人中的一员。他是领导力的象征。

约翰·普林斯总是悉心照顾着他的"孩子们"。我曾经在无数次战斗中看到过：他不在乎任何繁文缛节，没有任何官僚做派，他判断是非的能力总是值得信赖。他总能给我们带来安全感。

我知道，他是值得我依靠的人。我环视四周，并未发现阿尔。那晚，在安巴尔省，他救了我们所有人，他必须因此而得到认可。我想告诉约翰·普林斯，阿尔为我们做的一切。

我抓起重症监护室医护人员留给我的便笺潦草地写道：

阿尔呢？

第一部分 锤炼

当我将便笺递给约翰·普林斯时，他回答道："阿尔必须留下来处理一些事情。"

该死的下巴和切口，弄得我说话都如此费尽周折，就像通过翻译跟当地伊拉克人交流一样。也许，你永远不会去赞扬口头交流，但让你失去这个能力时，你会觉得它是多么的宝贵。现在，写字成了我唯一的交流方式。

约翰·普林斯，阿尔完成了一次令人惊讶的任务。如果没有他，我们根本无法应付。我和我们小队的命都是他救回来的。他应该得到海军十字勋章。

约翰·普林斯一边读着一边点头："我听说了他的事迹。整个战斗，从头到尾我都通过无线电设备监听着。我将会详细记录并精心处理，不必为此担心。"

这个特殊的重症监护室中总共有9人来自我们的突击小队。这也是一架黑鹰直升机的满员状态，同时也是第一架从我们基地飞往巴拉德的飞机。队员们跳上飞机陪伴我们并为我们打气。

对话是轻松的，且充满了俏皮话。他们哄闹着告诉我，停止赖床重回战场去。他们拿护士们取笑并开着愚蠢的玩笑。但这里充满了一股涌流，它是无法言说的。它就在那里，那种长期以来并肩战斗铸造而出的团结使我们像亲人那般亲密。

一个医生徘徊着进来。他意识到发生了什么，并对约翰·普林斯说："看到那边那个兵了吗？"他指向处于昏迷状态的那个年轻士兵，我通过薄薄的帘子隐约可以看见。

约翰·普林斯点了点头。

"他在这里有些日子了，没人来看望他。"

沉默了一会儿，他补充道："你们的人在这里，已经好几个小时了。其间，有几个绿色贝雷帽进来看过你们的伤员。他们并不认识你们的伤员，但他们说，'都是特种作战部队的战友'。你所在的部队有这样的友情，真是令人惊讶。"

人脉需要燃料，友情根基于敬意。这个医生也许并不知道，友情需要自己去赢得。只是完成了海豹突击队的训练并不能让你收获兄弟情谊。事实上远非如此，我们的友情是靠日常生活中的点点滴滴以及你自己的所作所为奠定的。它来源于你战场内外的行动。如果你搞砸了一次，哪怕是让队友失望一次，那种关系也会衰退，友情就会破裂。如果你不重视它，这份友情就会衰减为零。

队友正在安慰我的时候，AC-130空中炮艇的机组人员走了进来。队友们热情地问候了他们。

他们离开后，约翰·普林斯告诉我，我们突击小队的另一名战友托尼（Tony）已将我的部分私人行李打包完备并带上了那架黑鹰直升机。现在，我的行李将与我一同飞往德国。约翰·普林斯提到，托尼将会一直陪伴着我。这一消息也是一种宽慰，我不会孤单了。

"你还需要什么吗？我们能为你做点什么？"约翰·普林斯问。

我想了想。我的iPod和扬声器应该还在我的行李包中。我喜欢听音乐（无论摇滚音乐还是乡村音乐），我希望旅途中能有音乐相伴。

"你能把我的iPod和扬声器拿给我吗？"

约翰·普林斯点了点头，走出重症监护室去找我要的设备。我的行李已被打包托运并准备与一个海军作战单位的其他装备一同装载到一架C-14飞机上。约翰·普林斯并未被困难吓住，他对这支年轻的海军部队发号施令，就像他是美国海军训练官一样。他们快速拆开托运架寻找我的行李包。

当约翰·普林斯拿着iPod和扬声器回到重症监护室的时候，我对他充满了感激。我不知道自己为何此时对音乐那般渴望，我渴望着听到美妙的音乐。事实上，音乐不仅能平抚野蛮的兽性，它还能使受伤的战士放松心情。

因为之前的两次部署和无数次的集训，我的iPod被反复使用，磨

第一部分 锤炼

损程度已非常严重。我在设备中收录了不同风格的歌曲。托尼问我想听什么，我的思绪穿过薄雾，锁定在一个总是令我充满激情的乐队上。我写下了这首歌曲的单词"Tool"。

歌曲播放起来。我让托尼调大音量，不久，重症监护室便充满了这个金属乐队的乐声。

糟糕的是，那晚交火的结果严重影响了我的听力。我很难听清兄弟们的声音，现在，这些音乐发出的声音也仿佛是来自千里之外。我的耳朵就像塞满了棉花，我仅能听到一些持续的响声。我让战友将音量再次调大，乐声更大了。

一个护士摇着头走了过来，并让我们将音乐关掉。我的队友们嘲笑她，甚至将音量调得更大了。重症监护室变成了音乐演出现场。我们唯一缺少的是伴随音乐狂舞的后排观众。

仅过了几秒钟，一个医生出现在我们面前，再次告诫我们关掉音乐。队友们笑得更厉害了，并赶走了他。

乐声更高了。我的队友们继续开怀大笑并互相开着玩笑。心脏监护器嘟嘟地响着，音乐燃爆了重症监护室。队友们告诉我，我本应动得更快些，也许就能躲过这次面部中弹。对旁观者而言，我敢肯定，我们就像一群穿着军装的堕落少年。他们不知道这是与死亡为伍的人发出的宣泄。战斗的恐怖程度难以想象，我们都承受过巨大的压力。

我触碰了下疼痛控制按钮（静脉注射控制器）并感觉到药物带来的暖流在我的静脉中流淌，精神的欢娱再次来临。不管发生了什么，我们的团结高于一切。

我曾经破坏过这种团结。在失去兄弟们的信任后，几乎没人能在战斗中完成自我救赎。不久前，我曾犯过一个这样的错误，但我最终还是赢回了兄弟们的信任。重症监护室里此刻的场景就是最好的证明。

透过帘子，我偷瞥了一眼安静地躺在那边的那个年轻士兵。多亏了那个呼吸机，保持了他呼吸的稳定。他的心脏监护器有节奏地鸣唱着。他处于迷失状态，如果没有一个熟悉的面孔站着看望他，他的身体只能孤独地躺在那里。

我想，如果我是在之前的阿富汗战斗部署的末期负伤，我也许和他一样孤独。那时的我，曾破坏了兄弟们的信任。为了弥补自己的错误，我几乎付出了自己的一切。

我再次瞥了一眼那个年轻的士兵。

那也许就是曾经的自己。

PART II
THE BREAKING

第二部分 分离

7 阿富汗巴格拉姆：
送别红翼行动中牺牲的战友

阿富汗，巴格拉姆空军基地（2005年7月）

穿过整个特种作战部队（包括海豹突击队），一辆悍马军车驶过宽阔的巴格拉姆（Bagram）空军基地停车区并停在正等待着的波音C-17大型空军运输机的旁边。巨大的运输坡道放了下来，其内部就像一个巨洞，它可以搭载数百名整装待发的军人以及他们的装备。今天，它不是运载士兵进入战场，而是送一位英雄回家。

我的队友们行列而立，构成了约10米长的双列队伍。我们的列队距离C-17坡道末端仅有100米远。这天，艳阳高照，荒漠中的黄沙异常闪耀。我们庄严地肩并肩地列队站立，火炉般的热浪烘烤着我们，我们身着褐色的迷彩服。自4年前首个美国军人来到这片贫瘠的荒凉之地，我们已参加了无数次这样的仪式。没有参加过这些仪式的美国特种兵，没人能够回国。

悍马车行驶在我们用身体排列的荣耀走廊之间，它停在了C-17运输机坡道的末端。六个男人迈步向前，他们是车上这位勇士的兄弟，是这位回家英雄最亲密的人。他们一起从悍马车上抬下盖着折角国旗的棺椁，走向那架正等待起飞的空军运输机。

我们整齐划一地行军礼，向声呐技术二等兵马修·阿克塞尔森（Matt Axelson）作最后的道别。马修是加利福尼亚州库比蒂诺（Cupertino）人，那里也是苹果公司和无数其他高科技公司的所在地。他是蒙他维斯塔

第二部分 分离

高中（Monta Vista High School）93级毕业生，毕业后继续就读于加州大学奇科分校。几十年来，硅谷的孩子们已经踏出了一条锦绣坦途。对大多数人而言，那条大道直通硅谷，丰富的就业机会、豪宅和股权在那里等着他们。

但这并非马修选择的道路。他选择职业时并未过多考虑薪酬因素，所以他加入了海军，成为了一名海豹突击队员。2005年6月28日，红翼行动期间，他作为四人复仇小队中的成员，插入偏远的兴都库什山④山区执行任务。上尉迈克尔·墨菲（Michael Murphy）带领着这个小队来到一个山村上的观察点，美国军方怀疑一个敌方首领正藏在这个村子里。他们受命观察并确认这个敌方首领的存在，并进而发起一次抓捕或猎杀任务。第二天早晨，他们被敌方察觉了，一支塔利班武装袭击了他们，一场激烈的战斗随之打响。在一场迅猛的对战中，阿克塞尔森和他所在的小队被敌方压制。战友们一个接着一个在交火中牺牲，除了马修和他的队友马库斯·勒特雷尔（Marcus Luttrell）。当一个RPG火箭弹飞来并燃爆时，马库斯和马修分别跳向了不同的方向。马库斯严重受伤，他的胸部和头部不幸中弹，刚刚的火箭弹在马库斯和马修之间爆炸。这次爆炸之前，马修曾告诉马库斯要坚强地活下去，并告诉辛迪，"我爱她"。这成为了他们之间最后的对话。作为唯一的幸存者，马库斯活了下来并得到了一个阿富汗村民的保护，最终被美国军方救出。当马修的尸体被发现时，他的M4突击步枪仅剩下了最后一个弹匣。他战斗到了最后一口气，并因生前的英勇行为而获得美国海军十字勋章。

当我以僵硬的立正方式站在那里时，我感到了一种莫名的敬畏，并为他而感到自豪。他的6个兄弟从我身边经过，我的目光落在了那个棺椁上。马修牺牲时，刚过了29岁生日。在这个世界的另一端，他的遗孀和父母还等待着他回家。最终的结局是，被送回家的只有他的

---

④ 亚洲中部山脉，位于阿富汗和巴基斯坦之间。

尸体，这瞬间击垮了我最初产生的敬畏感。一把老虎钳钳住了我的心脏，我能从他们的脸上看到痛苦的悲伤。

尽管就私人角度而言，我与马修并不相识，但我们却有着相似的生活轨迹。与马修一样，我也是93级毕业生。与马修的家人一样，我的妻子和家人也同样等待着我回家。事实上，与所有的美国人一样，我们所有士兵也有着自己的社会关系。作为海豹突击队员，出于自己的职业使命，我们随时都处于生死的边缘。

作为旁观者，我意识到我们中的任何人都有可能成为下一个马修，经历这样的坡道仪式回家。随着战火点燃阿富汗，我们不再抱有任何幻想，也许会有更多的人牺牲在这里。红翼行动就是最好的证明。19名美国人（包括11名海豹突击队员）在那次行动中牺牲，这也成为了美国特种兵作战史上最糟糕的灾难。

棺椁被放到了C-17机舱内的金属甲板上，发出了沉闷的重击声。距离青灰色的波音飞机不远，巴格拉姆的飞机跑道通过一段平坦的山谷延伸开来，差不多有2英里（1.6公里）长。沥青跑道之外坐落着层层叠叠的山岭，飞机从谷地急剧攀升数千英尺，就像精彩电影中出现的片段。阿富汗的地形，就像它那流传久远的文化一样，都是一种极端。

仪式结束，队列解散后，我们快速奔向了联合特别行动特遣队的营地，主营地是美国特种部队和他们的指挥部。海军特种部队的营地为欧莱营（Camp Ouellette），它位于联合特别行动特遣队营地的街边。营地得名于前海军上士布莱恩·欧莱（Brian Ouellette），他曾是一位海豹突击队队员，我年轻时曾与他共事过。2004年，布莱恩死在了阿富汗，他驾驶的车辆被路边的炸弹引爆。

我们来到巴格拉姆已有一周时间，但我们仍对这里感到陌生，在这里寻找道路是一种极大的挑战。这里是新建的窝棚和临时营地，苏联时期的遗留建筑仍然向我们展露着20世纪90年代这里爆发内战留下的痕迹。

第二部分 分离

北方联盟（the Northern Alliance）⑤占据着机场的一端，而塔利班武装分子占据着另一端。他们之间的无人区散落着布满弹坑的建筑骨架、毁坏的飞机和炸毁的车辆。

我们接手这个地方已有4年了，但仍然有很多工作需要处理。很多残骸已被清理，但美国国民警卫队的工程师和平民承包商们需要清理的是上万枚20年持续战争所留下的地雷。那是一条艰难的谋生之路。这里是一片危险之地，我们有国民在这里伤亡，擅自闯入这里的当地人也有被炸成肢残腿断后送往我们的救助站寻找帮助的。

我们来到迪士尼大街（Route Disney），这是巴格拉姆贯穿南北的主街道。悍马、装甲车和涂抹得五彩缤纷的当地承包商的装备车（我们称其为"基围虾卡车"），共同组成了交通洪流，看起来似乎从未消退过。我们奋力向前，融入路边拥挤的人流中。

自从加入海军以来，我走遍了世界上的很多地方。但在这之前，我从未见过一个地方有如此多的不同国籍的国民。韩国军医与波兰步兵并肩而行；埃及军医快步向前，超越了加拿大军官和法国飞行员。德国、捷克、日本、约旦的军用制服淹没于大街两侧的美国的沙漠背心洪流之中。这里就像军事熔炉，提取来自自由世界的各种原料。

我们到达了联合特别行动特遣队营地，我们将在那里参加一个追悼会，纪念红翼行动中坠机而亡的战友以及墨菲上尉带领的侦察小组中阵亡的3位战友。有8个海豹突击队的兄弟在这次营救行动中阵亡，他们乘坐支奴干直升机试图前往救援被围困的战友，不料在飞行途中被塔利班武装力量击落。这对我所在的战斗单位也是一次沉重的打击，因为在这些阵亡战友中有5人来自我们的兄弟单位"埃克排"。在那次坠机事件中，我们还失去了我们特遣分队的指挥官海军中校埃里克·克里斯滕森（Erik Kristensen）。

我曾在"埃克排"短暂待过一段时间，并与他们5人相识。他们

---

⑤ 阿富汗的军事政治联盟组织，对抗塔利班。

成为了我的朋友，在我的职业生涯中，我曾与他们并肩参加了艰苦的训练。在他们中间，有与我关系非常好的。我们曾一起烧烤，分享彼此小女儿成长的照片。现在，我正参加为他们举办的追悼会，在我们接受第一次战斗任务之前。这感觉貌似徘徊在真实与荒诞之间。

对勇士们的遭遇，我们满怀悲痛。我们轮流倾诉曾经与他们在一起的美好时光——有听起来刺耳的故事，也有辛酸的过往。

那个下午的晚些时候，当追悼会结束时，我们收起了满腔的悲伤，重新投入到自己的工作。我们不能让失去感长久地破坏我们的工作能力。我们必须学会超越悲伤，逝去的兄弟也许正看着我们，看着我们与敌人战斗，这是多么令人宽慰的事情。

事实上，在某种程度上，我们仍然处于一种持续的哀悼中。我知道，即使到今天，我依然会想起他们。每当美国国歌响起时，我脑海中便会浮现出那些曾经与我并肩作战的海豹突击队战友。

悲伤很快转变为愤怒以及对复仇的渴望。我们曾经的第一个任务就是与"埃克排"联合完成的，作为一个有经验的组织可以引导我们这些新人上路。与"埃克排"共同参加战斗任务对我们而言是完美的。我们的情报系统已确定了一个当地的塔利班头目，正是他下令并发起了巴格拉姆火箭弹攻击事件。我们将它称为"火箭人"，抓捕他成为了我们的首要任务。在坡道仪式之后接下来的日子，我们所在的分队制定了详细的作战计划并上报了指挥系统，等待着执行任务的绿灯亮起。

与此同时，我们帮助"埃克排"的其他成员打包行李，为他们回德国轮换做好准备。我们曾经驻扎在欧洲，当红翼行动发生时，我们加紧部署赶到了阿富汗。前往阿富汗的计划原本定在那之后的几周，而这次事件加速了我们的前往。现在，我们接手了"埃克排"留下的任务，而他们即将奔赴欧洲进行轮换，即我们抵达巴格拉姆之前受命驻扎之地。

因为"埃克排"即将撤离，他们与我们分享了他们所掌握的全部信息和情报。我们仔细聆听并试图全部吸收，但情报的吸取并不意味着我们具有了他们那样的对敌作战经验。我们需要扎根于阿富汗巴格拉姆艾斯科沙袋防爆墙安全区之外的沙土中。在这里，我们一切都要从零开始。

每天下午4点，我们都会聚在作战规划室，做日常更新简报，由我们的高级长官皮特·克里（Pete Kerry）主持。他会以之前24小时内发生在我们所辖区域的具有重大意义的事件作为讨论要点。之后，他会告诉我们未来24小时的天气情况，以及其他作战单位这一时段正在做什么。如果我们接到了上级的任务，高级长官克里会告诉我们如何实施，包括其时间节点和具体细节。

红翼行动之后的那段时间总是令我们感到失望。每个下午，我们信心满满地到达那里并等待着抓捕"火箭人"命令的下达，然而，我们等到的只有失望。周而复始，这种挫败感开始变得越来越强烈。我们的兄弟与凶恶的敌人背水一战而阵亡，我们却只能被困在堡垒之中。尽管我们之中很少有人亲眼目睹过战斗，但我们成人之后的大部分时间都在为此而接受训练，时刻准备着奔赴战场。现在，我们达到了交战区，但我们却不能与敌人决战，这是一种煎熬。

而这种拖延也使我们错过了与"埃克排"协同作战的机会，他们收拾完行李于7月中旬开始了撤离行动。现在，如果高层下令发动这次抓捕任务，缺少了兄弟分队支持的我们只能自食其力。

坡道仪式过去三周后的一个午后，我们走进了作战规划室，长官克里正在那里等着我们。

"任务开始。"他宣布道。

作战室的气氛瞬间紧张起来。战友们脸上的忧郁和挫败感瞬间消失了。我们等待已久的命令终于来了，我们机警而敏锐地坐在那里，时刻准备着执行行动。

长官开始安排任务。尽管我们所有人都清楚自己的角色，但我们依然仔细地聆听着，因为自坡道仪式以来我们几乎没干别的除了准备这次行动以外的任何事情。正如长官提到的，一种期望的紧张感混合着我们的兴奋，使作战室内的气氛几乎可以点燃。

最后，他终于结束了简报。"我们准备在凌晨1点出发，大家可以安排好最后的休息时间。"

例会结束，我回房取出装备，开始了出行前的准备。我坐在自己的铺位上清点装备。我将头盔、防弹衣、胸挂和M4突击步枪放在床边的H形木支架上。我所有的装备都整理完毕，我随机都能拿上它们奔赴战场。

我的突击步枪已做好了清洁且准备就绪。6个弹夹放进紧身胸挂，我可以轻松摸到它们并能以最快的速度重装，它可以为我的M4提供近180发5.56毫米口径的子弹。我携带了西格绍尔（Sig Sauer）P226手枪和3个15发弹夹。手雷和烟雾弹也已准备就绪，它们可以极大地增强我的进攻火力。

我检查了夜视镜、无线电和医疗设备并确保我的军用驼峰水袋里有足够的饮用水。完成这些工作之后，我脱掉了靴子并爬上床。是时候睡会儿了。

我躺在床上试着让自己模糊地睡去，但我的思绪仍然跳跃，一个个想法在脑海中涌现。我曾仅一次与实战交火有交集，那发生在20世纪90年代我早期的职业生涯中，地点是南美洲。我从未与敌人有过正面交火，9·11事件之后，我也没有认为自己可以参加反恐战争。就在世贸中心大厦倒掉之前的一个月，我刚在欧道明大学（Old Dominion University）开启了自己的大学生活。这年之前，我曾申请过海军军官选拔计划。那时，海军鼓励表现优异者成为军官，一年只有50个名额，所以竞争极为残酷。我得到了这个机会，海军将我送进了大学，恰好错过了这场反恐战争的爆发。

当我看到世贸中心大厦倒塌，我意识到战争时刻即将来临。我面

第二部分 分离

前还有 3 年的大学时光，我担心自己会因为学业而失去参与这场战争的机会。几天后，我驱车回到我曾经驻扎过的海豹小队，看望我的前任长官和导师文森·彼得森（Vince Peterson）。他曾不止一次地支持过我，并对我获得海军军官选拔计划名额有所帮助。

我告诉他，自己想退学归队，为这场战争出份力。指挥官彼得森安静地坐着听我表达完归队的渴望。他是海豹突击队中的一个神话。在加入海豹突击队之前，他曾是一名海军陆战队员，他 36 岁才开始参加海豹突击队的训练。他博得了指挥系统上下所有人的尊重。在我前面提过的领导力的"围墙类比"理论中，大多数人会站在围墙的这边或那边，只有很少一部分人具有独一无二的能力，可以站在围墙的顶端鸟瞰两边。对文森·彼得森而言，甚至没有围墙的存在。

当我向他提出希望能把我召回队里的时候，他的眼睛死死地盯着我，说道："雷德，这不会是一场短暂的战争，它会持续许多年。在这场旷日持久的战争中，我们需要更多更强壮的战士和领导者。你现在需要留在学校，以后还需要你回来领路。"

他的智慧为我点亮了道路，我回到了学校但仍然感到极度痛苦，因为我的兄弟们都走向了阿富汗战场和后来的伊拉克战场，而我却被留在了围栏中。有时，听到令人惊讶的战场捷报或失去朋友的消息后，我的脑海中会再次浮现出彼得森的话。不幸的是，在我完全领会他的智慧并理解其含义成为一名好的领导者之前，可能还需要经历几年的艰难和磨炼。

因为我已承诺待在校园，我决定充分利用这段难得的时光全身心地投入到学业和校园生活。我在学校里表现优异，以优等生的成绩毕业，并通过自己的努力成为了东海岸最大的美国海军后备军官训练营（ROTC）的学生营指挥官。毕业那年，我准备回到海豹突击队。我组织了一次慈善活动，引起了全国媒体的注意。我们称这次活动为：为自由奔跑。2004 年 4 月 3 日，美国海军、后备军官训练营候选人、海军学校学生，以及其他欧道明大学的学生和院系职员都参与了此次活动。参与者不停歇地跑过插在校园周围跑道上每隔1英里（1.6公里）设置的美国国旗。一英里的路程是为了纪念在反恐战争中被杀的服役士兵。自2001年9月以来，已有700多名士兵被杀。这些旗子上写着被杀士兵的名字，我曾在20世纪90年代与他们一同服役。我与他们中的许多人相识，那是一种痛苦的提醒，因为我没能和兄弟们并肩战斗。

我们花了几周时间完成了这次长跑活动，我想，自己终于有机会为我们的国防事业献身了。我身处于战场之外，但我也做了其他队员过去3年在战场上所做的事情。不过，要实际地领导战士们参加实战，我还是心存顾虑，但这一想法很快被我抛之脑后。

2004年5月，当我毕业时，我迫不及待地希望回到作战状态。但我也明白，离开学校、离开家庭会经历一段痛苦的过渡期。艾丽卡和菲尼克斯已习惯了我每晚在家的生活。这3年，我们一起度过了稳定而集中的幸福时光。没有学生旅行，没有任务部署，也暂时远离了对国家边防的责任。这几年间，我们建立了属于自己的家庭。在我大学的第2年，安杰丽卡出生了，我感受到了家庭生活的幸福并与我的新女儿共同度过了一段美好的时光。毕业前不久，我发现艾丽卡再次怀孕了。我确信这次是个男孩，当超声波工作人员告诉我又是女孩的时候，我固执地认为一定是她弄错了。我问她干这行多久了，她鄙视地看了我一眼并答道："30多年了，雷德曼先生。"看来，也许我又要失望了。

不久后，海军任命我为少尉军衔，生活发生了改变。我和家人在一起的生活变得越来越插曲化。我外出执行公务的时间变得越来越长，处理家务、照顾孩子们的重担全都落在了艾丽卡身上。对我们而言，那是一个相当困难的阶段。大学期间，我们搭建的感情基础成了这段时间维系我们家庭生活的救命稻草。

2004年夏，我加入新的海豹突击队作战排，并成为所在作战连队的常务副官。再次回到兄弟情深的海豹突击小队令我感到兴奋。我自信地认为，鉴于自己之前的经验我一条腿已迈入了领导者的行列，并会成为一名合格的执行者。

第二部分 分离

事实上，这都是我的一厢情愿。我远离海豹突击队的3年，是自越战以来海军特种作战变化最大的时期。实战教会了我们的士兵很多经验，在实战领域，教科书上的程序化内容显得苍白。我们实际需要面对的是多变的敌人。这些久经沙场的老兵，他们的经验渗透在方方面面，我不得不对此前的认识全面重写。

我发现，自己已经落伍了，自己从前的经历在这里并没有优势。一切都发生了巨大改变，当我们排进行训练时，我总感觉像在玩猫鼠游戏。训练中犯错，在20世纪90年代可从未发生过，这使我急躁而紧张。我感受到了试图成为领导者所承受的压力，我在训练间隙时开始借酒浇愁。我神经绷得越紧，事情往往变得更糟。在我们的空闲时间，我将满腔的挫败感沉浸于酒精中并洋相百出。借酒浇愁无助于我在战友中树立威信，但那时的我完全没有意识到这个问题。

同时，这也无助于消除高级长官克里和我之间从第一次相识就开始累积的轻视感。他是一位优秀且有能力的海豹突击队员，我尊敬他的战术能力，但对他的交际能力并不看好。他与人沟通总是粗野而粗糙，他的领导风格与我的风格大相径庭，我们经常发生矛盾。私底下，我时常抱怨克里，我被自己的傲慢所蒙蔽以致看不到自己的缺点。我并未处理好从战士到军官之间的过渡问题，这使我远离了"围墙"。

高级长官与常务副官本应紧密协作以确保小队的作战能力。常务副官也应从高级长官那里提高战术经验。不过，这在我们的突击排从未发生过。相反，我拒绝放低身段，听从这位高级长官的指挥。随着这次预先部署的展开，我们并没有消除对彼此的不喜欢。这种长期不和日益公开化并以我与他之间的一次公开争吵而达到高潮。这次争吵发生在欧洲，发生于我们与一些北约同盟进行的一次战术演练之后。

接下来的几周，我们之间的关系变成了恶性肿瘤。到我们来到阿富汗的时候，我们之间的关系降低到了冰点，我已完全偏离了成为领导者的航道。日常简报期间，我们公开向对方展开攻击。我向我的上司，我们突击排的主管长官多次反映这一情况。一天，这位主管长官不耐烦地说道:"看吧,你们两人必须做个了断,我受够了。"

我们之间从未真正地解决此事。

大学毕业来到国外一年之后,我躺在我的床上,思考着如何解决这个难题。我意识到,解决我们之间分歧的时机或许已经错过。几个小时之内,我们就会投入战斗,然而,我们的突击排却处于一种失控状态。

临战前,我们却彼此厌恶。我知道,我们必须共同寻找一条在战场(突击排)的有效运行的方式。也许,那晚的晚些时候,他会领导一支突击小队去"火箭人"的大院,而我也在他的领导之下并必须服从他的命令。这对我是一种严重的刺激。

不同的突击排以不同的方式组织架构。在我们的突击排,高级士兵与长官共同担当火力小组,一些更有经验的军官担当突击力量的指挥者,而我不在指挥者的行列。事实上,在领导力方面我并未给我的上司们更多的信心。但当时的我并未意识到这点,我因受到轻视而无比愤怒。

假如这是一次机会,今晚,我必须证明自己。

忘记了睡觉,我看了下手表。离好戏上演还有2小时。我坐了起来并且再次仔细检查我的装备。这些年的训练教会了我一个道理:在战场上,小事情也会左右人的生死。放错位置的弹夹、在错误的频率上使用无线电、被错误捆扎的手榴弹,它们随时都能要你的命。我不会让这样的事情发生。

今夜的任务与我们曾经在训练中的演练一样复杂。我们既会使用到直升机也会使用到悍马,我们需要在爆炸的同时潜入黑暗的大院。在那里,我们也许还将面临众多的未知危险,"火箭人"也许会在他的房子里负隅顽抗。在训练中,在足够火力的支援下,我们总能压制一栋建筑物内的任何反抗。但在实战中,我们需要付出沉重的代价。

第二部分 分离

我完成二次检查并坐在床铺的边缘，陷入了沉思。作为常务副官，我本该处于领导位置。高级长官克里也许正等着我去申诉，直到我们达成共识。回顾往事，这又一次增加了我对他的怨恨。

时间一分一秒地流逝，终于到了出发的时间。我捆起装备、抓起突击步枪，夺门而出。

半小时后，我与队友们列队站在柏油路上，做好了最后的准备。四架 MH-60 黑鹰直升机正待命等着我们，乘务长们正对他们的直升机做最后的检查。今夜，我们会涌上直升机参加作战任务。计划要求，每架黑鹰直升机搭载 12—14 人。

几分钟后，我们即将登机。在短暂的飞行后，我们会在目的地附近降落。我环视了下四周，我的战友们大都安静而专注。往常司空见惯的戏谑早已不见了踪影。我们中的大部分人都没有实战经历，我们并不清楚未来等待着我们的是什么。这些未知因素使我们陷入了长久的自我沉思。

祷告，杰森。

这一念头突然闪现并使我的思想偏离正轨。我已很久没有想起上帝了。在我读高三的那段时间，几乎每周都会去教堂。而后，我收起了我的精神生活，加入美国海军。多年来，我一直自我欺骗，海豹突击队没有上帝的存在。而即将发生的战斗，让我重新想起了上帝。

我走向队友，说："嘿，如果你们不介意，我想为大家做个祷告。"

队友们齐聚在一架黑鹰直升机的旁边。当晚没有风，四周寂静而潮湿。一道残月低挂在地平线上，在柏油路上洒下了白色的光芒。大家弯腰低首，我为兄弟们祈祷，希望这是一次安全而成功的任务。当我抬头的刹那，黑鹰直升机已点火启动，马达声轰鸣而响——出发的时刻到了。

我们登上了指定的飞机。特种部队在登机执行军事行动时很少有座位，鉴于我们执行任务的特殊性以及我们对速度和空间的要求，我们通常无座飞行。我们将自己固定在飞机甲板的短索上，在遇到紧急情况或剧烈颠簸的时候，我们不会翻倒。

最好的地点是舱门处，脚悬在外面，飞机一落地就可以冲向目标。那些未能占据舱门位置的兄弟只能被塞在直升机舱内。大家很快感到了拥挤，螺旋桨在头顶旋转，我们就像罐头里的沙丁鱼。我被挤在成堆的人群中，处于离舱门最远的位置。幸运的是，这次的飞行距离并不长。"火箭人"生活在距离我们只有几英里外的地方。

黑鹰直升机起飞，进入了黑夜。我的思绪从上帝那里回到了现实。

第二部分 分离

8　复仇：抓捕"火箭人"

巴格拉姆空军基地的郊外（2005年7月）

　　黑鹰直升机低空飞过阿富汗的乡间平地，飞向我们的目标区域。在我们的下方是如碎布被单般的有围墙院落——农场和成片的泥墙村落。我们到达了渗透点，直升机慢慢降低速度，在距离地面约30英尺（9米）的地方盘旋。我们悬空于一个大坏蛋的房子的上空。现在的我们随时会成为手持RPG火箭筒的敌人的靶子，这可不是好玩的事，这种随时会遭到攻击的状态是恐怖的，时间在这里变慢甚至凝固。

　　"快速行动，"我们的一个狙击手观察到"火箭人"的房子后报告道。这一报告增加了我们行动的急迫性。我的队友们向舱门外抛下了粗辫子般的绿绳，我们快速绳降到目标外墙旁的地上。轮到我了，我远望了下"火箭人"的院落，我抓住绳子离开直升机。我是最后一个离开直升机的队员。黑鹰直升机清空机舱中的队员花费了大约10秒钟的时间。

　　我滑绳而下，差点降落在一名队友的身上。我们的突击小队降落在一片桑园中。成排的植物被种植于深深的农渠间，使这个地方看起来像一个长筒版诺曼底灌木篱墙。这给我和战友们带来了困难，战友们逐个爬上沟渠。那会儿，我敢肯定，我们看起来就像基斯通警察（Keystone Cops）一样。

　　我们简单整顿后，向目标区域移动。当我们到达桑园边缘时，我的一个队友突然消失了。一秒钟后，他突然出现并做了伸拇指的动作，

67

他刚才掉进了一条干水渠里。

当我们的突击小队到达"火箭人"那厚厚的铁门前时，我能看见我们的第二小队已将他们的炸药安放于离我们只有十几米远的这位老兄的门上。这两个院子的院墙毗连，呈"L"状。我们小队处于纵向位置，第二小队处于横向位置。

我们将条状可塑炸药粘到铁门上，做好了准备，靠着墙等待炸药引爆。片刻之后，引爆炸药将铁门炸碎。正如二队炸开了这位老兄的门一样，爆炸的热浪波及我们几乎使我们的双脚离地。引爆炸药的同时，我们穿过了燃爆点。爆炸效果非常猛烈，这可比我在之前训练中遇到的闪光弹杀伤力大多了，我的双眼直冒金星。

这是本次任务的关键时刻，快速通过铁门是非常危险的，我们将此称为"致命漏斗"。如果在铁门的另一侧有人拿着武器，没人能轻易通过门廊。我们过往的训练及战斗经验告诉我们，现在唯一的处理方式是用最短的时间通过门廊，并做好与另一侧的任何敌人交火的准备。行动的迅速、出其不意的方式、强力占据，是压制建筑物任何反抗的关键。现在，我们已拉响了警报，关键时刻已然来临。

我们穿过门廊进入"火箭人"的庭院。右边是一个小型建筑，左边是主建筑。一个人影出现于屋顶，我们的翻译喊话让他下来，与此同时，部分突击队员已从四周向他围了上去。我们余下的人猛地冲入了那些建筑物。我向右边冲去，清查后发现那里是一个小型储藏室之后，我进入了主建筑，我只清查了一楼的两个房间。30秒后，高级长官克里通过无线电发出呼叫："目标安全！"

这是对我的暗示。我的任务是，在获得"目标安全"的信息后，将这些被扣押者组织起来并处理他们，以确保对这个大院的全面清查。我们会保存并整理好一起搜罗到的证据，并会向地面部队指挥官 J.D. 理查德森（J.D. Richardson）报告。

理查德森是我们海豹突击队的执行官，在特遣区队指挥官埃里克·克里斯滕森在红翼行动中被杀后，他接任了这一职务。理查德森

第二部分 分离

身高 1.75 米以上，体重 85 公斤，一头浓密棕色的短发。他跑步的速度很快。我也擅长跑步，在这次部署之前，我经常在跑步赛场上遇见他。他是一位学院派指挥官，他身上带有浓厚的学院派气质。不论好坏，这只是他的工作方式。我知道一些人不喜欢他，他们认为学院派指挥官总给人带来虚伪的印象。

理查德森要求我们在第一时间提供现场报告。这些建筑物内住了不少人。尽管我们午夜时分达到这里，我们还是逮捕了 36 人，包括男人、女人和孩子。我们的突袭小队正处于清查状态，我带着几个战友将超过 16 周岁的满足军龄的男人与妇女儿童区分开来。我们的第二波力量，地面机动部队在确认目标安全后，驾驶悍马赶来。他们还带来了几名女军警，以帮助搜查我们扣押的女人。在阿富汗，我们尊重当地的女性文化，通常都会安排女军警处理类似情况。他们到达后，我指引他们接管了主建筑内一个房间里的女人和孩子，那里是相对安全的区域。

我们开始甄别那些男人的身份并询问他们，屋顶上的那个人影是否是"火箭人"。我们确认了"火箭人"的身份后，将他送往巴格拉姆单独关押。其他男人的身份最初并未能完全确认，随着质询的深入，情况开始变得明朗。他们其中的一部分是"火箭人"的共谋，我们必须接管他们。

当我正忙着手里的工作时，高级长官克里带领我们小队的另一些人正清查院墙外的几个附属建筑物。他打开了一扇门后发现还有一扇被锁住的门，他向我呼叫："嘿，问问那些人，谁有这个地方的钥匙。"

"收到。"我回复。

我们的翻译开始传话，我们需要一把钥匙。这些男人们装聋作哑，耸肩并表现出一脸茫然的样子。

最后，我回复高级长官："我们毫无进展，你继续突进吧。"

我们会尽可能地避免那样操作。与美国纳税人为我们在行动中遭受的伤害负责一样，我们也会对行动中被我们破坏的设施进行更换和修补。如果一只羊在战争中被我们误伤，我们会再购买一只替代。那是我们心智行动的一部分，我们不能将任何重负强加于当地人。

克里带着他的人踢开了那扇门，搜索前进，结果一无所获。

他的这次行为将让我们多花费 200 美元。

清查行动还在继续，随着我们的其他突袭小队结束大院建筑物清查任务，到达军龄的男人们被我们陆续集中起来。很快，这个大院的庭院聚满了 20 人。他们看起来丝毫没有悲伤情绪，他们站在一起有说有笑，等待着被确认身份和处理。

黎明即将来临，一个小孩从那座主建筑里探出了脑袋。他看到了这个场景，然后飞快地冲进了院子，其他几个小孩也跟了出来。很快，我们允许孩子们在这个院子里自由跑动、玩游戏，他们大笑不止。其中一个小孩注意到，我们最年轻的队员赛斯（Seth）是这支海豹突击队中唯一没留胡子的成员。为了更好地融入并与当地人相互交流，我们的特种作战单位成员可以蓄胡子，蓄胡子在军营中演变为了一场竞赛。我们中的许多人都蓄起了浓密的胡子。

人群中，赛斯光滑且不留胡子的皮肤，引起了孩子们的注意。不久，几个男孩蹑手蹑脚地靠近他，咯咯地发出了欢笑声。

"宝贝！宝贝！"孩子们用普什图语哼唱着。

赛斯微笑着回应他们。

孩子们跑向他，并抚摸他裸露的下巴，就像他长着胡子一样。然后，孩子们又再次迅速跑开并嬉笑起来。那些聚集在庭院中的男人们中的一人冲着那些孩子大喊了一声。那一刻，孩子们回到了妇女所在的那间房子里。

太阳越升越高，我们越来越感到危险。我们需要完成各项工作并尽可能快地离开那里。为了给我们提供保护，在我们清查大院时，我们的狙击手已在附近建筑物的屋顶上建立了观察点。与他们一起的，还有一些我们的其他队友。他们构成着外围警戒，以确保我们不会被进入这一区域的敌人惊扰。

一个狙击手传来报告："有非武装人员往这边走来。"

第二部分 分离

当时，我们的人正清查着"火箭人"的房子。我们刚好找到了一处秘密储藏点，那里潜藏着大量炸药、简易爆炸装置和发射火箭的自制设备。我们的情报是准确的：正是他们袭击了我们的队友。我们完成了到达军龄男人的身份确认，他们中有一半的人与火箭事件有某种关联。我们分开他们并将他们铐了起来。我们这样行动时，他们变得愠怒起来。

狙击手向我们报告了在我们四周聚集的那伙人的更多动态。一小伙人径直走向"火箭人"的庭院。狙击手们再次给我们传来了警示：他们越来越靠近了。几分钟后，一个上了年纪、留着胡子的阿富汗人气势汹汹地跨进了庭院的大门，他的后面还跟着几个人，看起来像他的助手。

"你们在这里做什么？"翻译人员将他的话转达给理查德森。

理查德森正试着向他解释，但这位老人生气地打断了他的谈话。这位当地长者捶胸顿足，就像一个任性的孩子。无论任何时间，美军来到他的村子，他认为都应事先通知他。"为何我没得到任何通知？"他问道。

理查德森试着让他平静下来。他无视我们的努力并继续着他的抱怨："你们午夜来到我们的村子，还带来了直升机！你们将事情闹大了，你们吓着了我的乡民！我们有协议在先，我有权利在你们行动之前得到通知！"

我们试着让他平静下来，但收效甚微。他反而命令我们释放这些嫌疑人，并将其交给他来处理。"如果他们是坏人，我们一定会收拾他们。"老人向我们保证道。

是，好的。

理查德森一边表达歉意，一边将我拉到一角。"雷德，带上你的清查小队、'火箭人'，以及其他嫌疑人快速撤离。"

"收到，长官。"

理查德森再次回到长者的面前，听着他那吹毛求疵的抱怨。我带着我们的小队和8名嫌疑人开始了快速撤离。现在，他们看起来非常紧张，一言不发。

　　直升机会将我们的小队接走，悍马车队会将其他队员送出这一区域。对黑鹰直升机而言，我们需要找到一个好的降落区，所以我们向庭院北部行进，那里是一片开阔之地。在距离"火箭人"院落后墙约150米的地方，我们发现了这处良好的降落点。

　　当我忙着为直升机的到来做准备时，长官麦克·彼得斯从院里走了出来。我认识麦克有几年时间了，他是我们队中最资深、最受人尊敬的长官之一。与此同时，拥挤的人群中部分人看着我们并在我们的要求下移动。这片院落的侧翼有一堵墙，大约6英尺（1.8米）高。平民们聚集在那里，爬上院墙观看，他们看起来十分焦虑。

　　麦克走向我们的降落区，他看来非常生气。作为东海岸海军特种作战部队的空中专家，他对直升机作战及其操控了如指掌。他还是一位联合作战空中指挥并能呼叫空中打击，他可以调动海军AH-1眼镜蛇武装直升机到空军B-1轰炸机的所有空中力量。

　　他暴躁地嚷嚷着："听着，我们接下来需要做什么。"

　　我站立着，震惊于他改变了我的小队的结构（队形）。究竟要干什么？我向他抗议并开始争辩。

　　麦克打断了我。"闭嘴，你和你的人以及你的犯人，按我说的方式列队。现在，直升机即将降落。"

　　正当我对他的话充满愤怒时，越来越多的人出现在我们降落区边缘的墙上。事情开始变得棘手起来，人群中也许潜藏着蓄意不良的武装分子，他们也许还持有武器。火箭筒枪手也许正隐藏于墙后，等待着在关键时刻给我们以致命打击。在事态失控之前我们需要安全撤离。

　　麦克及时调整了我们队伍的队列。一架支奴干（Chinook）直升机出现于晨光中，直升机在我们的头顶盘旋一周后，停靠在我们划定的降落区。没人告诉过我，我们等待的是支奴干直升机的支援，而不是黑鹰直升机，不同的直升机对我们降落区队列的排列有着不同的要求。

第二部分 分离

支奴干直升机的运载人数是黑鹰直升机的 4 倍。此外，支奴干直升机需要从尾部登机，黑鹰直升机则是侧面登机。我们登机时，我感觉自己像个傻瓜。我愤怒于自己对这一意外事件毫不知情。

在我们的直升机起飞后，人群中出现了骚动，我听到了开火的声音。仍滞留在地面的我们的队友拿起武器并给予了火力还击。紧接而来的，是一段分散而简短的交火，直到我们的地面部队指挥官做出撤离的决定。随着我们的直升机在巴格拉姆降落，我们将"火箭人"和他的同谋者羁押到指定地点，余下的队友开始爬上悍马军车，穿过大门驶回基地。

我们背靠欧莱营。我们第一次跨越营地铁丝网发现了目标坏人并顺利地完成了任务。在这次任务中，我们从直升机中快速绳降，炸开了两道门并攻入了大院，未开一枪便控制了目的地。我们以成功捕获 8 名塔利班分子而结束战斗，并掌握了足够的证据可以让"火箭人"及其同党在监狱中度过余生。不要介意在降落区发生的不快和争执，我们完成了自己的任务。

我们为了今天的胜利而付出了多年的苦练。这次胜利将我们曾经的艰苦训练和一切的战前准备推向了高潮。胜利的回报给我们带来了深深的自豪感。这仅是我们的第一次任务，在未来几周和几月的时间，还有更多的任务等待我们去完成。

那个早晨，我们安稳地入睡，内心充满了成功的喜悦。

当我们睡去，一切又归于了平静。

9　屡受打击

那个早上，曾聚集于"火箭人"大院的队友们驾驶着悍马车回到了巴格拉姆。越来越多的人聚集在军营前，直到总人数超过了2 000人。他们尖叫着、吟唱着，点燃轮胎，并接受在他们之间穿梭的记者们的采访。当悍马车辆出现在快到巴格拉姆基地入口时，暴民们冲向了那台车辆。车上的美国士兵不敢确定将会发生什么，为了驱散人群，不得不向空中鸣枪。暴民们以向车辆投掷石头做回应。当阿富汗卫兵打开大门，悍马车辆快速驶入时，无数暴民示威者跟在后面试图冲进营地。躁动的暴民们试着推开大门、冲进基地。值班的阿富汗士兵在躁动的人群中挥舞着棍棒，并用他们的AK鸣枪示警。阿富汗士兵将示威者驱逐回街上，但他们拒绝离去。他们高唱着"美国人滚蛋"，并要求释放"火箭人"。美国有线电视新闻网（CNN）将这一现场拍摄了下来，并在当天的晚些时候进行了播放。

这一事件的前后，不难看到那位乡村长者的身影。他第一次出现在我们面前并试图与我们谈判时，就长久地抱怨没人通知过他我们的这次行动。后来，当媒体记者们采访这些示威者时，他们都说在美军发动任务之前，未曾向当地长老作任何商议。

示威者赢得了普遍的同情和支持。为了进行深度报道，记者们接近美国军方并希望得到为何这位当地长老未曾得到事前通报的真相。事实已非常明显，我们军方并不信任这位长老。然而，公共事务官员杰里·奥哈拉（Jerry O'Hara）却告诉媒体，美国和阿富汗军方都曾试着知会当地权威，但遗憾的是一直未能联系上。

第二部分 分离

媒体报道我们拘留了8个村民，包括一个当地传教士和一个前北方联盟高级领袖。我们实在无法理解，"火箭人"竟是阿富汗总统哈迈德·卡尔扎伊（Hamid Karzai）的朋友。阿富汗政府机关向我们的指挥系统发出立即释放"火箭人"的强烈要求。

尽管我们已掌握了部分证据，但我们的指挥系统最终还是屈服于卡尔扎伊。在羁押了不到两天之后，我们释放了"火箭人"及其同伙。这一消息凉透了我们的心。我们冒着生命危险执行了这一任务，我们出色地完成了任务并抓捕8名坏人，但仅是因为他们是我们盟友政府领导人的朋友就可以享受释放。这对我们而言，这仅是第一次打击。我们为在红翼行动中失去的兄弟而不懈努力，可最终却演变成为了一场政治风暴。所有被捕的恶魔都得到了释放，正义何存？

那天晚上，海豹突击队遭受了第二次打击。在我们到达阿富汗之前，负责阿富汗行动的将军曾发布过一条命令，所有使用快降和炸药的有计划的夜袭行动必须事先得到他的批准。事实上，他对我们的这次行动毫不知情，直到突袭事件引起了国际媒体的注意他才知晓。他的保守引起了我们的愤怒，他站在整个分队的前面，发起了一场大检查。

直到这场检查完毕，我们不能开展任何行动，那感觉就像软禁。我们待在欧莱营，并担心着我们的未来。第二天，指挥官理查德森接到命令，前往觐见将军。我看见他紧张地收拾着自己的东西并出门。在基地的附近，我们穿着便装、留着胡须，这是一种非军事化的典型装束，而许多传统的军官对我们的这种行为方式都表现出了不满。理查德森以如此的装束去见将军，对我们而言，也许只会将事情变得更糟。面见归来后，他若有所思地说："为了这次会面，我应该穿上制服，那样也许会更好。"显然，因为他的装束，将军训斥了他，并对他报告的其他事情也蒙上了阴影。

等待在我们面前的是政治修正的力量，我们能感受到前行路上的风浪。所有这些都发生于一次成功完成任务的行动之后，在那次行动中，我们按照训练中的要求做了自己能做的一切。这使我们感到无比沮丧。

高级长官克里采用哲学的视角开导我们。只要我们表现出失落，他就会试图将我们的注意力重新集中起来，并告诉我们，"我们的存在是非常有价值的，未来还有许多任务等着我们，一旦我们解除限制就能马上行动起来。"我们的电脑中储存的有关塔利班的资料已堆积如山，亟待实施；我们仅需要选择一个抓捕他们的最好方式。

我的老板，队里的长官弗雷德·德里（Fred Derry）也给了我一些类似的宝贵建议。

"我们需要你规划好自己的任务，雷德。"一次例会后他对我说。

我接到了一个与民政事务相关的任务。这个任务并无危险，但却是一次很好的学习规划的机会。我们小队将为一个工兵队提供安全保障，工兵队准备进入一个偏远的山村会见一位长者，讨论他们需要的公共工程建设。我们的任务是，为他们规划最为安全的路线，并为他们在村庄中的活动提供安全保障。我全身心地投入了这次任务并与队中的其他成员一起，共同工作了数个小时。

与此同时，此前的调查行动也结束了，其结果是我们并无过错。事实上，我们执行的抓捕"火箭人"的行动是由特种部队的上级指挥系统发出，该任务已由将军身边的工作人员批准并推送到了将军处。巧合的是，当请求送达那里时，将军恰好不在自己的办公室，最终导致了这场误会。工作人员批准了我们的任务并向我们的指挥系统作了部署，只是他们忘记了将这事告诉将军。

当我们得到这个消息时，大家都长舒了一口气。经历了这次混乱后，我们都迫不及待地想归队重新开始工作。在我们电脑中，与军事任务相关的文件包至少有40个，有足够数目的已筹备好的任务等待批准。我们将会在24小时内将它们发送到指挥系统，等待着实施行动的绿灯亮起。

我们的第一个任务被否定了，我们又发送另一个任务到指挥系统。

第二部分 分离

将军依然否定了这个计划。我们倍感困惑，基于稳定计算机系统而制定的针对恶人的完美任务，为何被挂起？

一周过去了，我们请求的每个任务都遭到了枪毙，大家的士气异常低落。连续两周时间都持续着这样的状态，似乎是将军对我们实施的惩罚。在阿富汗，禁锢在最安全的基地堡垒中无所事事，就是对我们最大的伤害！尤其是在红翼行动的余波后，这样的笼中生活显得更加令人难以接受，我们开始变得暴躁。我们谋划了更多的任务，并将余下的空余时间都用在了演习、睡觉或看电影。

时间来到了 8 月末，战火肆虐了整个阿富汗，而我们却仍未曾得到任何任务。这也许与将军的作战喜好相符合：白天实施行动、避免快降渗透、无须安排爆破缺口、避免私闯民宅。

一天早晨，我和队友马克·詹金斯（Mark Jenkins）向食堂走去。马克是一个出色的海豹突击队员，非常能干。他从未停止给我们带来乐趣。即便整夜在城里寻欢作乐之后，第二天的训练他也能应对自如。而我们只能流露出沮丧的情绪，他会点上一根香烟笑话我们。他还是一个自以为是的人，经常因为没有心机而得罪领导。

我们到了食堂，端着盘子，排着队，马克一路上都开着玩笑。他口无遮拦，从不避讳旁人。我们端着食物向一张桌子走去，有两名曾隶属于我们小队的其他队员也坐了过来。我们坐下时，马克注意到将军就坐在距离我们的不远处。他的两名助手都是中校，与他同坐。

我们评论着将军的行为并表达着对他的不满。马克瞥了我一眼，背对着将军，说道："嘿，雷德，你最好过去和那个家伙说几句，否则我会让你好看。"

我只是一个海军少尉，这里的最低级别的军官。大庭广众之下，詹金斯竟然想让我去面对顶级将领。

我想，也许是时候做个了断了，或许这正是我需要的。我们已忍受了长达几周的时间，这是和他谈判的好时机。

当我思索时，我的队友们正默默地看着我。

如果我的队友们知道我有去跟领导谈谈的机会，而我却选择放弃，他们会如何看我？作为小小的领导者，这也许是一次证明自己的机会。我能向他们表明：为了支持他们，我并不怯懦。自从我入队以来，我一直在寻找证明自己的方式。现在，机会就摆在我的面前，我必须抓住。

我认为，这是向我的队友及领导证明我领导能力的方式。

"你是对的，马克。我得去和他谈谈。"我说道。马克和其他两位队员看上去非常吃惊。我想，当我们回到欧莱营时，他们一定会告诉其他队员，我没有犹豫。

我走过去，站在了将军的餐桌旁。"请原谅，将军。（我是）海军特种部队少尉雷德曼。可以占用您几分钟的时间吗？"

他的两个助手怒视着我。他们似乎在说：见鬼，你是谁？

将军邀请我坐下。他的助手看上去却很冷淡，在我开始说话之后变得更加冷淡了。

我说，"先生，我只是希望表达自己的失落情绪，我们的行动状态一直处于暂停中。"将军面露兴趣，我继续说道："我知道，我们的第一次任务出现了沟通失误。但我们知道敌人就在外面，就在那里，我们很珍惜那次抓捕他们的机会。"

将军听罢，外交式地回答："很好，少尉，我要考虑所有的战略因素。我们必须权衡战略影响以及对平民的影响，并且这牵涉了夜间行动的问题。"

"我理解，将军。"

"眼下，在这场战争中，我们正处于一个疯狂的时间。我们必须平衡我们在这里的一切行动。"

我回答道："很好，将军，我们希望通过抓捕那些人以贡献自己的力量，他们对联合部队是潜在的危险。"

将军没有明确作出表态，但他仍然很有礼貌。我不认为在整个对话的过程中，他的助手们那灼热的眼神离开过我。我能感觉到他们对我产生的敌意和不满情绪。最后，我感谢将军给了我反映情况的机会，我起立敬礼并回到了自己的桌子处。

马克和其他两位队员已早早离开。为何他们没在等待我的回来？他们的消失令我震惊。在回营房的路上，我一直思考着这件事。我越来越困惑，困惑自己刚才的行为是否有点愚蠢。整个职业生涯，我都很出色。作为一名军人，我曾被视为我们队中最出色的沟通者之一，甚至曾被选为沟通训练初级教练。我总是对自己的沟通能力引以为傲，我是可靠的策略行动者。

但是我也有一些问题。偶尔，我会行事鲁莽，会使自己陷入麻烦。95%的时间我会作出正确的选择，但5%的时间也会使我犯错，就像一列可怕的火车。我做事冲动而鲁莽且毫无保留。我的动机通常是好的，但结果并不一定都会那么美好。

我想，与将军同坐的那些中校们会对我做出怎样的反应？我脑海中浮现出我找将军谈判时兄弟们离去后的空桌子。他们为何会如此快地离开？这可不是一个好信号。

不会正好撞上我那5%的不理智时间了吧。

我回到欧莱营，奔向我们的行动中心，试图在事情败露之前先向自己的领导坦白。我找到我们的海豹突击队指挥官乔治·沃尔什（George Walsh）。

在他的办公室，我解释了刚才在食堂中发生的事情。乔治缓缓地点了点头说道："很好，感谢你让我知晓，雷德。"

他似乎在思考接下来要表达的语言。他问道："给我说说，为什么你感觉需要那么做？"

我思考着马克刺激我之后我做出那个决定的所有原因。我将之归结为："长官，如果我不这样做，我认为自己不是一个好的领导者。我那样做也是为了战友们。"

乔治用一种怪异的眼光盯着我。我读不懂他的眼神，那使我感到不安。我又说错了什么吗？

"好的，雷德。谢谢！就这样吧。"

像那样招惹是非且无疾而终的日子越来越漫长，我们在长期的困笼中日渐萎靡。然而其他人却士气高涨，即便美国国民警卫队也能执行外围巡逻。海豹突击队的战士则成为了战争的摆设，没有什么比身处战场却无法施展身手更糟糕。

我们士气大伤，濒临崩溃的边缘。日复一日地，我们继续忍受着折磨。这成为了我们的土拨鼠日（Groundhog Day）。我们制订计划并睡觉，重新制订计划再睡觉。我们会不断地发送任务计划给联合特别行动特遣队的指挥系统，但都无法得到有效地回复。

我希望在这黑暗时刻会出现一道亮光，因此我敢于直面禁闭我们的将军。毕竟，我们都通过了那个夏天的考验，我认为，我会成为其他队员心目中的英雄。然而，整个突击小队怨声载道，我的鲁莽行为并未给我们带来任何帮助。虽然没有人在我面前抱怨，但我听到了足够多的流言，我的队友们认为我不作为。作为领导者，我以为我的行为可以为自己获得证明，但结果适得其反。

―――――― 第二部分 分离 ――――――

10　山谷激战

阿富汗南部（2005年9月）

　　支奴干直升机躲闪着，在山谷两旁的山脊线下飞行。在夜视镜的帮助下，飞行员们驾驶着直升机穿梭于黑暗。这是易受攻击的时间。几周前，塔利班在扎布尔省击毁了一架国民警卫队的CH-47直升机。他们从高地上用(便携式)火箭助推榴弹发射器（RPG）向飞机发射了一枚火箭弹，直接命中了目标，机上五人全部阵亡。几个月前，红翼行动期间我们海豹突击队也出现过类似情况。现在，直升机上的机组成员已开始了高度警惕。

　　大型直升机呼啸着飞行，坐在飞机尾部的我们倍感紧张，期盼着飞机落地的那一刻早点到来。我们都期望着这次久违的任务。一周之前，我们被调遣至这一地区并遭遇了一伙塔利班武装分子，他们在距离我们700米远的山腰附近活动。我们携带轻武器与他们交火，他们正好处于我们的M4突击步枪的有效射程之外。马克·詹金斯以自己的方式展开行动，他用卡尔·古斯塔夫（Carl Gustav）式火箭发射器（火箭筒）发射了火箭弹。火箭弹炸飞了两名塔利班武装分子。我们的一个狙击手清除掉了余下的敌人。那日，我们与这伙武装分子纠缠了一整天，炸毁了他们用以行动的洞穴。

　　我军的联合巡逻遭到塔利班武装分子的几次伏击后，我们又再次受命回到这里。我们负责清理这一区域，清理试图顽抗到底的任何敌人，并破坏这里的山洞。

我们的支奴干直升机在山谷一侧的斜坡处，飞行员将他们的飞行速度推至100节（185.2公里/时）。在我们的上方有两架阿帕奇武装直升机为我们护航，随时准备向袭击我们的敌人实施火力打击。有阿帕奇直升机跟随的情况下，我们通常不用对地面开火。这架阿帕奇AH-64直升机携带了制导和非制导火箭，外加一架30毫米大型机关炮，每秒可喷射10发炮弹。这样强大的空中火力，即使面对最强悍的恐怖分子也是一种巨大震慑。当这样的直升机飞过敌人头顶时，敌人通常会将他们的武器隐藏在沟渠中并尽最大努力将自己伪装为没有武器的平民。

而现在，我们在这个山谷中的行动所面对的都是狂热的武装分子——基地组织外籍志愿者和塔利班顽固分子。最近，他们向几架经过这里的阿帕奇直升机开火。那样的行为需要疯狂的勇气，他们看到自己的同伴被地狱之火制导导弹炸成碎片后会疯狂地攻击我们的直升机。在他们扣动扳机之后，直升机上的机关炮也会猛烈地对他们展开炮袭。

我们越来越靠近降落区。直升机抵达降落区后螺旋桨开始倾斜。我看了看左右两旁的队友，那一刻，红翼行动和被敌人击落的支奴干直升机的画面在我脑海中一闪而过。支奴干直升机的四壁是薄铝材料，没安装任何可保护我们的防弹甲板。一挺安置好的机枪的火力就能打我们个措手不及。

在发动机和螺旋桨的轰鸣声中，我冲他们大喊："记住，如果我们在降落前发现了敌人，大家请务必待在飞机上不要离开。"

周围的人都点了点头。这种方式可使直升机载着我们快速撤离。如果某人离开支奴干直升机后受伤，我们必须呼叫空中支援并等待另一架直升机冒险前来救援。

我们站立起来，准备在飞机降落之前快速跑向坡道。为了携带更多的弹药，我们在直升机中塞入了几辆全地形交通车。支奴干直升机摇摆着进入一种硬着陆状态，我们在指定降落区顺利着陆。直升机的

第二部分 分离

尾部倾斜坡道慢慢放下，我们跑下了飞机，呈圆周状分散开来。几秒钟的时间，支奴干直升机在棕色尘暴中再次起飞，驶离了我们。

我们所有人都进入了山谷，支奴干直升机起落着将我们的队员逐队插入目的地，直到我们封锁了从山谷南面碗部到北面"T"形路口所有的关卡。我们现在需要做的是，全面扫荡，搜索目标敌人。

我们的领导降落于山谷的南面。那天，理查德森是我们地面部队的最高指挥官。

在山谷的西面和东面，我们部署了狙击手与侦察队。往北，这个山谷与另一个东西走向的山谷横切，形成一个天然的"T"字。突击队成员在北部"T"字交叉处的顶部降落后发现了大规模的敌人在他们的下方活动。这个山谷的山壁十分陡峭，谷底到谷顶至少有1000英尺（300米）高。我们处于北面位置的突击队员从高处观察着他们控制区域的50名塔利班武装分子。

与北面小组协同作战的一架UH-60黑鹰直升机经过"T"形路口。塔利班分子很快发现了它并对其发射了RPG火箭弹，几乎击中我们的直升机。几秒钟过去后，四周的塔利班武装分子开始向我们突击队的集结地进发。

北面小组立即请求空中支持。两架A-10疣猪（Warthog）攻击机赶来救援并向山谷下的敌人开火。跟随的阿帕奇直升机进行了二次打击并报告，"两架A-10疣猪攻击机击毙的塔利班武装分子的尸体躺在尘土中。"

随着战斗在距离我几公里外的地方打响，我带领我的四人小队沿着山谷东面向北面移动。我带了2名狙击手和1名机枪手，我们的任务是在山谷东面掩护主攻力量。主攻力量负责清理谷底，他们由两支其他的海豹突击小队组成，并由一些阿富汗国民军增补。我的老板弗雷德·德里就负责那支部队的指挥。

我们的现处地是偏远地区，方圆数英里之内没有一个阿富汗的村庄。敌方武装分子正好利用了这里的偏远性以作自己的行动基地。我们并未花费太多时间就发现了他们的战斗位置。他们藏于防空壕、战壕和带有头顶覆盖物的临时沙坑中,以躲避经过的、在这一地区盘旋的飞机。随着我们的部队沿山脊由南向北推进,我们观察到这个地段的敌人并不活跃。在这段距离内,我们的空中力量消灭了目标并在我们的上方盘旋,已备随时对地面敌人实施打击。一种安静在山谷中降临,这使我们更加警惕。幸存下来的敌人已消失于地面之上。我们的突击队随时有被陷入敌人精心设计的陷阱的风险。太阳从地平线上升起,我们的机动部队开始向谷底展开,开始他们的清理行动。

  时间缓慢流逝,阿富汗酷热的太阳烘烤着我们,我们坚守在观察点。唯一可以移动的是我们的主力机动部队。从某种意义上说,我们的机动部队偶遇了一个塔利班的营地。搜查的结果表明,我们到达那里时,他们刚刚离开。他们发现了我们的到来并快速逃窜。地面部队向我们转播了所有的战报信息,随着他们继续向北行进,我们更加提高了自己的警惕性。天空中的太阳越升越高,我们被烘烤得更加厉害了。我们坚守在观察点,我们的主力部队在山谷斜坡上穿行。我的小队尽我们所能地保持着警戒状态,我们全副武装地忍受着骄阳的烘烤。尽管天气炎热,在我们下方的主力部队也没有丝毫懈怠。我们有6个小时的时间清理这里并要按时回到撤离点,直升机会在那里接我们。空中队友已明确告诉过我们,如果我们不能在下午4点抵达撤离点,他们将无力抽派飞机接走我们,因为阿富汗南部战线的任务异常繁重。在阿富汗南部地区持续的战斗异常激烈,以致我们的装备被大幅抽调出去。

  整个上午,我情绪高度亢奋,我试图发现我们之前遭遇过的敌人。尽管自将军态度缓和并部署我们到坎大哈(Kandahar)执行任务以来,我都参与了实战,但并未处于直接交火的状态下。

  战场就像一系列的同心圈。最大的圈就像巴格拉姆那样的基地,除了偶尔迸发出火箭弹外,那里的生活就像和平区一样安静。在阿富汗南部地区,你会进入一个更内层的圈。同时,我也处于自己职业生涯尖峰状态之外的圈中，这使我感到抓狂。

我希望通过行动来证明自己，通过战火中的考验表现自己。没有战士可以在实战前明白自己是什么"料"，直到他们被放进战争的熔炉。借用我曾经的老首长的话："不会有人知道，什么是他在战场中最适合的角色，直到他在实战中触摸了'老虎的屁股'。"

最炎热的时候也是最具挑战的时候，我渴望那一时刻的到来。不幸的是，我太过急功近利，忽视了领导的责任。好的领导者不仅知道什么时候出手，还知道什么时候隐忍。在当时，我的心中只有冲动。

正午过去了，我们布防的区域内并无敌人出现。这里的地形崎岖，我们的地面搜索小队继续往北面的山谷谷底行进。当他们行进至两个山谷的"T"形路口时，发现了大量敌人活动过的证据并在东西走向的谷底中继续向西搜索。谷底，地面部队各指挥官间的无线电通讯时而因信号问题出现中断。当理查德森带领的小队向南移动时，与谷底中的另外两个地面部队失去了联系，我开始在他们之间充当信息传递者的角色。从战术上看，占据高地将是战争的胜负手。我的小队成为了理查德森与其他地面部队间信息的桥梁。

一个小时过去了，并无意外发生。距离我们的撤离时间越来越近，我们仍然没有发现敌人，指挥官理查德森决定收队。他用无线电命令我的小队和山谷西侧的另一个看守小队向南面移动。同时，谷底的另外两个小队向北面山脊推进，在"T"形路口爬上山坡，与我们的北部小队联系。

我让我们的两个狙击手先行与理查德森的队伍会合，我想单独和机枪手在这里再待上一会儿，等待机会。我想，也许山谷中的兄弟仍需要我们再坚守一会儿。此外，我留守在这里还可以继续为他们传递无线电通讯。山谷中突然传来一阵枪声，那是 AK 的枪声。机枪也发出了一连串的响声，紧接而来的是来自我们部队的步枪和自动武器的猛烈还击声。我们扫视着山谷，但看不见任何战斗。

无线电的另一端是弗雷德·德里，他是山谷中另外两个小队的指挥。

平时，我们都称他为"笑面人"，因为他在与大家交流中总是面带微笑。

在一阵枪声之后，我收到了他报告："呼叫部队！呼叫部队！我们的正面至少 20 个敌人。"

紧接而来的是一阵安静。然后，"笑面人"补充道："我们的一个阿富汗士兵受伤了，我们急需支援。"

我将这个信息转发给了理查德森，并思索着当下的形势。我们的兄弟正处于麻烦之中并急需帮助。我们的小队分散于整个山谷，一些在南面，一些在北面。对他们而言，集中投入战斗最大的障碍是时间。他们难以在第一救援时间集结。

我和机枪手是最接近这场战斗的人，并且我们有一挺机枪。

杰森，这是个机会，你的队友们正处于麻烦之中。

我向下观望 1000 英尺（300 米）深的山谷。山坡非常陡峭，斜度接近 60 度。从这里下山谷的唯一方法是顺着山坡向下滑。到达谷底后，我们还必须通过复杂的地形并对枪声的来源做出正确判断。要想安全地接近我们的队友并为其提供支援，难度非常大。

我呼叫弗雷德，并询问西边的看守小队是否仍在坚守。

无线电中传来了持续响起的枪声。

这是证明自己的最佳机会，杰森，不要错过。

情况并不乐观。如果我们下去，情况也许会变得更糟。我们接受过专业的训练，我们知道如何在危险时期识别友军并避免与自己人的误伤。但现在的实际情况则更加复杂，如果我们放弃的制高点恰巧被塔利班武装控制，那将是一场灾难。战斗是一场错综复杂的芭蕾，战斗是种火力、移动和战略的平衡。在这样的时刻，领导是一门科学，更是一门艺术。

我用无线电设备告诉弗雷德："我们下来支援，我们会从谷底东侧与你会合。"

通过无线电静默和步枪的声音，我听到了他的默认。弗雷德是我们突击小队的负责人，我直接受他的指挥，我得到了他的准许。我未曾向指挥部和理查德森报告自己的行动，我转身对我的机枪手说："我们行动吧。"

在他的眼中，我也许是疯狂的，但他什么也没说。我们大概花了15分钟的时间滑下山谷。我们刚松了口气就接到了高级长官克里的无线电呼叫，他希望确认我们的位置和我们的行动。我告诉他："我们正在下坡。"

克里火冒三丈："绝对不行！我们需要中间信息的传递者。停止你们的行动！"

兄弟们需要帮助，且我离他们最近。平时对克里的敌意，加深了我的叛逆心境。我无视他的要求并继续坚持着自己的行动。

我们向谷底探入渐深，我们失去了与指挥部的所有联系。我突然意识到，自己已进入了危险的境地。我们放弃了高地，下到了300米深的谷底，试图支援一公里外正与敌人交火的队友。我瞬间将这个意识抛弃，我的兄弟们需要帮助，我要继续前进。但战斗在哪里？山谷里四处传来了枪声，我们难以判断队友的距离和方向。

断断续续的声波在我耳边回响。我听不清它的具体内容，但我知道那是理查德森的声音。

我们继续向前深入并最终到达了谷底。任何一个处于有利位置的敌人都能消灭我们。我们暂停下来，并试图重新与指挥部建立联系。过了一会儿，理查德森的声音传了回来。

"该死的，你们在哪儿？"理查德森问。

我告诉他，我们正处于"T"形山谷的谷底。

"滚出山谷，马上回来！"他愤怒地说，我几乎能感到耳机里蹿出的火焰。

我正要试图解释，他补充道："我们无法呼叫空中火力支援你们，因为我们无法确定你们的位置！"

这使我感到震惊。空中有携带火箭和炸弹的飞机等待着加入战斗。然而，它们却无法投入战斗，我们被困在了山谷。

我本该想到我们的空中力量无法对谷底的我们提供帮助,但我被自己的野心蒙蔽了双眼。我缺乏实战经验的问题,在这里得到了充分体现。我开始渐渐明白:自己已铸成大错。我打开无线电并报告:"我们会撤出山谷,并爬上"T"形山谷的北坡,在那里与我们的部队取得联系。"

　　北坡比东坡更陡峭。我们尽可能快地往上爬。交火的枪声一直在山谷中持续。我们必须爬上800英尺(240米)的高点,我在新的位置再次打开无线电。几分钟后,两架飞机携带500发炸弹地毯式轰炸塔利班的防御位置,我们在山谷中的小队全面撤离了那片区域。飞机启用30毫米口径格林机枪,子弹密集地向谷底扫射。谷底尘土与残骸飞扬,树木被炸断,残枝四散。

　　烟雾中,黑鹰直升机向我们的方向飞来。它将我和谷地的其他队员转送至北坡。空中力量对我们提供了巨大帮助,以致我们能在当夜聚集一处并形成了防御圈。理查德森告诉我,我们错过了与支奴干直升机约定的撤离时间,那天早上,前来接我们的支奴干直升机被击落,机上所有5名机组人员全部遇难。他们是准尉长约翰·M.弗林(John M.Flynn)、中士帕特里克·D.斯图尔特(Patrick D. Stewart)、准尉艾德里安·B.斯顿普(Adrian B.Stump)、彭德尔顿的中士塔内·T.鲍姆(Tane T.Baum),他们都来自美国国民警卫队第113飞行团;还有一名机组人员是来自德国的吉伯尔施塔特(Giebelstadt)第159飞行团第7大队的中士肯尼斯·G.罗斯(Kenneth G. Ross)。

　　由于支奴干直升机遇袭,我们不得不在这里等待几天后的空中营救。

　　我们在北山安营扎寨,我们开始布防以确保长夜中营部的安全。

　　理查德森来找我,当他靠近的时候,我能看到他面色铁青:"你要干吗?"

第二部分 分离

我愤慨地告诉他,"我要去救我的兄弟"。

他愤怒地瞪着我,"那样做,很愚蠢。雷德,你差点害死他们。"

他的话更加激怒了我。

我回应道:"兄弟们正处于麻烦中,他们急需我的支援。我只是做了自己应该做的事情。"

理查德森并不认可我的观点。我抛出了一个几年前发生在阿富汗的相似案例,并以此证明自己观点的正确性。理查德森也知道发生在阿富汗的那个案例,他打断了我的说话,"这完全不同,雷德。他们当时没有任何的空中支援。"

"我也不能确定我们是否有空中支援!"我反驳道。

"因为你的擅自行动,空中救援不得不延迟!"理查德森咆哮着。

最终,当他发现自己难以说服我时,他终止了这场争辩。他简略地说:"我们回到坎大哈之后再次处理这件事。"

他转过身,气势汹汹地走了。

我看着他的离开,内心开始挣扎。我真的犯了一个大错吗?不,不可能,我救援队友难道有错?

那天的傍晚,我坐在小队的狙击手旁边,告诉了他当时的情况。我回忆着刚发生的一切,试图证明我的决定是正确的。他听完我的讲述,只是默默地看着我并未作任何评论。我并未得到想要的回答,"你做了正确的事情,雷德"。

他的反应,让我对自己产生了怀疑。

一些声音出现在我的脑海:

我怎么知道空中支援在路上?
你搞砸了,杰森。
不对,你做了正确的决定,主动行动总比坐以待毙强。

你差点将你的队友置于死地。

当我从思绪中走出时，我身边早已没有了那位狙击手。黑夜降临，寒风吹拂着这片荒凉而古老的山野。我们从未指望6个小时能撤离这里，所以，我卸下了所有装备。我盘坐于尘土中，戴着值班风帽，穿着防风夹克，瑟瑟发抖。整晚，我们的飞机都对山谷谷底实施间歇性轰炸。枪声与爆炸声不时弄醒着我，使我处于一种潜睡眠的状态。我盯着天空，思索着白天发生的事情。

第二天早上，我们派了一支小队下山谷调查敌人的坑道地堡并实施我们称之为 BDA 的战斗破坏评估。我受命带领我的小队来到了悬崖顶，掩护我们在山谷中执行任务的兄弟们。我们找到了一个地方并隐蔽了下来，以方便我们察看山谷中的敌情。我发现我的队友们大多不太愿意和我说话。

我想，我只是做了一件正确的事情。

评估小队发现了超过 12 具尸体或残肢散布于敌人的基地。当他们清理这一地区时，偶然发现了一个武装分子的幸存者。大树正好压在了这个恐怖分子的身上，沉重的树干将他死死压住。我们的评估小队发现他时，他已严重受伤无法做出任何抵抗。

如何处理？如果角色反转，塔利班抓住了我们的队友，他们会立即将他斩首并以护教的名义玷污他的尸体。这个受伤的塔利班分子是幸运儿，美国军方及其盟友仍恪守《军事冲突法》(the Law of Armed Conflict) 和《日内瓦条约》(Geneva Convention)。两者均强调冲突一旦结束，战俘将被赋予医疗护理权。

尽管我们知道，我们的敌人绝不会这样对待我们，但我们依然要遵守我们的纪律。我们的评估小队将他从树桩下救了出来，当我们呼叫救伤直升机时，我们的医疗小组开始对他进行简单处理。黑鹰直升机再次进入山谷，发出了雷鸣般的响声，低飞于山脊之下。我突然想起，昨天，也许正是这个塔利班武装分子的同胞向我们的直升机开火，又或许他就是扣动扳机者。今天，我们直升机上的勇敢的机组人员正冒着生命危险为营救他而来。

黑鹰盘旋于塔利班武装分子坑道掩体的废墟上，一道1000英尺（300米）高的悬崖若隐若现。如果一个拿着火箭筒的武装分子仍然活着并愿意战斗，他一定能轻易地击落我们的飞机，但我们的机组人员并没有任何犹豫。飞机划过一道弧线降落，时间一秒秒地过去。受伤的恐怖分子被送上了飞机。地面人员给了一个手势，片刻之后，飞机安全起飞，黑鹰直升机飞出了山谷。

我不知道那个受伤的、被树撞击的恐怖分子在直升机上会有什么感受。我不知道他是否撑到直升机抵达联合救助站而接受治疗。但我知道，美国纳税人正为他的康复埋单。

我确信：尽管我的脑海里依然全是战火，但我为我们纪律部队的仁慈和宽容而骄傲，为美国人感到自豪。

11 黑暗边缘

阿富汗南部（2005年9月）

回到坎大哈，我听到的全是关于我的流言。有人给我取了"兰博·雷德"的绰号。也许有人会认为，被比作史泰龙的"独狼"式偶像或许是一种恭维，但在我们的海豹突击队这是一种极大的侮辱。海豹突击队不允许个人英雄主义的存在，我们成功的基础依靠的是互相的合作和沟通。像兰博那样的独狼对团队而言并非好事，他只会给我们带来灾难。

面对如浪潮般的评论，我知道，我需要一个伙伴。我找到了弗雷德·德里。在食堂外，我重述了几天前的下午所发生的事情。我提到了，我是在他的默认许可下作出奔向谷底的决定。

他回答："记不清了，那天发生了太多事情。"他平视着我。

我惊呆了，我无法相信眼前的事实。

在我们完成了任务简报后，理查德森将我叫到了他的临时办公室。他说："雷德，你的行动力有问题。我们会将你送回巴格拉姆，去见指挥官。同时，我们也会就你的事情进行一次详细的讨论。"

我惊慌失措。我开始想象最坏的可能性，也许这远比一记耳光更严重——我或许会被送至后方，远离战场。对战士而言，没有什么比这更令人蒙羞。我成人之后几乎都在为上战场而努力，现在，我却被告知不合格。那种感觉就像脑袋被驴踢了。

我听到有人窃窃私语，克里一定希望看到我被剥夺海豹突击队队

第二部分 分离

员资格的景象。那次事件之后，他一直致力于争取海豹突击队评审委员会决定我的命运。我们之间维持了数月的内斗已糟糕透顶，现在他正试着毁坏我的职业生涯。

第二天，我收拾行李离开了我们的营地。和我一同上飞机的还有我们战斗单位中的其他3个成员。麦克·彼得斯是其中之一，他是广受大家尊敬的军士长，他曾就那次火箭人任务之后的撤离行动严厉批评过我。作为领导者，他在美国海军赢得过良好声誉并获得过奖章。坐在他旁边是尕斯·约翰逊（Garth Johnson）长官，他是一位满头银发的老兵，他在军队中的服役年龄已超过了20年。

飞机在跑道上飞驰并准备起飞时，我偷望了一眼坎大哈，陷入了沉思。我刚刚到手的海军少尉军衔伴着我在战场上颠沛流离。我的长官此时正欲剥夺我的海豹突击队三叉戟徽章。

除了我的家人外，三叉戟徽章是我最重要的物件。它是一种象征，指引着我走过摇摆的童年时光。它是一座灯塔，引导着我加入海豹突击队。孩童时期，我凝视着它并对其充满了向往。佩戴海豹三叉戟徽章，是我从小就追求的梦想。

2个小时过去了，我们降落在巴格拉姆。飞机在跑道上滑行而止，我拿着行李走下了坡道。当我来到欧莱营时，这里似乎变为了空地。几乎全部的作战单位都部署到了坎大哈，包括后勤人员。这里只剩下少部分机构，我看着这里的路灯，这里早已物是人非。

我走进了我的小屋，将行李放在了地上。

现在做什么？我一片茫然。

我不知道接下来自己还能做什么。自高中以来，我就习惯于给自己布置计划，并完成计划。现在，我的职业生涯之火似乎就要熄灭了。现在，我是安全的，但这对我来说是最受伤害的方式。那些曾与我一同训练并在战场上接受我领导的人仍坚持在战斗一线。这一想法像利刃一样刺着我。再有几周，也许我们就要回家，我意识到这次事件的严重性。

我在战场上的日子似乎就要结束了，又或者是永远结束了。

我需要向我们的海豹突击队指挥官乔治·沃尔什作报告。我认为，事实上，他对我的情况非常了解且正等待着我的到来。我对这次会面并不兴奋。但在我决定见他之前，还是事先将胡子进行了处理。

在阿富汗，胡子是评判一个人的重要标准。如果你没留胡子，当地人会用另类的眼神看你。因为这一独特文化的存在，因为我们执行任务需要渗透到当地人中，所以特种部队可以享受留胡子的特权。我抓起剪刀和剃须刀，开始了接下来的工作。

大块的胡须落到地上，我不忍直视。胡须的掉落似乎预示着海豹突击队和我越来越远。这几乎变成了一种自我鞭笞的行为。

我向队长沃尔什和队里的军士长作了报告。在例行问候之后，我告诉了他们这一事件的前因后果以及我当时的立场。我尽最大可能地为自己辩护。在我的陈述结束后，他们交换了彼此的看法。我静静地等待着，表面上显得无欲无求但内心挣扎异常激烈。我默默地祈祷，希望他们可以肯定我的行为。他们是管理超过200人的海豹突击队的高级长官。他们逐一表达了自己的看法——先是队长沃尔什，之后是军士长。

他们告诉我，我当时做出的决定非常错误。"我们会再次碰面并进一步讨论，当队伍中的其他成员从坎大哈回来之后。"

我怒火中烧，但我只能强压怒火。很快，我开始感到绝望。

会面结束后，我回到自己的小屋。我坐在窗前给艾丽卡写信。这是我们结婚之后的第一次任务部署，她是我的坚强后盾。一有机会，我就会给她写信或为她和孩子们剪辑视频，所以他们能看到我在这里的生活。

从哪里开始呢？我的手指悬在笔记本电脑键盘的上方，思绪万千。出于安全纪律考虑，队中发生的很多事，我都不能提及。但我认为，

第二部分 分离

自己最近发生的遭遇有必要告诉她，因为我需要得到艾丽卡的支持。

我用键盘敲出了事情的梗概并发送了出去。

坐在桌子旁，我试着强迫自己将注意力远离刚刚发生的一切。我决定给所有亲密朋友发一封短邮件，告诉他们事情的梗概。我认为，我正试着赢得我朋友们的支持。这些朋友中，有一个是酒店法人，我们在弗吉尼亚偏远地区训练时他的酒店曾为我们提供过住宿和早餐。他就是比尔·霍利迪（Bill Holliday）酒店的主人，也是退役的美国老兵，他总是用温暖和友情欢迎我们。比尔和他可爱的妻子是杰出的美国人，在某种程度上，他们已成了我和艾丽卡的第二父母。艾丽卡和我在他的酒店完成了婚礼，并开始了自己的幸福时光。

我笑了起来，想起了我们婚礼仪式的前夜。艾丽卡为结婚晚会谋划了清道夫猎人游戏，在假日酒店的周围。男嘉宾们对这个游戏并不太感兴趣。在清道夫猎人游戏开始后，我们让女人们冲进树林，我们却全部回到了酒店里，继续着我们的喝酒习俗。

记得那天，我进门时没有任何防备，遭到了暗算。一个体重达265磅（120公斤）的伴郎恶狠狠地抱摔了我。这突然的一击使我飞过床榻，重重地摔在地上。在我正待爬起时，其他伴郎又压在了我的身上。我又踢又打，努力争取重新站立，但却没有任何办法。

在我接受训练期间，我和当地的治安官成为了朋友，他也加入了那夜的打闹。就在我以为我可以逃脱之时，他挥舞着拳头，参与了进来。这家伙有2米多高，体重达300磅（136公斤）。被他击中就像一只小狗面对两倍于自己的庞大敌人。最后，他们将我按在地上，绑住了我的手脚，并往我喉咙里灌酒。

几个小时后，姑娘们冲了进来，愤怒于她们被弃之不顾，没人陪她们玩清道夫猎人游戏。看到我的窘相，女孩们更生气了——我被五花大绑、浑身是伤、烂醉如泥。我喝得酩酊大醉，感到天旋地转。

然而，所有这种残酷的打斗都是我们海豹突击队的标准课程，在普通民众看来也许难以理解。看到自己未来的丈夫被捆绑着，满身伤痕，被他的伴郎们强灌威士忌，艾丽卡瞬间失语。当她从震惊中恢复过来时，她要求伴郎们放开了我，并将我带去了她的房间。她斥责我，认为我应当还以颜色。我从未见她如此生气。我试着告诉她，我尽力击退他们，但当他们用瓶子堵住我的嘴后我也没有别的更好的办法。

我的解释并未起到任何作用。

我们进行了长谈，她哭着试图从整个事件中挣脱出来。结婚宴会的喜庆气氛在房间里荡漾，我得处理好我们之间的问题。

因为彼此的爱，我们的不悦渐渐消散。最终，我们的交谈已不是结婚仪式的相关问题，而是在意对彼此的肯定。我们互相确认着对对方的爱。

今天的我，仿佛处于世界最黑暗的边缘，我比以往更需要她对我的支持。在来到这个小队之前，我经历过多次艰难时刻，她总会成为我最后的庇护所。其他人也许会站在我的对立面，但她总会无条件地支持我。当我说错话或做错事时，她总会对我表示出宽容。其他人的妻子也许总对自己丈夫的缺点或错误吹毛求疵，她却总能选择理解。

我盯着电脑屏幕，试着推算弗吉尼亚的当地时间。她睡醒了吗？我能给她打个电话吗？我希望听到她的声音。

在艾丽卡走入我的生活之前，我曾是相当自立的。我能够处理自己面临的任何难题。艾丽卡走入我的生活后，我们开始学会为彼此分担忧虑。我们之间的关系纯洁而简单。我们队里其他人的妻子曾不止一次地告诉她："并非所有人都像你和杰森一样。"

我是如此地希望看见她。但想到我正遭遇的耻辱，我满面愁云。我会令她和孩子们蒙羞，因为我无法回避自己彻头彻尾失败的事实。

慢慢地，我收到了来自朋友们的带着鼓励话语的电子邮件。对那些未曾回复我邮件的朋友，我断绝了和他们的关系。这件事让我意识到，谁才是我真正的朋友。

查收电子邮件时，我看到了比尔·霍利迪的回信。我打开邮件后一直盯着它，难以置信。

第二部分 分离

> 杰森，这件事令我非常难过，但我并不吃惊。我担心你的傲慢会使你沉沦。

比尔是我最亲密的朋友。显然，就这个观点，他之前从未暗示过我。我的感觉糟透了，我的情绪异常低落。

当太阳在弗吉尼亚升起，我给艾丽卡打通了电话并在纪律允许范围内告诉了她自己最近发生的事情。听完了我的陈述，电话那头一阵沉默，然后我听见了她的保证。

"杰森，我们患难与共。你知道我总会站在你的身后。"

她的话抚慰了我的伤痛并使我稍感轻松，但那并未解决我的烦恼。但我可以确信，无论未来会发生什么，无论我在海豹突击队的命运将会走向何处，艾丽卡总会给我带来家的温暖。

我挂断了电话，等待着新游戏的开始，我不再感到恐惧。其他队员从坎大哈回来还需要几天的时间。我待在自己的房间，将自己紧闭起来。婚宴的那个前夜的景象不停地在脑海闪现，在我受困的时刻，我的妻子受限于我的队员而无奈。

渐渐地，我的思绪越来越清晰。是的，我犯了错误，但我的行为动机是好的。这本是一个小错误，但由于个人恩怨的掺杂被放大化了。我要如何才能平息这次事件。

我如何才能自救，我开始制作PPT以期望在将来能更好地对自己的行为作解释。我尽自己的全力准备着，我的职业生涯虽已命悬一线，但我决不会缴械投降。

几天后，突击小队的其他队员从坎大哈归队。我沉湎于自己的不幸，不想见任何战友。显然，他们也对我持有相同态度，一些我曾经要好的朋友也对我表现出冷淡。我感到了耻辱，我每天将自己关闭在房间里长达22个小时。即便是吃饭，我也会选择错开大家去食堂的时间。

我在路上偶遇去澡堂的战友或领导，他们也几乎不会招呼我。那些我曾愿将生命予之托付之人，现在像躲避癌症一样躲着我。

大部队回来后，我被叫去参加一个会议，队长沃尔什、军士长理查德森、弗雷德·德里和长官克里都在场。这也许是我为自己辩护的最后机会。我知道目前的情况对我不利，特别是克里，他一定希望将我一击击倒。

会议开始，克里摆出了他的证据以证实我犯的错误。令我意外的是，他将主要焦点放在了我的领导力问题上。他提及了我在部署前夕与部队中的人喝酒并喝得酩酊大醉；他还陈述了一些我们之间的矛盾和分歧。最后，他说："少尉雷德曼展现出的是一系列错误的领导力，他的海豹三叉戟徽章应该被收回。"中尉德里也加入了这场辩论，反复提起我喝酒的事情，并认为我不适合做领导者。

我坐着并且听着他们两人的陈述，为他们的落井下石而痛心。克里再次跳了出来，他补充了最近18个月以来发生的更多细节。当他继续发言时，我明白了：因为我的恶迹斑斑，已给了他诸多把柄。我通常无节制地饮酒，我的表现就像一头蠢驴。综合来说，我更像士兵，而不像领导者。

我想起了自己30岁生日那天在德国发生的事情。几个战友和我一起来到了德国小城一个不错的亚洲餐馆。在那里，我喝得失去了控制。我是如此迷醉，以致在穿过餐馆的途中，用赤裸的双手抓餐馆中池子里的观赏鱼。

接下来会发生什么？

战友们将我丢在驻地外的一个当地酒吧，因为我是一头蠢驴。

我怎么还没长记性？

在海豹突击队队员必须有搭档。这是进入海豹突击队训练营一直被灌输的理念。在整个海豹突击队，我们都坚守着这一理念，无论是战场还是酒吧。也许我不够聪明，我 30 岁生日那天遭到他们的丢弃已经很能说明问题了。

我据理力争，但最终我承认自己犯了错误，其关键点是缺乏有效沟通且未意识到头顶上的空中支援。我认为，克里过分夸大了我的问题，因为他对我持仇视态度。

会议快结束时，队长沃尔什提起了我曾找将军谈判的往事。"杰森，还记得我问过你什么吗？"

"是的，长官。"我答道，我快速回忆我在食堂面对将军时的场景。

"杰森，你的回答使我感到迷惑。"

他停顿了一会儿。片刻后，他说他们会进行集中讨论并通知我最终的裁决。我转身走出办公室，心中泛起凄凉。

时下，巴格拉姆的午后依然暖和。但几周之后，刺骨的寒风将会到来，冬季的巴格拉姆将会异常寒冷。

我路过战术训练中心，看到了突击排的士官长查理·温盖特（Charlie Wingate）。他独自坐在水泥墙旁的餐桌边。

查理是个性格直爽的人。他是我们的主狙击手也是我们的黏合剂，通常，他会将功能失调的突击排黏合起来。有些领导是政治家，他们谨言慎行，总有一只眼睛盯着他们的职业生涯。查理与他们不同，他总是关心队伍里人们的幸福感。他赢得了领导围墙两侧人的支持，因为他的直率和坦诚。

我上前并坐在了他的旁边。我告诉了他所有的一切并给出了自己的立场。我告诉他，我感觉自己就像被丢下了汽车。我陈述完整件事情后告诉他，"我不知道如何从这个困境中恢复过来。"

在我们的部队，声誉胜过一切。在队友之间，有一个持续的关系网传播信息。你在战斗中的表现，大家的心里一清二楚。有声誉的人总会受到欢迎，无论是在新连队还是新的作战单位。声誉受损的人则不会被人看好。声誉不好的人将遭到大家的回避。极端时，队友们会竭力拒绝与声誉不好的人协同作战。在我们的工作中，弱者、懒鬼或似瘤瘤之人绝无立足之地。这是我们最看重的品质，因为在战争中，它通常决定着你的生死。没人愿与自己不信任的人同上战场。

现在，我就笼罩在这一乌云之下。我不知道自己的未来在哪？我还能继续持有自己的三叉戟徽章吗？

我告诉了查理自己的所有想法，查理安静地听着。我最后说道："我不知道自己应该如何前行。"

查理凝视着我，我等待着他的建议。我等待着他那直言不讳的回答，无论好坏。

"雷德，我必须告诉你，我一直对你很好奇"，他说，"我最大的疑问是，你为何加入海豹突击队？"

我为何加入海豹突击队？这一问题实在出乎我的意料。一时间，我竟没能反应过来。我坐在那里，回视着查理，回忆着自己的过去。

为完成海豹突击队的舟训，我患上了肺炎。整个训练，我掉了30磅（13.6公斤）体重，但我顺利毕业了。

查理说道："加入者通常有两种人。其一是希望成为最优秀的人，希望实现自我超越的人。"

我从大学一年级到现在，无时无刻不渴望着佩戴海豹三叉戟徽章。

"其二，少部分加入者是因为他们觉得加入海豹突击队是一件很酷的事。"

查理继续说道："我想告诉你的是，雷德，我认识你很久了，我觉得你加入海豹突击队的原因属于后者。"

我坐在这里与查理交流，我希望为自己找到一条出路，一个留在海豹突击队的希望。然而，查理却给我抛出了一个深奥的哲学问题，我深感意外和震惊。我不知道如何回答他的问题。

为了追求这个职业，我贡献出了自己的全部青春。长时间地生活在恶劣的环境下，远离自己的亲人和朋友。对我而言，它并非一个工作，而成为了我的生活方式。

令我震撼的是，查理告诉了我实情，这就是我在他们心目中的形象？我要感谢查理，感谢他的坦诚，让我重新认识了自己。

　　我回到自己的房间，我思考着查理的话。我之前的愤慨彻底消失了，剩下的只有回忆和反省。

12　梦想成为海豹突击队员

北卡罗莱纳州（1990年）

年轻的时候，如果有人告诉我不能做某事，我则一定要做成并以此证明他是错的。这种叛逆是福音，还是诅咒？无论如何，它贯穿了我的生活。

我听过太多指责。杰森，你太小、太瘦、注意力太不集中、太鲁莽、太自大、太狂野；杰森，你不够好、不够聪明，你是个怂包、"社会手雷"。

好，你们继续说吧，你们无非是想填满那片欲壑。我会证明自己的。

我3岁时，父母给了我一个消防员的头盔，头盔上配备了警笛和闪烁的警灯。我在房前屋后狂乱地奔跑，就像我正在拯救人们于水火，那是我对未来英雄的第一印象。后来，我成为了军迷。我来自一个有丰富服役传统的家庭——我的父亲是一名美国空军的装配工，越战期间曾在坎贝尔堡服役；我的祖父曾赢得过一枚优异飞行十字勋章（Distinguished Flying Cross），他驾驶的B-24解放者轰炸机曾飞越了架满高射炮的希特勒的欧洲防区；我的伯父在第二次世界大战期间曾驾驶战斗机穿越西太平洋的上空，在与日本人的战斗中牺牲。

我梦想着为这一优良传统增砖添瓦——充满战斗、勋章和服役的生活。我年轻而幼稚，我心中满是理想主义，我并不能真正理解祖父和伯父为国家做出的牺牲。我只是单纯而简单的希望——扛枪谋生。

我的父亲看出了我的渴望并开始培养我的军旅热情。第一年读书时，他坐在小起居室，告诉我："杰森，我和你的祖父们都来自空军。

事实上，还有一支来自美国海军的非常出色的部队——海豹突击队。他们从飞机上跳出、游泳、爆破……如果你喜欢水，也许你可以去那里看看。"

这番话打开了我的新视界，我开始搜集与海豹突击队有关的一切信息。但在20世纪90年代早期，对生活在北卡罗莱纳一个小镇的我来说并不容易，当时的海豹突击队远比现在神秘。我纠缠着父亲，让他告诉我他知道的有关海豹突击队的故事。事实上，他对海豹突击队的了解也非常有限。他再次说道："他们游泳、爆破、跳伞，他们非常疯狂。"

我被神秘的海豹突击队吸引，但却无法得到有关它的更多信息。20世纪90年代，我们没有互联网，没有维基，没有跨越全球的入口。当时的世界远比现在封闭，海豹突击队则是一个更加神秘的组织。正是因为神秘，它给我带来了巨大的吸引力。加入海豹突击队，成为了我的梦想。

我开始寻找有关海豹突击队的其他新的信息。我想，我应该到当地的海军招募办公室去问问。那里距离我父亲工作的地方不远，某天下午放学后，我去了那里。

我徘徊着走进了他们的办公室并且告诉了那里的征兵人员，我想加入海豹突击队。他们上下打量了我一番，只在须臾之间，因为我当时只是一个5岁的孩子。简单的眼神交换后，整个房间的人哄堂大笑。这个孩子？海豹突击队？对！没错。

他们递给我一个有关如何潜水爆破训练（海豹突击队前期训练班）的小册子，并给我播放了一段名为《特别之人》的视频。这样的标题容易给人带来爱情的感觉，一个约会之夜，你与你的女朋友之间的爱情故事。然而，这个视频却是有关美国海豹突击队的。蛙人——美国海豹突击队。我屏住呼吸看完了视频，那成为了我对自己人生未来的第一瞥。

那时，这是美国国防部进行媒体宣传的重要方式，充满了夸张的表演、拙劣的技艺。这个视频展现了海豹突击队插入一片海滩，消灭一伙手持 AK-47 突击步枪的敌人。

以现在的眼光看，它确实太粗糙且表演性太强，但当时的我却非常着迷。当时的我只是一个小镇男孩，一个生活在北卡罗莱纳州兰伯顿的俄亥俄州移民，住在我的继外祖母的房子中。我们家庭的收入并不高，仅能维持基本生活。《特别之人》为我打开了新视界。

荧幕上，一场战斗展开着——直升机在目标区域上空呼啸，机舱口的机枪手操控着他们的 M60 机枪，喷射着火焰。突然，直升机低空盘旋，海豹突击队员快降至地面。我对他们行动的敏捷大为吃惊。前一分钟，直升机还在树顶盘旋；后一分钟，一身黑衣且配备了乌兹冲锋枪的突击队员倾泻而下。几秒钟的时间，整个小队就袭击了目标建筑，坏人们横七竖八地死去。海豹突击队员冲入建筑物并逐一清理房间。清理完毕后，他们会在一个类似无线电装置上安装爆破装置并迅速撤离那里。他们像幽灵一般来去自如，在敌人还未摸清情况之前就将其消灭。

当时，我对战斗中的海豹突击队羡慕不已。我满腹疑惑地离开了征兵办公室，计算着我何时才能加入他们。

几周后，我再次去了那里，征兵主管不解地看着我。当我向他们征询有关海豹突击队的其他相关信息时，他们未做回答。失落的我只能哀求他们再给我看一次上次那样的类似视频。我想，只要我不再烦他们，他们会带我到电视机前并按下播放按钮。

我看到了他们训练的模式和内容。成排的正接受训练的海豹突击队员正进行着踢腿、俯卧撑、下蹲动作，视频中的叙述者说："健身操可以硬化松弛的肌肉。"他们在海滩上慢跑，叙述者说："队员们必须学会，没有什么能像跑步那样能使人深入内心。"

在接下来的 6 个月时间，一有机会，我就会跑去这个办公室。去那里，成了我的惯例。我父亲工作的地方距这里很近，我在离开学校去父亲工作点的路上，会先去这个征兵办公室。这个拥有 7 万人口的小城仅

第二部分 分离

有几个征兵者，在那几个征兵者的眼中，我也许就是个笑话。

  为什么我们要让那个孩子浪费我们的时间？他永远不会成为一名海豹突击队员。
  是的，这可不是开玩笑，他手无缚鸡之力。

我并不介意他们的想法，依然坚守着自己心里的梦想。

那年我 16 岁，还有一年就能达到参军入伍的年龄。其间，我年复一年、日复一日地去往那个征兵办公室观看海豹突击队训练视频。一个年长的一级士官在办公室里拦住了我，他告诉我，"这里的征兵人员已换防，一批新人即将来到这里。"

"你想干什么？"老士官继续问道。

"我想成为一名海豹突击队员。"

他哈哈大笑，接着说道："不要浪费我们的时间，你永远不会成为一名海豹突击队员。如果你想在海军做些事情，到参军的年龄再来告诉我们；如果你只是想追逐彩虹，请去他处。与照看你相比，我们还有更重要的事情要做。"

我凝视着他，未做任何回答。

"滚出去"，他怒吼着，用他那饱经风霜的指头指向大门的方向。

我转身怒气冲冲地离开，愤怒而羞愧。

我一定要向他证明，他是错的。

我酝酿了几周，试着思考如何才能证明自己。我决定增强自己的体质，直到我达到可以参加海军的年龄。

（美式）足球似乎是完成这一目标最好的运动方式。几年以来，我一直想玩，都未被父亲允许。他总说，"你太小，会受伤"。

我的一个朋友曾告诉我，他们的球队需要招募更多的球员。我无视父亲的反对，参加了那支球队。我出现在足球训练场上，我看起来就像电影《卢卡斯》（*Lucas*）中的那个孩子。我们队中有一个胖子队员凯文·洛瑞（Kevin Lowery）。他对我叫喊道："嘿，雷德。如果你想玩足球，最好先学会如何抗撞击。"

他靠近我，脸上露出狡黠的微笑。

"要不，先让我撞击下你？"

他是队中的牛鼻子大家伙，在球场中，他的任务是用自己的身体堵住中路，拦截对方球员。

"好呀，来吧。"我答道。

他强硬地撞向我，我被撞得鼻涕横飞。成串的鼻涕从我的鼻孔流出，粘在脸上。他冲向我，就像一个火车头冲向小道上徘徊的奶牛。我躺在地上气喘吁吁，我的大脑做了一次热启动。我用手背擦了擦脸上的鼻涕，甩到脚底。他站在我的前方，露出了得意的笑容。

"好吧，现在轮到我了，"我说。我们再次站在一条直线上，我用尽全力向他冲去。

自那天后，我加入并融入了那支球队。但在实际比赛中，我通常担任边侧接应队员和边后卫，每次拦截我都奋不顾身。训练使我的身体伤痕累累，但我依然选择坚持。我的行为赢得了大家的尊重，球场上的身体擦伤成为了自我鼓励的红色徽章。我知道，我要证明的还有许多。

通过足球比赛，我学到了很多东西。我明白了怎样迎接别人的撞击，怎样发力，怎样成为团队中的重要一员。最重要的是，我明白了用心和疯狂能弥补身型和速度的不足……

一个夏天的午后，我们玩得非常起劲。高温下，我们汗流浃背，天气非常潮湿，我们就像在水下呼吸一般。我主要负责防守任务，我们的防守教练将我们几个队员聚在一起，告诉我们要选择平行站位并必须全力以赴，才能赢得比赛。大家心领神会。

在足球赛季结束的那年，我加入了摔跤队，继续提升自己的身体素质。在我第一次训练时，我的体重只有115磅（52公斤），这可不是什么好消息，因为与我配对的是一位体重119磅（54公斤）的国家

第二部分 分离

级冠军。我几乎每天都被碾压、被羞辱，但我从未放弃。我想，我总会取得胜利。每次挫败感影响我的斗志时，我就会想起海豹突击队的训练以自我激励。

同时，我也陷入了歧途。我得到了一份工作，受工友们的影响我沾上了嗜酒的习惯。午夜时分，我醉醺醺地蹒跚着回家。我的家人曾试图将我送去戒酒，但我对此不屑一顾，对父亲非常抗拒。我与父亲及继母的关系急速恶化。我依然我行我素地偷溜出去喝酒。

17岁时，我对自己的家庭生活已无法忍受。我问父亲，他是否同意我加入海豹突击队。他欣然同意，并希望那能修复我们之间的关系并使我远离麻烦。我回到了那个征兵办公室，曾经的老顽固已被士官长亨利·霍恩（Henry Horne）所取代，他真诚而热情地欢迎了我。

由于亨利在1992年9月11日将我列入了海军征召计划，所以我能在1993年夏完成学业后直接进入海军新兵训练营。现在，我有机会直面水下爆破训练队。亨利是我的引路人，我需要抓住这个机会，他的引领起了关键作用。令我感到遗憾的是，我未曾有机会对他表达自己的感谢。

事实上，如果我未得到海军的征召，我的生活也许会走向另一个极端。我的家庭生活会陷入失控状态，我会在酒桌聚会中越陷越深。现在，我无比珍惜自己得到的机会。我知道，我必须十分小心，以免失去进入水下爆破训练队的机会。任何一条犯罪记录都能让我失去这次机会，所以我避免接触任何药物，而我的一些朋友们正在使用。

那个时候，家庭灾难也烦扰着我，我的父亲和继母将我逐出了家门。我搬去姐姐家住了一段时间，但并不太久。我晚上和周末上班赚钱养活自己，白天则继续自己的学业。在为数不多的晚上，我呼朋唤友、聚众饮酒。我脾气暴躁、任性、冲动，这样的性格缺陷一直影响着我，也挑战着我姐姐的耐心极限。

一天晚上，当姐姐去上班之后，我约了一些朋友到我姐家聚餐。之后，我们闲逛并看电影。我与女朋友吵架，无意中损坏了附近一户人家的大门。我姐姐为此花光了她的所有积蓄，她在无形中成为了受害者。最终，她也将我逐出家门。

我的大多数时间都在浑浑噩噩中度过，我找到了住在佛罗里达的母亲。

我的母亲为我提供了帮助。在我到那里后不久，她带着我参观了皮尔斯堡的海豹突击队博物馆。主要参观的是他们的水下爆破队。从第二次世界大战时期开始，人们将水下爆破队成员称作蛙人，他们是现代海豹突击队的先驱。

我为那些记录着海豹突击队发展轨迹的陈列所吸引。在第二次世界大战早期，他们的基本任务是潜入敌方海岸，炸毁那里的登陆障碍。美国海军曾流传一个说法："首个登陆者，即首个开火者！"第二次世界大战时代的蛙人会嘲弄他们："那也是在水下爆破队行动之后。"

通过越战，海豹突击队已成长为一支更为灵活的部队。他们突袭湄公河三角洲，那是一片被越南共产党用作行动基地的沼泽地。海豹突击队伏击敌人，炸毁重要装置。他们通过海洋、天空和陆地，潜入敌人的领域，给敌人内心留下深深的恐惧。他们通常自称为"绿脸人"，因为海豹突击队员经常在脸上涂抹绿妆。

在礼品店，我发现了一个装饰有海豹突击队徽章的许可牌。我买下了它并将它挂在了我床铺对面的墙上。我想起了海豹突击队徽章的诞生。越战后，海豹突击队递交了各样的徽章方案，等待官方批准。官方并未就此做出回应，蛙人们变得沮丧。他们再次尝试，同样如泥牛入海。

一天晚上，一组队员出去消遣，他们"消灭"了一箱百威啤酒，聊起了他们申请队徽的尴尬处境。百威啤酒的商标启发了他们，他们在纸上画出一只为锚索环绕的雄鹰、一把火枪和海神三叉戟。他们将这个新队徽递交了上去。令人吃惊的是，它竟然得到了批准和采用。

我被它迷住了。雄鹰代表美国、锚代表海军。雄鹰抓着武器隐藏的含义是海豹突击队的多才多艺和影响。

第二部分 分离

越战以来，胸前佩戴过海豹三叉戟徽章的队员不足万人。那年，我想成为那个精英群体中的一员。我停止了制造麻烦，我加快了学校课程的学习。我将主要精力集中于参军的事情。成为海豹突击队员要求有极高的身体条件，具备这样身体条件的美国人如同凤毛麟角。在参军之前，我决定将自己锻炼为强健身体的人。

我得到了母亲的支持，我随时都能在家里做俯卧撑。她会时刻提醒我锻炼。我在商场里发现了一个能做引体向上的简易设备，母亲毫不犹豫地为我买了下来。

我将三叉戟徽章上的雄鹰视为美国力量的精髓。它代表着美国的一切。它眼中放出猛禽般的眼神，无比决绝、惊人且绝对自信。我已到了成人的年纪，我不喜欢朝九晚五的生活。三叉戟徽章是我的路线图，也是我的未来。事实上，我迷恋于它的一切。

我喜爱军事史。现在，我阅读着我所能发现的有关它的一切，有关海豹突击队过去的伟大事迹。我确信，海豹突击队代表着战士中的精英。他们的进取心、能力，构筑了我们国家的禁卫军。当遇到最强阻碍时，海豹突击队就是那支一往无前的队伍。他们的勇气和奉献总能塑造历史，即使在最令人绝望的时刻，他们也总能取得胜利。

回顾过去，我曾沉醉于许多战争书籍中塑造的故事。我从未想过核查这些故事的真实性，也未曾核查过这些书籍的作者是否经历过战争。从战争中幸存下来的战士，身体和精神一定会留下了伤疤，它们会重新定义你的生活。与敌人接触过的幸存者，没人能做到毫发无损，只是程度大小的问题。之后，迪克·马辛克（Dick Marcinko）的《离群战士》（*Rogue Warrior*）使我有了全新的认识。如果说皮尔斯堡给了我新视角，使我对战斗中的海豹突击队有了全新的认识，《离群战士》则教会了我海豹突击队员们的生活。

马辛克书中所描述的海豹突击队员是史诗派对者，他们组建摇滚乐队像摩门教唱诗班那样歌唱。不上班的时候，他们生活于无规则之中。他们时常喝得酩酊大醉，玩得不亦乐乎，更是泡妞高手。成为一名海豹突击队员意味着你加入了战友兄弟的阵营。我从这本书中得到的信息事实上与海豹突击队原本的生活相悖。当时的我对海豹的认识都来自书本，而这与真实情况并不相符。

最终，我成功了。1993 年，我从学校毕业，去了海军新兵训练营。

1994 年，我赢得了垂涎已久的进入水下爆破训练队的机会。我站在了梦想的入口，但我并未做好面对严酷训练做准备，在我们要去报到的前几周我还在自由狂欢。当去科罗那多报到的日子即将到来的时候，我和一个兄弟正驾驶着他的小卡车四处旅游。

在亚利桑那一个狂野的夜晚，我爬上一个 2 米高的围栏并试着保持平衡。我坠落下来且脚踝着地，第二天早晨，我的脚踝肿胀起来，我一瘸一拐地完成了剩下的穿越美国大陆之旅。

到我们去加利福尼亚州科罗那多的时候，我十分狼狈。不过，我相信未来一切都会好起来。

我报到并一瘸一拐地穿过甲板，这引起了一名教官的注意。他抓住我并向我询问情况。我告诉他，我在下车时崴了脚。他会心的一笑并看了我一眼，他似乎看穿了我的谎言。

"听着，如果你不为战争，不为你生命中唯一的目标艰苦训练，你将不会在这段职业生涯中走太远。"

我甩开他，充满愤慨地蹒跚离开。

我知道自己应该怎么做，等着瞧吧。

如果我将他的忠告铭记，我的生活也许会更轻松。但我当时还是一个十多岁的叛逆男孩，很难理解他话语中的深意。

我们被安置在一些兵营里，直到新兵安置工作结束。与此同时，在我们前面的 199 班刚进入地狱之周。那时，我对地狱之周知之甚少，更不明白那意味着什么。我自信地认为自己可以应付一切事情。一天晚上，我接到命令，前往陪护一名 199 班的学员回他的房间。他因无法坚持而退出了训练。在地狱之周，无论谁选择退出，海军都会派人陪护他回去。黑暗中，我找到了他。

第二部分 分离

他正等着我,一个比我更小的年轻人,裹在一块毯子里。他颤抖得非常厉害,就像自己处于漂浮状态。他将毯子像头巾那样蒙在头上。一路上,他没有说话,我们一起沉默地走向他的营房。我与他并肩而行,我很想知道自己即将要经历的考验的细节。当我们到达他房间的门口时,我打开房门并说道:"来吧,男人!你都经历了什么?"

他转向我,并看着我的眼睛。他皮肤苍白,就像被什么抽空了一样。

最终,他以一种缓慢而认真的腔调回答:"哥们,太冷了。我宁可选择浑身倒上汽油,用烈火将自己点燃。那样,在我被烧死之前,至少能得到几秒钟的温暖。"

他一言不发地离开,猛地关上了房门。

13　高悬的达摩克利斯之剑

阿富汗，巴格拉姆空军基地（2005年9月）

那天晚上，我躺在床上思考着与查理的对话，他的话似乎直指我的要害。我成为海豹突击队员只是为了耍酷吗？这似乎是对我整个人生的疑问。我躺着，重新梳理着过去。我必须承认这一事实，查理的话至少部分是对的。

我加入海豹突击队有扮酷的因素。我想鹤立鸡群，与众不同，做其他人不能做到的事。我想证明那些质疑过我的人是错的。我想证明自己的价值。

反思过去，我进入海豹突击队的理由确实是肤浅的。我并不知道什么是真正的战斗。在生命攸关之时，人们不会关心扮酷者，他们会追随那些沉稳且有能力在危机时刻做出正确决定的人。我不具备这样的能力，我在队中表现的"领导力"也反映了这个问题。

我整夜辗转，感觉自己就像无根之木。如果我由于错误的原因而加入海豹突击队，那么，我的价值观到底是什么？

即便我入队的原因是肤浅的，但我加入海军也并非是一种错误。

水下爆破训练队海豹200班的成员到科罗那多报到，是1995年1月。当时报到的有148人，最终只有19人顺利毕业，我并不在那19人中。我回转到202班，并于当年12月顺利毕业。

第二部分 分离

许多人认为水下爆破训练是部队中最艰苦的训练，但在水下爆破训练班毕业并不意味着你能赢得海豹三叉戟徽章。水下爆破训练班只是为你加入海豹突击队开启了一扇门，毕业后，你需要到美国空军学校报到，学习跳伞技术。水下爆破训练班毕业后，跳伞学校的学习经历就像一段假期。教员因此而厌恶我们，但我们表现得非常完美。空军学校毕业后，你会被安排到海豹突击小队报到。事实上，严酷的考验才刚刚开始。在这里，没人会在意你成功通过了水下爆破训练，因为能走到这里的人都通过了水下爆破训练。你必须从零开始，并向队中老练的队员们证明，你值得被信任且能与他们并肩战斗。

完成了海豹突击小队的报到程序，你还要通过严酷的海豹突击队战术训练（STT）才能赢得三叉戟徽章。水下爆破训练队教会你如何在身体上和精神上更为强硬，如何安全地使用武器、爆破装置和潜水设备。如果我们将水下爆破训练班比作高中，海豹突击队战术训练就是大学。海豹突击队战术训练总计有4个月的课程，教你高级潜水操作、远程小舟航海、高级爆破、登陆战术。

顺利通过海豹突击队战术训练后，等待着你的是6个月的试用期。其间你需要接受其他队员对你的评估，评估你在突击排中的表现。这段时间，你需要打扫营房、涂绘、放哨。你必须学会处理身边发生的一切事情，为了赢得三叉戟徽章。

最后，你需要参加三叉戟评审委员会，其中包含一个现场口头评审。桌子四周坐着来自队中各个相关领域的训练专家。你必须回答他们的提问——如何组装和拆卸武器、如何进行急救、如何使用通信设备。完成口头评审后，你需要参加一次笔试，笔试内容涵盖6个月来你学过的所有主题。现在，你可以得到通知，获得你的海豹三叉戟徽章。

在你收到徽章的那个早上，全队集合时，指挥官会叫着你的名字并将三叉戟徽章佩戴在你的制服上。然后，他们会进行检阅，当季的三叉戟获得者将排成一行，他们会一一检阅并击打你的徽章，确保它稳稳地挂在你的胸前。我记得，那天的我开怀大笑，我低头拍打着自己的第一枚三叉戟徽章。今天，我仍然珍藏着它，我认为那天是我人生中最自豪的一天。

今天，海豹突击队已取消了三叉戟评审委员会，也取消了允许老队员击打新队员三叉戟徽章的仪式。我认为这是悲哀的，因为这是一段宏大的仪式，也是精神和身体耐力的真正测试。现在，获得三叉戟徽章变得比以前容易多了，缺少了这些仪式似乎缺少了某种威望和情谊。

想到山谷中自己的那次错误举动或许会令我自己永远失去三叉戟徽章，我痛苦万分。没有人在意一个回国军人的名字，更没有人在意你在哪里，除了一些曾经牵涉其中的人。

少尉雷德曼展现出了一连串的低级失误。

我再次想起北约演习期间，我与高级长官克里之间那令人尖叫的对话。当演习结束的时候，我从队友的眼中看到了什么？

从他们眼中，我看到了尴尬。

我必须面对现实。

我心痛不已。也许是因为巨大的压力，我头痛欲裂。我的生活正被毁坏，自己的错误行为正将自己推到易受攻击的窘境。

就算我幸运地被允许继续执行任务，这次部署的故事也会在队中流传。在下一个突击排，我的声誉早已支离破碎，谁还会信任并追随我呢？

我想成为一名好队员和受人尊敬的领导者。这是我整个成人生活的驱动中心。

如果我被送到三叉戟评审委员会，那会对我非常不利，我会被下放舰队回归常规海军。一段时间后，理论上我还有重回海豹突击队的可能，但实际上从没有被驱逐之人能重新回归。这等同于永久流放。

坐在床边的木梁上，枪套中的西格绍尔（Sig Sauer）P226 手枪油光锃亮，枪柄握起来就像一个老朋友。我向这把手枪装填过多少发子弹？一定有上千发，它已成为我身体的一部分。

短筒9毫米口径P226手枪，配备有15发子弹容量的弹夹，使用经过特殊的耐腐蚀性磷酸盐处理的内部零件。它具有对比度机械瞄具以及刻有一个锚型图案的不锈钢套筒，以表示其为海军特种作战部队的手枪，仅供海军特种部队定制使用。

在海外，我们的武器总是处于子弹上膛状态，即使在军事基地内。我们总是处于备战状态。我知道子弹总是处于枪膛中，但我还是会时常打开枪膛检查以确保不出现失误。我们将其称为按压核查，确认我已知道的事实，确保枪械随时处于待发状态。

拿着手枪，我想起了伟大的武士，蒙羞时他们会选择自杀。我身体的一部分支配着我的手，举起了手枪并将枪口对准了自己的太阳穴。

我的生命谢幕了。自杀也许能留下一个可敬的退场。

我瞥了一眼桌上我美丽妻子的照片。艾丽卡，她的脸庞吸引了我的注意。她笑容随和，眼神明亮而生动，充满了爱和激情。

自杀会给她带来什么样的后果？我的死也许会扑灭她明亮眼睛中的生命之光。

子弹射入自己的太阳穴，我留给她的只有失败的影子和永久的伤心。孩子们也会生活在那样的阴影之下。

你的父亲在哪里？

他在阿富汗自杀了。

他们一生都会生活在充满耻辱和苦涩的回答中。此外，我的（自杀）行为还剥夺了他们拥有父亲的权利。

这给了我当头一棒。我卸下了弹夹，清理了枪膛。以前，我从未如此若有所失，那感觉就像令人难以忍受的黑洞。很明显，我需要帮助。将P226手枪放回枪套后，我溜出了门，去找特种部队的牧师。

向他倾诉之后，我如释重负，但那并未有助于我梳理出一条正确的道路。牧师提醒我，结束自己的生命是终极之罪，那是在毁坏上帝赐予我们的礼物。当我离开时，羞耻感使我无地自容。更大的问题是，它使我想起了我那充满非议的价值观，自杀是退出的终极形式。我怎么能允许自己有如此不堪的想法？

我向自己的房间走去。在走廊的信息板上，我看到了一条扎眼的信息。

　　为何你不扣动扳机，自杀？

盯着那行字，我大为吃惊，我不知道这是谁写的。空荡的走廊中并无任何人。我擦掉了信息板上的字。我走进自己的房间，关掉了外面的世界。

其他队友已经不和我说话了。现在，他们也许正在测试我，看我如何走出困境。事实上，我早已心力交瘁，没有任何办法。

我等待着自己的命运。日子一天天过去，我还未收到来自高层的通知。我坐着与艾丽卡视频聊天，我很少与其他人说话。我躲藏起来，为自己感到难过，并计算着离开的日子。我想，这漫长的等待就快结束了。

几天后，结果出来了。我接到通知前去队长沃尔什的办公室，我的大脑一片空白。

队长沃尔什告诉我："雷德曼，我发现你犯了一个严重的判断错误。作为一名海豹突击队的指挥人员，你的所作所为有失妥当。"

我十分惊恐，他们会将我送去三叉戟评审委员会吗？

我努力保持着克制。队长沃尔什继续道："如果有战友因为你的行为而牺牲，你将会被直接送去三叉戟评审委员会。换句话说，你已表明，作为一名海豹突击队的指挥人员，你是有潜力的。"

我难以相信当下的对话，他在说什么？

第二部分 分离

"不过，我们回国后，你要写一份正式书面检查。战斗中，你犯了一系列的领导错误和战术失误，这使你和你的队友们暴露于危险的境地。"

恐惧再次袭来，我知道，这份文件会断送我的前程。这份文件一旦进入我的永久军官记录后，我就完了。我将永不会得到提拔。

"这不会写入你的永久记录，然而，我会留一份放进我的保险箱。你将会被安排新的试用期。你如果在之后的训练和上战场期间表现优异，我会撕掉这份文件。"

我松了一口气。

"如果你不思悔改，我们会建议剥夺你的三叉戟徽章，并且那封检讨信将会放入你的永久军官记录。"

也就是说，那是达摩克利斯之剑的行政等价物。在接下来的突击排，我不能犯任何错误。接下来的18个月，我将在这样的威胁下生存。

"因为这次事件的发生，你不会得到任何奖励。"

成功完成（军事）部署会获得奖章，它与我们的徽章一样重要。但考虑到目前的实际情况，我已非常满意了。

队长停了停，观察着我的反应。我尽力保持克制。接下来他所说的，对我而言如同晴天霹雳。

"未来几周，当我们回家时，你会被派往游骑兵学校（Ranger School）。在那里，你需要加强自己对地面行动的理解，增强你的战术知识。"

游骑兵学校？他们要派一名海豹突击队员去那里学习怎样战斗？多年以前，海豹突击队确实会派军官前往游骑兵学校学习，但9·11事件之后，训练和战斗需求量陡增，很少再有海豹突击队的军官前往那里学习。游骑兵学校的人对我们总是充满敌意，他们总喜欢为难海豹突击队员。

游骑兵学校会有为期2个月的残忍免职训练。他们首先要做的是，剥离你已赢得的所有地位。在这里，你不用佩戴军衔，也没人会关心你的职业生涯中曾做过什么。这里，几乎就是新兵训练营的加强版。

离开队长办公室，我奔回我的房间。我心里充满着矛盾。他们并未收回我的三叉戟徽章，但他们给我安排了什么？我被禁锢于令人窒息的束缚中，不能再犯任何错误。

我或许应该感激这次机会。事实上，我的职业生涯被豁免了，至少在那一刻。然而，我却心生怨念（并对艾丽卡心生愧疚），因为我遭到了裹挟。我当初的决定只是在听到枪声后的正常反应，我的目的只是希望参加战斗并帮助自己的战友。这个决定最后狠狠地甩了我一个耳光。

做出这个决定也许是受到了查理的评论的激发，我太想证明自己了。

我也许会经历一段新的羞耻，因为，我要在乔治亚群山和佛罗里达沼泽中面对新的军事考验。一旦到了那里，我不得不中断与孩子们之间的联系，不得不中断与艾丽卡的联系。那里可不允许使用电话，也不允许使用电子邮件。那里禁止我们与外界有任何联系。

对于那些处于劫难之中的人而言，在林地、群山和沼泽中的60天或许是一段充满憧憬的传奇，他们也许会认为这是他们打造坚强身体的好机会。

结束游骑兵学校学习后，我将回到海豹突击队进行一个为期12月的加强训练，其中大部分时间可能要远离家庭。在这之后，还会安排6个月的时间加入战斗。

这意味着，在接下来的2年，我与家人的见面会非常少。这似乎是不可思议的不公，他们仿佛试图让我再次敲钟（重新加入海豹突击队）。

我意识到，即使我成功完成了游骑兵学校的学习，也永无机会再次说服自己的海豹战友，我是一名可靠的队员和领导者。我开始构想，是否是时候结束自己的特种部队生涯并开启一段全新的生活。几周后，随着我们的大部队返航，我一直思索着这一问题。

第二部分 分离

艾丽卡正在诺福克等着我。下午晚些时候,我们的飞机降落在机场。当晚,我们在海豹突击队基地的一个高顶棚仓库与我们的家人会面。仓库填满了舟、装备和欢迎回家的标语。我永远不会忘记看见艾丽卡时的场景。我穿过拥挤的人群向艾丽卡奔去,她实在是太迷人了。我伸开双臂,搂她入怀。她再次靠着我的感觉掀起了一股情感的巨浪。

艾丽卡是唯一的一直站在我身边与我风雨同舟的人。在我们离开巴格拉姆之前,突击排的人曾聚在一起书写接下来他们想并肩战斗并一起服役的战友和领导者的名字。在这份名单中,我是最后一位,没人愿意受命于我。这是又一次的羞辱,它提醒着我,我的声誉已被撕碎,即便在沃尔什队长保险箱里的那封检讨书不久之后会被销毁。

"让我们离开这讨厌之地。"我说。

我们从队中逃离并驾车离开基地,试着将过去所有的紧张和不快抛诸脑后。因为天色太晚,艾丽卡找了一个朋友临时照看孩子们,孩子们在家中睡觉。我迫不及待地想回家看望他们,沉浸于美好的家庭生活。

我们加速赶往我们在弗吉尼亚海滩的家。那是一座富有的、灰色的、木制的二层小楼,有着美丽的风景。我们的家与阿富汗的不毛之地、风沙中的荒凉之家差异巨大。我从车上跳下来,猛地冲开双层玻璃门,径直上楼来到孩子们的卧室。孩子们正在睡觉,但我可不管那么多。我到达楼梯的顶端时,双脚落地,心怦怦乱跳。我感觉到所有的压力开始消散,此刻只有与孩子们相见的狂喜,只有家庭的爱。我先来到菲尼克斯的房间,他正在下铺睡觉。我猛地抱住他,6岁的小小男子汉。

之后,我悄悄混进了安杰丽卡和麦肯齐的房间。3岁的安杰丽卡正躺在她的木制滚轮床上,紧紧蜷缩在她的毯子下。我轻轻弄醒她并拨弄着她金色的头发。她睁开了眼睛并看到了我。我将她从床上抱起,她用力地回抱了我一下,又睡着了。房间角落里的婴儿床上躺着我的小公主，1一个月大的麦肯齐正安静地睡着。起初，我并不想冒险弄醒她。但我还是忍不住抱起她并贴在了我的胸膛上。她缓缓醒来并因恐惧而大哭。

"这是爸爸，不要怕，爸爸在这里。"艾丽卡说着，走过来帮助抚慰。

当我退出这个房间时，看着小女儿因为这个"陌生人"的突然出现而翻滚、哭泣，心中莫名升起一股悲伤——她竟然未能认出自己的父亲。

我看着案头的日历，翻阅起来。数了数日子，那年我有280天出门在外。为了我的职业，我的家庭支离破碎，小女儿甚至都不认识我，这值得吗？

接下来，我还会被派往游骑兵学校，又有2个月不能和家人见面。

那时，我对海豹突击队充满了恨意。

PART III

THE SMELTING

第三部分 精炼

14 游骑兵学校的失败

弗吉尼亚海滩（2006年1月）

我斗志低沉，我将自己的假期都耗在了酒精中，为了排解苦闷我喝得大醉。艾丽卡并未对我抱怨，相反，她试着为我加油，试图开解我。但我依然不能释怀，我心中只有苦涩。

我的情绪使我困惑而茫然。我本该全神贯注于自己的工作并对上级心怀感激，毕竟我能回家还能继续留在海豹突击队。我在自己的木板床上陷入了思考，思考着自己的未来，我困扰于现实中发生的一切。感恩节和圣诞节来了又走，我梦游般地过完两个节日。

生命中最痛苦的事莫不来源于自己的失误或过失，人们通常会编造一个寓言使痛苦的事变得易于面对。我对阿富汗发生的事情耿耿于怀，我也想编造寓言来逃避痛苦，我想远离事实的真相。

我安慰着自己，那是高级长官克里的错。我们之间的交恶已升级为个人恩怨，我正生活于他的报复带来的梦魇。每日，我都编织着这张自我欺骗的网。

新年后不久，我到新连队报到，我被任命一个连队阿尔法突击排的副官。我能感觉到，身边的一些人仍然躲着我，也许我之前的事情已传到了这里。当我试着同他们沟通时，从他们眼神中总能读出"滚远点"的鄙夷。

我到阿尔法突击排的第一天，就被叫到新领导的办公室。中尉约翰·普林斯（John Prince）足有6英尺（1.8米）高，看起来像一堵墙。

他热情地欢迎我并让我坐下，我的旁边是新排长尕斯·约翰逊。当我坐下时，我意识到自己曾经见过约翰逊，在我撤离战斗从坎大哈飞往巴格拉姆的直升机上。

见鬼，怎么会是他！

约翰·普林斯先给我们做了自我介绍，然后切入重点，"雷德，我听说了在阿富汗发生的事情，排长也知道。"

我偷偷瞥了一眼约翰逊。43岁，他是这个特混分队中最老的成员。因为他的年纪和满头银发，博得了"格瑞兹"（意为灰白色）的绰号。

约翰·普林斯继续说："在约翰逊和我之间，你有一个空间。必要之时你将担起领导责任，有时又必须遵守命令。尽管过去发生过一些不悦，但我听说你也做出过许多成绩。展望未来，希望你可以迎来蜕变，这里是一个优秀的突击排。"

"队员们可能需要一些时间来重新接纳你，但你能通过时间重新赢得他们的信任。不久后，你就要去游骑兵学校报到了，希望你放开手脚并成功而归。还有别的问题吗？"

我摇了摇头。

我走回排里，没有一个人说话。队友们似乎都警觉地看着我，直到我走过去。

僵尸出行。

普林斯和队长给我了一段空白适应期，但我不确定自己能否重新赢回人心。

在我去游骑兵学校之前，队内进行了高级军官队轮岗。约翰·普林斯和格瑞兹仍留在队里，一茬新军官和老兵加入了突击排。一天早晨，我们新的中尉指挥官霍尔·麦克（Hale Michaels）向大家作自我介绍。霍尔是个大家伙，身高6尺3寸（2米），体重220磅（100公斤），留有一头波浪式棕发。他是一个聪明的家伙，在来我们队之前已被挑选入享有声望的海军常青藤联盟计划。

在我们聊天时，他看到了我正拿着前往游骑兵学校的命令。

"那是一所艰苦的学校，"他说，"现在没多少人愿意去那里了，你为何要去呢？"

麦克是个很棒的小伙子。我享受着我们之间的对话，再次享受被视为海豹突击队战友的待遇，那种感觉很棒。不过，这个问题却让我回到了现实。中尉并未对我另眼相看，尽管在阿富汗的事情已经发生。至少，他在我的面前并未表现出任何异样。

有那么一瞬间，我想告诉他事情的真相，但自尊心使我紧闭双唇。我选择了隐瞒。

我告诉他："我想提高我的战术知识和对联合行动的理解力。"

指挥官麦克回答道："你是个出色的小伙子！"

和麦克分别后，我自我感觉良好，仿佛我已重拾失去了的尊重。事实上，我只是说了个谎话，我什么都没得到。不久后，他就得知了真相。他再次找到我并问道："少尉雷德曼，关于你去游骑兵学校的原因，为何对我撒谎？"

我凝视着他，像道奇汽车前灯照射下的一头鹿。我再次遭受打击，我的谎言也许会上传到更高的领导层，直至新的突击排指挥官那里。我想到了躺在保险柜里的那封信——达摩克莱斯之剑。

我结巴着说："长官，我真的不想亮出家丑。"

麦克盯了我一会儿，严厉地说："少尉，我需要知道真相。"

"遵命，长官。"我答道。

"记住我说的话。"

"是的，长官。"

他阔步离开，我对自己的谎言被当面揭穿而感到羞愧。幸运的是，我并未在自己的谎言中走多远，便从这次事件中得到了教训。我渐渐明白，直面现实才是最好的选择。试图掩盖、逃避、隐瞒，只会使你的未来变得黑暗。真正的领导者应该有信心有能力处理和面对自己的丑事。一个好的领导者不会说谎，他们总是尊重事实。

第三部分 精炼

几天后，我就将前往游骑兵学校，我感到前所未有的难受。与艾丽卡和孩子们道别是艰难的，当我拥抱并亲吻他们的时候，我脑海中浮现出的是世道对我的不公。我想，我浪费了太多的家庭团聚的时间，浪费在自己辗转反侧的孤独中。

现在，我们要面对的是数月不能通话。游骑兵学校就像新兵训练营，那里的学生几乎与外界完全隔离。一想到这点，我就郁闷不已。艾丽卡并未表现出不满，但我能看出她的痛苦。

2006年2月7日，我出现在佐治亚州本宁堡。我曾听说，游骑兵学校的教官可不是海豹突击队员的粉丝，他们会有意难为海豹突击队员。没过多久，我就证实了这一说法。游骑兵学校是一所战术训练先进的学校。在游骑兵学校，你能从五个阶段学习行动命令，而它们对特种作战任务至关重要，因为我们总是处于协同作战之中。

9·11事件之后，军事行动频发，使得常规派遣海豹突击队员前往游骑兵学校学习开始减少。所以，当我出现在这里时，教官员们惊呆了，他们想知道我为何会来这里。

我们开始了第一次列队训练，我们被告知到体育锻炼装备处报到。我穿了一身蓝色的美国海军服。我站在那里，就像海水中的一头黑山羊，美国军队体育器械围绕着我。

我们所做的第一件事是装备检查。特种部队在装备和着装方面有诸多讲究，我们会根据环境气候有不同的装备选择。海豹突击队曾发给我一件特别好的巴塔哥尼亚⑥（Patagonia）七层装备，它的科技感极强，防水、透气且隔热。在寒冷的日子穿上这件装备训练，在阿富汗严寒的群山中能使我感到暖和舒适。不过，在这里，我得遵守游骑兵学校的禁穿清单，我不得穿我的巴塔哥尼亚装备。我必须将它抛诸脑后。

野战夹克的内衬也在禁穿清单上。对士兵们而言，内衬的功能像一个额外的隔离层，可以给我们带来温暖。参加训练的第一天，我带

---

⑥ 世界顶级户外奢侈品牌，古琦旗下品牌。

上了巴塔哥尼亚绿色绒衣，我希望能得到允许。

糟糕的是，黑帽（教官）看到了那件绿色绒衣，他们大发雷霆："该死的海军乌贼！"

我开始了我的本宁堡游骑兵学校之旅，我遭遇了黑帽最恶劣的态度。我本就态度消极，教官们的侮辱言语只会增加我的消极。那种寒冷使我情绪低落，直到我痛恨一切。

第一天，我们像训练营的新兵那样被命令跑向食堂，我们被命令立正站立并被要求用一个汤匙吃饭。在我们得到坐下的命令之前，我们必须吃掉我们面前大部分食物。以前，我从未尝试过这样快速度的吃饭。在我们离开食堂之后，我吐出了所有的食物。

难受、饥饿、燃烧着怨恨。第一阶段的日子，我心不在焉。游骑兵学校的第一周，只是胆量测验。这段时间，我们睡眠很少，并时常暴露于恶劣的自然环境下，身体和精神上的打磨考验着那些忍受不住训练并希望离开的人。我无疑属于不想留在这里的那类人，在训练期间，我很少表现自己。通常情况下，我做得尽可能简单且不愿学任何事情，我几乎不与同学们聊天。我知道，他们正用逆境打击我们，为将我们捏合成一个团队。在水下爆破训练班之前，我早已见识过。团队协作、领导力、高压下做决定，是第一阶段的目标。

作为海豹突击队员，我本应以更好的姿态出现，展现自己的领导力并献身于团队协作，克服任何困难。然而，我的行为却表现出：傲慢、坏脾气、疏于与他人协作。许多士兵错误地认为，海豹突击是我这个样子，我的行为加强了他们对海豹突击队员的坏印象。

训练的第三天，黑帽们命令我们参加陆地导航（野外定向）课程。我傲慢地认为这项课程毫无难度。在陆地导航方面，我一直很优秀，我曾作为一名训练教官教了两年陆地导航课程。我想，这也许是整个严酷考验中较容易的部分。我认为，我会顺畅地通过该课程。

第三部分 精炼

凌晨3点，在寒冷的天气条件下我们紧急集合，我的骆驼水袋都结了冰。我不知道到底有多冷，但我发誓，我看见一头"北极熊"从我们的一个游骑兵教官那里借了外套。教官们允许我们戴上黑色风帽，穿上外套内衬，但我的绿色巴塔哥尼亚绒衣很难抵御冰点以下的温度。我颤抖着，并在呼吸之余不停地咒骂着。

每次训练，学员们一般会被分为四级，有高于及格线以上的优秀者，也有低于及格线以下的差等生。为了成为优秀者，几个小时之内，我们必须在浓密的沼泽丛林中找到6个导航点。我想，我会很快搞定前面5个导航点，再利用余下的时间去找第6个导航点。看来，我已锁定了优秀名额。

当我们准备执行课程时，教官们命令我们，脱掉身上的装备。因为寒冷，我站在那里，像手提电钻一样不停地颤抖，直到课程开始。在黎明前的黑暗中，我在树林和浸水的地面中穿行，数着脚步，找着模糊的路标，以使自己处于正确的航向。2个小时过去了，我迈着从容不迫的步伐，全神贯注地思考，并愤怒于教官们安排的课程。

当我看到第一缕光亮打破地平线时，我认为自己就快找到第1个导航点了。当时的我，事实上已身陷麻烦。在海豹突击队，陆地导航时我们通常使用森林漫游者（Silva Ranger）指南针。而游骑兵学校使用透镜罗盘（Lensatic compass）。两者的差异巨大，我并未做好准备。使用透镜罗盘，只要出现1个数学错误，你将永远发现不了目标。几年前，我曾玩弄过透镜罗盘，但在野外训练中我从未使用过。

实际情况也是如此，直到太阳爬过了早晨的天空，我才发现了第1个导航点。我鼓足干劲，慢跑穿过沼泽。我加快奔跑速度并发现了第2点和第3点导航点。到课程结束时，我累计发现了4个导航点。

当我走向教官们的时候，我知道，我的成绩不及格。黑帽们咯咯地笑着："该死的乌贼失败了！我们本应给你一条小舟，水手！"

另一个咆哮着说："不足为奇，海豹突击队员不知道如何导航。"

我失败于自己曾引以为傲的技术。

"如果没有古琦装备，（你的成绩）不会如此之好，是吧？"另一个教官挖苦道。

我失控了。所有积蓄已久的愤怒瞬间爆发："变态的课程！变态的你们！吻我的屁股吧！"

我昂首阔步地走向我的教官并告诉他："我要离开这里，我选择退出。"

"你确定？"

我毫不迟疑地说："我非常确定。"

我认为，他们会对我的选择感到高兴。我在这里的表现非常糟糕，且他们也能感到我的消极态度。

"好的，在你离开之前，你必须要到这里的连队指挥官和军士长那里登记备案。"

我被送回了营房，我将被分配至退出者的临时连队。

那天晚上，我坐在自己的铺位上，思考着接下来的事情。我本以为与水下爆破训练班相比，游骑兵学校只是小菜一碟。事实上，水下爆破训练班更注重强度训练，游骑兵学校则强调协同精神与献身精神。而这正是我不具备的，我正在为此付出代价。

作为一个失败者退出。

在海豹突击队，即便缺点很多的人通过努力也能获得成功，但绝不接纳退出者。9月，从我踏上巴格拉姆土地的那一刻起，我在队中的生活或许已被注定。

是时候开启生命的下一个阶段了。

我离开营房并给艾丽卡打了电话。

"宝贝，我要回家。"

她高兴地脱口而出："什么？好久回家？"

"我要退出海军了。"我说着，声音有气无力。

紧接着是一个长长的暂停。我几乎能感觉到艾丽卡在考虑这一陈述。那意味着什么？长期两地分居的状况将一去不复返，家庭稳定的经济收入也将成为过去。

"杰森,发生了什么?"

一切喷涌而出。我告诉她,陆地导航训练我是怎样失败的,又怎样火冒三丈地怒斥教官并主动提出退出游骑兵学校的事件经过。我的海军职业生涯结束了,时间会抹平我失去的一切,并重新开始新的生活。

新生活在哪儿?怎么样?我不知道。

艾丽卡安静地听我说完。

"宝贝,你在听吧?"当我们之间出现沉默的时候我问道。

"在听呢。"

"你在想什么呢?"我问,我不能确定她的想法。她是3个孩子的母亲,如果不出现意外,军队会提供给我们家庭稳定的薪水并为我们的孩子提供完善的医疗服务。当我脱下这身制服时,她的生活会变得怎样?我并未考虑过这些问题,也未考虑这件事对她和孩子们的影响。

"宝贝?"

"好的,我迫不及待地想见你。"她答道。

"我也迫不及待地想见到你。"我回道。

"如果这是你想要的,我会全力支持你。"

"好的,谢谢你!几天后,我会回家。然后我们再规划未来的生活。"

"好的,爱你。"

"爱你,宝贝。"

我挂断了电话,徘徊着回到营房。这夜我失眠了,我整夜都盯着房椽发呆。

我在做什么?

我不会得到任何补偿金。

命运为何对我如此不公。我在海豹突击队的生活曾非常平顺,我为部队做了很多事情,他们怎能如此对我?我从未主动要求过什么,但现在,他们即将拿走我的一切。

他们是谁？

我陷入了一夜的沉思。

锁在我前任长官保险柜里的达摩克莱斯之剑，随时会被拿出并签署。它可能会被放入我的档案并永久记录，它将毁坏我留在海军的任何希望，我将永远得不到提拔。作为一名军官，如果你得不到提拔，终将会被驱逐出门。

我可以主动退出或者让海军将我除名。如选择主动退出，在某种程度上，我还保留了自己的尊严。

我尽最大努力追随先辈们的足迹。我想到了我的曾祖父驾驶轰炸机飞越欧洲上空所赢得的优异飞行十字勋章。这枚荣誉勋章表明，当面对枪林弹雨和呼啸的高射炮时，他不辱使命。

想到这里，我感到自己非常惭愧。

我的父亲曾作为一名军官在越南战场上服役，并光荣退役。

我的一位伯父在与日本人的作战中牺牲了。他是一名飞行员，在极少的训练和简陋的装备条件下，他曾临危受命加入新几内亚的航空行动。面对数量远胜于自己的敌人，伯父和他的战友们并未退缩。因为那份执着的勇气和奉献精神，他最终付出了生命的代价。

我记得那封装裱的慰问信至今还放在我的家中，由罗斯福总统亲笔签署。

我的姐姐在空军服役，我的哥哥曾是一名海军。我是这样一个家庭中的成员。在这个家庭里，服役和献身祖国是我们的基本使命，也是我的基本信仰。

我如选择退出，还会牵涉到什么？

我想到了菲尼克斯，负疚感油然而生。我如何做他的榜样？我的经历如此不堪，在他成年的道路上，我又如何给他指引？

天快亮了，我从未感到自己如此失败。

15　重拾信心

乔治亚州，本宁堡（2006年2月）

那天早上，我走向军士长的办公室。我长时间的思考和回忆，大脑似乎都麻木了，就像刚从电椅上起来一样。是时候将开启我生命的新征程了。

我进入办公室，军士长尊敬地问候我。苦涩的我注意到，自我来到这里，这是第一次受到那么正式的职业礼遇。

"你是想退出吗？"他问。

我向他一一陈述，从阿富汗开始一直讲到陆地导航训练。

当我做完陈述后，他并未就退出的问题做任何表态，这多少令我有点惊喜。他将我带到了上校的办公室对我进行了介绍。

"发生什么事了，少尉？"他问。上校是个细长而结实的亚裔美国人，他身上散发着某种沉稳的自制气息。从他的外表我能感觉到，他是那种在战斗中永远不会被激怒的人。

我又开始了自己的谎言。"长官，由于我上次参加部署受到了某种政治斗争的迫害，我没有办法克服。这超出了我的心理接受范围。对我而言，是时候离开部队回归家庭了。"

他认真地听着我的话。在我讲完后，他说："你还有什么想聊聊的人吗？"

"什么？长官？"

"你的上司？"他问。

"不"，那一想法令人感到恐怖。

"你队中的其他人呢？"

"没有，长官。"

上校仔细考虑了一会儿，在沉默中我感到有点尴尬。我只想转身发现一条新路，在那里，艾丽卡和孩子们可以在每个工作日的下班后在家里等着我。

上校最后说："少尉，在你们队里，我有一个好朋友。他是一位很受人尊敬的海豹突击队员。在上次联合指挥中，我们曾一起服役。"

"长官，我真的不想谈及任何人。"

上校皱了皱眉头，"我要给他打个电话。文森·彼得森，你认识吗？"

开什么玩笑，上校的这位海豹突击队的朋友是这个星球上我最尊敬的队友。我原本计划告诉上校，"算了吧，我已做好了回家的决定"。现在，我不得不向我良师的朋友作更详细的解释，为何训练事件会搞砸我的生活。

"长官，他是我成为军官的领路人。"

上校点了点头并再次陷入了沉默。

1998年，是我职业道路的分水岭，我需要在两者之间做出选择：成为一名海豹突击队军官；或作为队员继续等待进入领导层的机会。长时间的深思后，我决定试着追随祖父和父亲的脚步，成为一名军官。我申请了那年的海军军官选拔计划并遭到了忽略。1999年，我再次提交了申请并被接纳。

当时，我所在的小队内的长官们的匿名投票几乎没人支持我的申请。我想，或许是我的一些冲动行为导致了他们的决定。他们不认为我会成为一名好军官。当时，文森·彼得森是我所在小队的指挥官。他力排众议地推荐我申请那个计划，几乎是史无前例的。一般情况下，队内长官们的意见通常会被指挥官接纳。在任命书签署时，文森·彼得森确实给了我极大支持。2001 年，9·11 事件之后，他再次给我提出了高瞻远瞩的建议。他提醒我继续留在那一计划中，接受学习。

"少尉，想让我给他打电话吗？"上校问。

一丝恐惧油然而生，我不想让文森·彼得森伤心。如果他得知他翘首以待的人变为了一个失败者，变为了一次战术上的低级失误的制造者，他会产生怎样的心境？

在我的心里，我已下定了决心，我不希望和任何长官谈过多的话，但我无法拒绝彼得森长官。

一个想法突然萦绕着我：上校怎么会知道我认识他？换成其他任何人，我都会毫不犹豫地拒绝。但如果是文森·彼得森的要求，我愿追随他驾驶一辆丙烷卡车去地狱。

"是的，长官。我愿意同他谈谈。"

上校拿起电话并拨通了他通讯录中的一个号码。

"你好，文森。"上校说。

从听筒里，我听见了微缩版的我的良师的声音。上校在电话中简短解释了下当前的状况。我站在他桌子的远边处，能听见是彼得森长官的声音，但听不清他的具体讲话。

最后，上校将电话递给了我。我接过它并将它放在了耳畔。

"你好，长官！"我说。

"雷德？"他问。

"是的，长官？"

"你在做什么，雷德？"

我感觉，自己就像一个孩子在弄坏家里的汽车后与他父亲的对话。尽管我十分确定，彼得森长官已听说了我在阿富汗的刚愎自用，但我从阿富汗回来后还是去看望了他。我告诉了他我所认为的整个事件的真实情况，并告诉了他克里对我的排挤。

文森·彼得森是我所认识的人中最伟大的天才领导者。仅仅几句话，他就会让整个小队凝聚在一起。他播下种子，会让他的士兵主动地按计划行事。然后,他会看着一切计划在他的合理安排下有条不紊地进行。当计划执行成功时,他从不争功。他会主动将功劳让给其他人。

如果将我与他相比,我完全自豪不起来,我能做的只有编造谎言和自欺欺人。至今,我仍然无法面对事实,即便在我最敬重的长官面前,也羞于承认。

"雷德,你真的以为游骑兵学校是一种惩罚吗?"

"是的,长官。"

"雷德,你有没有想过,这里或许是一个机会?"

"长官,什么机会?"

"你有机会学习一些有价值的东西,如果你愿意学习。"

我不知道如何回答。自阿富汗以来,我没有试着学习任何东西。我一直生活在自负中。

"你正准备丢掉你的事业,雷德。"

"我不太确定,长官。"

他坚定地说:"雷德,如果你退出,你以后能做什么?如果你离开游骑兵学校并回到海豹突击队,1月后,你就会被迫离开海军。你如何养家?"

他顿了顿。我没做任何回答并保持着沉默。

"此外,你真的想以这种方式结束你的事业?事实上,你的命运和未来掌控在你自己手中。如果你给他们一些尊敬,如果你的行为值得尊敬,你将能赢回战友们的尊敬。"

我并未从他说的那个角度来看待我的处境。

"雷德,回到你的训练课上,完成你的训练。然后,昂首归来,并证明你具备领导的能力。"

我没法反驳。我从未考虑过,在游骑兵学校的经历将会成为实现自我的机会。我曾将其视为一堵墙,它压住了我的腿,拉着我下沉。

"好的,长官。我会按照你的要求去做。"

文森·彼得森是一个优秀的领导,他总能让他的士兵走出困境。

他已经做了无数次这样的事情。

我挂断了电话，只有上帝才能改变我的决定，彼得森做到了。

我看着上校，他正殷切地望着我。

"上校，我能回到我的岗位上吗？"我问道。

他摇了摇头。"不能，但我可以安排你参加下个月的另一个训练班。"

下个月？

"我可以先回家，再回来报到吗？"

"不，你会被暂时安排到一个临时连队直到下个月你进入另一个训练班。"

我想起了艾丽卡的脸，如果她得知我不能回家的消息会出现什么表情。更糟糕的是，60天的分离，现在变为了90天。

"好的，长官，我会按你的命令执行。"我对上校说。我希望艾丽卡能原谅我的冲动。

上校向我解释了接下来30天的工作安排，我会在本宁堡周围完成一些基本任务，但不会有其他太多的约束。

我感谢他之后回到了自己的营房，我知道自己必须给艾丽卡打电话说清这件事情，恐惧感油然而生。直到当天很晚的时候，我才拨通了她的电话并告诉了她那天发生的事情。

我担心她的反应，但她有知道真相的权利。

我需要向她解释自己与上校的会面，以及与文森·彼得森的谈话。我要告诉她，我不得不再次回到训练中。

我想，她会流下伤心的眼泪。

"宝贝，我必须这样做。"

"你不回家了吗？"

"我不能就这样退出。你明白，我不能以这种方式结束自己的职业生涯，成为退出者和失败者。我必须恢复到原来的自己，我知道我具备那样的能力。"

紧接而来的，是一段漫长的沉默。我听到了电话那头沉重的叹息声。

我听见了她的声音，坚如磐石，"我支持你。"

"还有另外一件事。"我说。

"还有什么事？"

"我不能回到我之前的训练班。他们会将我滚动安排到下一期。"

"那意味着什么，杰森？"她谨慎地问。

"那意味着我会在这里多待一个月的时间。"

我想，她的眼泪或许已变为了愤怒。我让她接受了太多无法接受的刺激。

然而，虽然她非常生气，但她从未质疑过我的决定。她从未因我做的古怪决定而攻击我。

最后，她在电话中重复道："我知道你需要这样做，杰森。我被你弄得有点疯狂，但我会一如既往地支持你。完成任务后早点回家。"

这就是我的妻子，她对我的爱和支持是无限的。

第三部分 精炼

16 在游骑兵学校"监狱"的最后日子

乔治亚州，本宁堡（2006年3月）

我弯腰捡起脚边草丛中的烟屁股。手指一弹，它旋转着飞进了旁边的垃圾桶。垃圾桶一直跟随着我。

我在游骑兵学校的"监狱"里。

我向前走了几步，又发现了一个烟屁股。那时，我真想打折那些烟民的胳膊，怎么能乱丢垃圾。

我看着这个烟屁股，只抽了一半就匆忙丢下了，也许是某个士兵留下的，中士正喊他回去干活。我感到一股苦味向上翻涌，像胆汁逆流一般。

日子非常难熬，我被禁止在平日里离开游骑兵大院。晚上，我偶尔可以和妻子通电话，这成为了我唯一的欣慰。我能跟艾丽卡和孩子们说话，让我郁闷的心境得到了疏解。艾丽卡和孩子们每天会给我发送电子邮件，这让生活在军队炼狱中的人感到嫉妒。

一天早晨，我往袋子里塞垃圾时，那股苦味又涌了上来。

我已在这行干了13年了，我是世界上最强的精英特种部队之一的成员。成百上千万的美元用以培养我们、训练我们，将我武装为能征善战的战士。可我现在却干着收拾垃圾的活儿。

我停了下来，想起了文森·彼得森的话，"队伍里个人的责任在哪儿？"

你有机会离开这里，如果你真心希望离开。

我为一些人服务，我尊敬他们，他们却把脸转到了别处。

他们会怎么评价我呢？

突然，我脑海打开了一扇门。门里是个黑漆漆的屋子，我从未进去过。这里，没有我想象出的那些谎言假象，我能看到的全是事情的真正本质。我站在门槛边，挣扎着不愿迈开双腿。

孙子曾说，"知彼知己，百战不殆"。

事实上，我并不了解我自己，我盲目的度过人生，甚至不想了解自己的缺点。

在我职业生涯的大多数时间里，我一直是个傲慢的混蛋。

显然，我需要摆正位置，也许垃圾桶能为我提供帮助。在我找回自己领导潜能之前，我需要先将自己的心态放平。

自从离开阿富汗以来，我一直生活在谎言中，一个虚拟的世界。

现在，我终于可以面对现实了，我对自己曾经的自负感到羞耻。我通过各种办法撒谎、编故事，为将人们的注意力从我的错误上移开。作为军官，绝不能有自私行为，尤其是在战场上。你必须时刻为了任务和士兵的利益做决定。作为军官，你必须铭记——吃苦在前，享乐在后。

过去的我却正好相反，我责备他人，从不说自己的问题。

"又不是我的错，这关我什么事？"

曾经的我一直是这样的，从未意识到自己的问题。这种想法害了我。现在，我认识到了这个严峻的事实。

利用这次的机会学习，认清自己。利用这次机会使自己成为一个好人、好战士、好军官。

我又发现了一个烟屁股，我开始了清理工作。对这个工作厌恶的思想开始慢慢消退，它不再是可耻的负担，而是让我认清事实认清自己的良药。几年来，我的职业态度已损害了我和战友的关系，威胁了我的职业生涯。我突然回忆起几年前的事情。当时，我在一项特别计划上忙活了几个月的时间。当我完成它的时候，我认为自己将会得到一项殊荣。但结果是，我得到了与付出不相符的奖励。

当时的我，暴跳如雷。一个行政人员在我获奖后给我送出了祝福，我没对获奖发表任何感言。我似乎将它扔到了彼德森上尉的脸上，他那时正是我的指挥官。

这一事件使当场目睹的同事惊呆了，以至于多年后，当我碰上他们时，他们仍记得这件事。

雷德曼·杰森，扔海军勋章的人。他是先锋。

我封上垃圾袋，将它扔进了垃圾桶，今天的工作完成了。我向营房走去。

那天晚上临睡觉前，我感到我仿佛卸下了 1000 万磅（453 万公斤）的负担。苦难已经结束，背叛感消失了。我不确定接下来会发生什么，但我知道：我正在学习如何成为一名优秀领导。

我不会虚伪地说，我期待着第二天继续捡垃圾。但我绝不会鄙视自己即将做的事情。我对自己自视甚高感到羞耻。我认识到，作为一名海豹突击队队员，我无论做任何事情都要做到最好，成为大家的榜样。就算捡垃圾，我也要做到最好。事实上，我确实做得很好，以至于后来我离开本宁堡（Benning）时，佐治亚州想要雇用我当他们的垃圾收集主管。如果捡垃圾可以设置一个奖项，我想，我也许能轻松地获取。

想到这里，我笑了起来，我想象着这么一个奖项的样子。我的心情平和了，我觉得用新的视角看问题是有益的。

我从学院回到部队时，认为自己无所不能，没有自己不懂的事情。我自负于自己曾经的战斗技术和经验，而事实上，它们已经过时了。现在战争的战术已经提升了，技术也更细微了。实话说，我已处于落后的地位。我并未放低身段，专注于学习新知识进步，相反，我不断犯错且无法认清自己。我不愿意主动学习，不愿意向周围有经验的战士学习，我更被他们看不起。越是这样，我就越难适应部队。我的态度变得越来越坏，所以走向了借酒浇愁的道路。

我记起了我们在阿富汗执行的第一次任务。我的幼稚行为在那次作战中表现得淋漓尽致。我本应对交给我的工作认真对待，而不是迁怒于未给我安排突击部队的领导工作。

一名好的领导者绝不会对自己的工作挑肥拣瘦。

我想起了曾经我接到的命令，将战俘转移出指定区域时所发生的事情。当时，我不曾问过任何人，前来迎接我们的空中支援是什么型号的飞机。我主观性地将其定位为黑鹰直升机，并自以为是地按照我的想法安排了撤出计划。这引起了我们的空军专家麦克·皮特斯（Mike Peters）长官的大发雷霆，并重新规划队伍的安排。我都做了什么蠢事？

当时的我只想到了威胁，我认为他是在削弱我的领导权。我最终和他发生了冲突。他让我闭嘴，我认为他才是应该闭嘴的家伙。

那时的我是多么幼稚。

某个上午捡垃圾时，一大段时间我都在思考这个问题。起初，这对我来说并不容易，我发现自己内心中的顽固情绪时常跑出来。但我明白，我不能就范。如果你对自己不能以诚相待，你就不能进步。渐渐地，我学会了接受错误。

麦克·皮特斯在飞行相关的事情上是我们的活字典。与其在他擅长的领域和他顶嘴，不如选择寻求他的帮助并向他学习。当时的我认为，他的到来削弱了我的权力。事实上，这是我的不安全感造成的结果，也是不自信的表现。

一个好的领导对自己的能力具有高认知，他能通过知识、经验和

第三部分 精炼

训练努力实现自我超越。一个好的领导并不害怕问问题、寻求建议或在必要时依赖更有能力的人。

一个年轻领导成长的唯一途径是对学习保持开放态度。在这方面，我确实犯了大错误。我明白了一个道理，我决定从现在起在我们的组织里依靠各类具体事务的专家提升自己的能力，他们的参与只会让我更强大。

在阿富汗的食堂里，我走到将军的桌旁谈判。我曾确信这是体现领导力的好例子。事实上，这是草率的行为，它蕴藏着一个隐含的问题——我的行为将转达给士兵可以对抗上级的理念。

那次事件源于一个士兵对我的刺激。我只有12岁吗？还会做这样幼稚的事情。

人们并不需要疯狂的领导，他们想要的是沉稳的领导。他们的生命依赖于战斗中他们的长官做出的决定。一名军官忽视自己的级别去对抗将军，这可不是自信的表现，它是愚蠢的。

> 那次惊人之举让我失去了战友的信任。事实上，远在那之前，我就失去了他们的信任。这次事件将我推向了深渊。

月末，当我在游骑兵学校的"监狱"生活快结束时，我回忆起了曾在阿富汗山谷的时刻。那是消除错误的时刻，收获学到的教训。我将带着新知识前进，埋葬过去愚蠢的自己。

我知道，我做的决定对队伍没有好处。我知道，我下过错误的命令。海豹突击队队员和大多数军事专业人员一样，他们需要有奉献精神。在集体中，我们已形成了一种成功的文化。

我不能改变我曾经做出的决定，但我已考虑到了它的后果。我应该多听取那些更有经验的人的意见，去掉包袱轻装前进。这才是领导者的成长之道。

当时的我并无这些认识，我只是拼命地为自己辩护。我所做的都是为了自己，那是一种极度的自私。

是的，长官克里（Kerry）也许很厌恶我。但真相呢？他确实是个好战士。

他曾以他那特有的令人不快的方式试图指导我。如果我当时放下架子，我会从他那里学到很多东西。可事与愿违，我没能处理好我们之间的关系，这损害了我们整个团队，也损害了我在战友中的声誉。

我的自欺欺人最终垮台了。克里并没有对我做什么，我的遭遇均是自己咎由自取。

我并未被我的战友背叛，而是我的自私背叛了他们。

是该长大了。

之后，我将走向何处？

我的事业仍是一团糟，我在队伍中仍然毫无声誉。

在游骑兵学校"监狱"的最后日子，我陷入了长时间的思考。在我的内心，早已承认了自己的错误。但我不知道如何弥补自己的过失。

我会照着普林斯曾建议的那样去做：积小进步为大进步。

我要坚强地完成游骑兵学校的生活，以新的面貌回到部队中去。我也许能改变自己曾经的坏声誉，在战士中重新建立尊严和信任。

也许我不能赢得全部人的谅解，那是我自己的错误所致。但那些心胸开阔的人，当他们看到我的变化，也许愿意给我第二次机会。

每个人都会在人生中遭遇逆境。有时它不会改变你太多东西，有时生活却会因此而改变。你会怎样处理它呢？衡量一个人并不是看他的过去，而是看他怎样克服逆境创造未来。视野将决定一切，从今天起，我的过去将永远停留在后视镜中。

游骑兵学校"监狱"的日子结束了，在新课程被确定之前，我被允许有48小时的时间回家度周末。我租了一辆车去亚特兰大见艾丽卡和孩子们。我一扫曾经的忧郁，热情回到了我的身上。我变得兴奋而乐观。艾丽卡被我的转变惊呆了，但她很高兴看到我身上发生的变化。

她的丈夫终于回家了。

和家人在一起的48小时完成了我的转变。和她们在一起，我再次感到满足。鲁莽的自负不见了，代之以自觉的谦卑。我比以往任何时候都更加拥有自我意识。我被激励着去面对前途的挑战。最重要的是，我从过去的阴霾中走了出来。

星期六的晚上，我在旅店的房间里踱来踱去。在艾丽卡的面前，我倾诉出了自己刚经历过的心历路程。在我说完后，我向艾丽卡摊出了未来几个月的计划。我的首要目标——成为游骑兵学习训练班的荣誉毕业生。如果我能实现自己的目标，那将是一个稳固的起点，它将开启我回到兄弟们中的新征程。

周日的道别是一个困难的时刻。我们没有作太多的感情表达，但我能看到艾丽卡眼神中的语言，她明白我需要去做一些事情以赢回自己的声誉。对我们两人来说，那将是一种牺牲，我们见面的时间会变得更少。我知道，她一定会非常伤心，但她从不抱怨。

回到本宁堡，我花了最后一晚准备好自己的衣服，理清好自己的思绪。我知道，明天将是一个新的开始。我将从容地面对未来，学会保持谦虚并学会控制自己的情绪。

我爬上了自己的床架，准备迎接明天即将到来的打击。那是3月初，气温徘徊于30℃。此刻，我不会受它影响，我已成熟起来。我经历了很多苦难，现在是关注、帮助我部队兄弟的时候，也是锻炼自己领导力的时刻。

17 从游骑兵学校毕业

佐治亚州，本宁堡（2006年3月）

第二天早晨，我加入了新的训练。在新的团体中我没有一个熟人。不过这并不要紧，我全力以赴地去完成每一件事，并力所能及地帮助队中的任何一个队员。我不再是那个不满、自私的蠢货了。经过这次事件，我彻底蜕变了。

黑帽像以往一样叫我乌贼，继续诋毁海豹突击队，并试图给我制造麻烦。现在，这些麻烦反而变为了我的动力。我在食堂狼吞虎咽地吃饭，努力让自己不吐出来。我曾背诵过游骑兵学校的条规，现在，当我做引体向上的时候，我会扯着嗓子背条规，为了让黑帽满意让我的队友们不遭到惩罚。

第一阶段，我们要爬缆绳穿过一个湖，从水面上大约200英寸（61米）的高度开始。当我们爬行到距离水面只有10英寸（25厘米）高度的地区，我们将跳向水中。轮到我的时候，黑帽再次侮辱了我。我站在平台上，那些人向着我叫喊："给我们唱个歌，乌贼！唱个歌儿！"

如果是30天前，我也许会回击他们，见鬼去吧。现在，我深吸了一口气，扯着嗓子雄壮地唱了一首海豹突击队的饮酒歌。唱完后，我笑着朝那些黑帽看了过去。

在训练的第一周，又迎来了地面导航的日子。训练开始后，我专心地冲进一片充满沼泽的树林。在游骑兵学校"监狱"的最后一周，我的一个难友教会了我使用透镜指南针的方法，我反复练习直到熟练到可以不假思索地完成这项任务。我找到了第1个导航点，之后迅速找出了全部的6个导航点。我的全套动作比规定时间快了30分钟，被评为优秀。

那一刻，我相信，没有办不到的事情。只要保持韧劲和强烈的敬业精神，几乎没有问题不能得到解决。

第一周很快过去了。游骑兵学校的职能就是折磨你，为此，它毫不心软。你的内心必须充满坚定，身体必须能承受痛苦，并保持着进步和学习。

在第一周里，我们的任务最终以14英里（22.5公里）的褶皱行军达到高潮。我曾在20世纪90年代担任过几年时间的海豹突击队联络员。在那段时间，我曾长时间搬着雷达在褶皱地面上巡逻。事实上，这与公路上的长距离褶皱行军简直是天壤之别，这是海军从未做过的事情。

部队将公路行军提升到非常重要的地位。它要求士兵携带重重的包裹上路，并像巴顿将军那样穿越欧洲。一支受过良好训练的部队可以背着60磅（27公斤）重的行李保持6小时的连续快速行进。我对此的准备并不充分，为了不拉队，我不得不咬牙坚持。

队中一些家伙对付不了。他们的双脚全是水泡并流着血，他们的肩膀疼痛不堪并在路边呕吐，他们掉队了。我继续坚持着。快到终点时，我的脚早已不听使唤，我的肺像着了火一般。幸运的是，在我的坚持下，我在规定时间内完成了这个项目。我这只乌贼可以继续玩这场游戏了。

结束公路行军后，我们开往达比（Darby）军营，进行田野训练。我们整天都在运动中，一直到晚上。从早晨4：30到第二天凌晨2：00，我们都在行军、讨论、传达命令，与模拟的敌军交战。当我们最终完成这项训练时，黑帽们将我们带到了砾石地段。我们称这个行为为"大石头上的站立"。我们每晚都要站在上面几个小时，等着黑帽通知我们去睡觉。在海豹突击队，水下爆破训练（BUD/S）会要求你不停地动，你一旦停下就会挨"打"（被惩罚做引体向上或其他类型的肉体折磨）。在水下爆破训练中，你不能等待。而现在的训练更残酷,它要求你站立在大石头上保持长时间的静止。

每天,我们吃完早饭后,将进行接近 20 个小时的持续训练。到了午夜,我们还要站在大石头上几个小时。当我们可以解散睡觉时,黑帽们会给我们第二顿口粮。之后,我们能睡 1—2 个小时。每天重复着:白天,饿着肚子行军、战斗,冲锋穿过佐治亚的森林;午夜,我们都饿坏了。我的同学们有的瘦了 50 多磅(22.6 公斤)。

黑帽们的目的就是要在精神上和肉体上打垮我们,同时强迫我们在危急时刻做决定。以战斗的压力来衡量,这真是不可思议的训练。

除此之外,黑帽们还要求完美。在达比军营,我最终留下了两个小遗憾。其一,一个黑帽有次发现我衣服上有个系带未系好。在战斗中,忽视小细节也许会令你丢了性命。

其二,他们发现我没有将我的驼峰壶灌满水。过去几年里,有学员在达比军营因训练缺水而亡,所以教官们会要求我们带足水。在徒手训练中,我喝了一些水但没能找到机会灌满我的壶。教官们抽查时逮住了我。

这些小挫折激励着我学习前进。我度过了本宁堡的艰难时期,我渴望着成为荣誉毕业生。游骑兵学校非常看重你所在小队成员的评价。在田野训练时,每个人会在不同的岗位上轮流实习。所以,在训练结束时,每个学员都有足够的机会了解从联络员、排长到巡逻队长在内的每个职位。学员对我评价非常高,考虑到我从未参加过陆军,这个评价的含金量就显得很高了。

这样的反馈鼓舞着我继续前进。我专注于手上的任务,鼓励并帮助我身边的小伙子们。我试着以身作则地融入团队,在这个过程中,我开始交上了朋友。

在游骑兵学校,与在海豹突击队相似,你总能遇到志同道合的人。你不会感到孤单。在水下爆破训练中,队友被称作游泳伙伴;在游骑兵学校,队友被称作游骑兵伙伴。我的游骑兵伙伴是兰斯·布罗根(Lance Brogan)。兰斯大约 5 英尺 10 英寸(1.77 米)高,体重 200 磅(90 公斤)。

第三部分 精炼

他留着黑色的短发,他是两个孩子的父亲。他对细节十分在意,他是一位来自阿拉斯加空降步兵部队的优秀上士。我喜欢听他讲述他在隆冬空降时跳进阿拉斯加寒冷的苔原的经历。他有一次告诉我,他曾在零下30℃的地区跳伞。到达地面后,他去方便,尿还没流到地上就冻住了。他曾经历过多次战斗部署。他没什么幽默感,但脸上总是充满了笑容。我和兰斯从一开始就很融洽,我认为他是我值得信任的伙伴,这令黑帽们气得发疯。他对我曾经的海豹突击队的经历也非常看重,这使我们能快速得到对方的信任。最终,这变成了我们向教官表示的特有方式,他们并不能在精神上打败我们。

在达比军营的最后时刻,我们得到了8小时的自由时间。我们冲向城镇,大吃了一顿,理发,并进行了简短的购物,购买下一阶段训练所需的衣服。此外,一叠来自艾丽卡和孩子们的信以及几包食物正等着我。我给艾丽卡拨通了电话,一切安顿下来后我开始读他们的信件。

8小时的时间很快过去。我们集体向梅林(Merrill)训练营进发。这个营地在佐治亚州达洛尼加(Dahlonega)附近,在这里,我们开启了山地训练。两周中,我们学习并提高了自己的攀爬技术。海豹突击队在第二次世界大战期间的西西里和意大利曾有过山地作战的经历。60年后的今天,我们的装备早已升级换代,但作战经验并不比以前高到哪里。

在这里,我们迎来了一批新的教官,我发现他们对我没有之前黑帽的那些偏见。我后来了解到,他们中有个人的兄弟在我的集体中,这也许有助于结束我们经历的连续折磨。他们仍然像对其他学员那样对我大呼小叫。但在深夜,当我放哨时,几个黑帽会过来和我谈话,那种战士之间的谈话。他们询问我海豹突击队经历的故事。这些简短的交谈让我振作起来,使我精神抖擞。

再次被看作同仁的感觉是美妙的。我努力的工作和奉献让一切变得不同。如果我还是继续持有刚到佐治亚州时的那种态度，绝不会出现今天这样的局面。

我在工作上的进展顺利，家里却出了事。艾丽卡一个月只能和我联系3次。艾丽卡遇上了一系列的麻烦——家里的汽车坏了；家里一些重要的电器也出了故障；宠物也生病了；麦肯齐的耳朵连续受到感染病情严重，医生告诉艾丽卡，麦肯齐需要手术植入小管子才能继续治疗。

手术安排好了，但小孩子做全身麻醉是有风险的。一想到小女儿在我不在场的情况下会经历这样的风险，我感到万分痛苦。我想到她金色的头发和大大的蓝眼睛。我想到艾丽卡曾告诉我，麦肯齐曾尝试翻弄婴儿食品给自己做吃的。艾丽卡走进厨房看到，那儿就像婴儿食品炸弹爆炸了一般，厨房像下雪似的一片狼藉。可现在呢，我们的小可爱正和严重的耳感染搏斗，我知道艾丽卡一定顶着极大的压力。她给部队的家属援助协调员打了电话，发泄她的坏情绪。部队向来十分重视家属问题，因此协调员给我的部队指挥官打通了电话，他那时还在海外。他了解了情况后答应为艾丽卡提供帮助。他用卫星电话给艾丽卡打了过去，提供协助。

第二天早上，我被叫去见黑帽。我和兰斯被一同叫去，他们命令我们退出训练并做了一组引体向上。我不知道出了什么事情，我不觉得自己犯了什么错误，我想知道原因。

我看着兰斯，问，"你干什么了？"

他反问道，"你干什么了？"

教官立即让我们闭嘴。

在我们做完他们要求的身体锻炼之后，他们告诉我，指挥官打来电话，说我妻子在家里遇到了麻烦。他们给了我一部电话，让我和妻子通话联系。

第三部分 精炼

我们进行了半个小时的通话,她向我发泄所有落在她头上的倒霉事。我尽可能地给她出主意,但我鞭长莫及,并不能给她提供太多有效的帮助。艾丽卡哭了,我感到自己的无助和自私。是我的原因让家庭陷入了困境。现在正是艾丽卡最需要我的时候,我所能做的却只是通过电话告诉她,我多么爱她和支持她。

最后,我只能说完再见并挂断了电话,我心里难受极了。我回想起自己回家时,她未向我提任何要求,现在我又远离了她们。一想到我的小女儿做手术只有她的妈妈陪伴,我的眼泪顺流而下。

几个年长的黑帽过来问我事情的进展。我简要地告诉了他们,他们商量了一下。

"告诉你,"一个黑帽说道,"我们会将我们的手机号码告诉你的妻子。在你女儿做手术时,我们会让她给我们打电话,我们会在第一时间将情况告诉你。"

他们本可以不用为我而改变规定。我对他们充满了感激,同时,也更加钦佩他们。至少,我或多或少地能和家人取得联系。我深深地感谢他们。

麦肯齐做手术的那天,我们要进行500英尺(152米)的垂直突击训练。那差不多就是一个佐治亚州的奥克角翻版。虽然并非全路段都是直上直下,但一些路段路况复杂,一旦我们没抓稳掉下去,就会受到重伤。

我和兰斯那天没有分级定位,这意味着,我们只需要携带50磅(22公斤)重的装备。分级定位的两个人分别是联络员和外事官员,他们则要求携带雷达、备用电池和一些其他种类的装备,他们的包比我们的重30磅(13.6公斤)。训练进行到一半,我们的外事员和联络员就开始吃不消了,额外的那30磅(13.6公斤)重量让他们精疲力竭。

我回头望了望,小队里的其他人并未管我们的外事员和联络员。这也属正常,当人处于压力或逆境中自顾不暇时又如何会顾及他人。但作为一名指挥员,我不能这么做。你必须鼓舞激励你手下的士兵,尤其是当他们面对最大困难的时刻。我学到的最好的方法是，如果你感到困难，就唱首歌并鼓励你身边的人勇敢前进。

正在那时，一个黑帽出现在悬崖顶上。他冲我们喊道，"嘿，海军小子！你妻子来电话了，你女儿做完手术了，一切安好。"

我欢呼起来，感到浑身是劲。兰斯利用这一时机说道，"嘿，伙计，让我们去拿那些包吧。"

我们爬到两个超负荷的队友身边，与他们交换了行李。他们对我们愿意去搬他们的行李，惊讶得说不出话来。不过，客观地说，当我听到这个好消息后，我对那些额外的负担早已不在乎了，心中充满了喜悦。

我和兰斯把行李驮到山顶。我们的外事员和联络员几分钟后跟着赶到了那里，和我们换回行李。他们对我们提供的帮助表达了感谢。此时，我再次意识到，团队精神的重要性。这个做法不仅建立了我们与外事员和联络员之间的互信，也使我们赢得了很多其他学员和教官的尊敬。

这次事件发生后不久，我们排接到命令，对模拟的敌方进行伏击。我们再次变换了角色，一个更年轻的学员接替并成为了我们的巡逻领导。在这次伏击中，这个年轻人把这次任务全搞糟了。他的计划是错的，他的决定是灾难性的，巡逻的路线是场噩梦，我们的伏击任务失败了。随着日子一天天过去，班里对这个错误的愤怒与日俱增。汇报文件对小队的批评是坦率的、负责任的，这会使我们的小队变得更加强大，更有效率。虽然我尽了最大努力控制我的情绪，但我的心情也非常糟糕。我把这个孩子的失误列了一长串措辞。负责管我们的指挥官是一位上尉，我列数了我所见的全部失误，他静静地听着。

汇报结束，上尉走了过来，将我拉到一边。"我一直看着你们受训，也听了很多教官和你的同事对你的评价。你表现得很出色。你身体壮，且一直准备好去帮助你身边的人。"

"感谢你，长官。"我惊讶地说。我不知道他还会说什么。

… … … 第三部分 精炼

他继续说道，"你不用强调你为何在此，以及你曾经犯的错误。通过你最后的汇报，我已经非常明白了。你觉得，你能在这儿，只是因为你的领导认为你的行动总是我行我素吗？"

我盯着他，一个字也回答不出来。

"我敢打赌，回顾一下你的履历。在很长一段时间内，你都是完美的、最优秀的。偶尔，你会做一些反常的、意外的事情，这是你的领导犹豫你是否值得信任的关键问题。"

他的话就像当头棒喝。一瞬间，一打情景在我头脑里闪现。扔奖章、和队员打架、实弹射击训练中口无遮拦、喝酒、在阿富汗违反命令擅自冲进山谷。

他是对的。我无话可说。

"在95%的时间里你都是突出的、卓越的，这是为何委你以重任的原因。在5%的时间你会陷入困境。总之，我敢打赌，这就是你来这里的真正原因。"

情绪失控和对那个孩子的责怪正属于这5%的时间范畴。

最近一年，伙计们跟随我的唯一原因是源于对我的好奇心。他们想知道我在下一步会干出什么反常的事。你可以成为队里最好的指挥员，但如果你反复无常，就不会有人死心塌地地信任你。

指挥员需要具备判断力、控制力、决策力，不需要冲动任性和反复无常。他们是你在最需要帮助的时刻能够信赖的人，就像磐石。我并非那样的人，我更多的时候是我行我素。

过去的几年里，我的兄弟们都管我叫"社交手榴弹"，因为他们不知道我会在什么时候捅出个大娄子。我需要学习必要的纪律来约束自己的行为。上尉继续说道："如果你能学会控制你那5%的疯狂时间，我敢肯定，你将成为凤毛麟角般的指挥员。"

我觉得自己就是个傻蛋，为什么不能早点意识到这点？

上尉的话将我瞬间点醒了，我对认识自我有了更客观的理解。

认识自我包括三个部分：自我认识、别人对你的认识、真实的自己。

如果这三方面未能统一，你就会犯错误。我在职业生涯中的大多数时间里，对自己有着错误的认识。这总是拖我的后腿。我对自己的优缺点缺乏客观的评估，这使我无法增强自己的优点，也无法弥修正自己的缺点。事实上，我一直在做的事情是增强自己的缺点，削弱自己的优点。

克里长官从一开始就看到了我的这一问题，沃尔什上尉也看到了。我倒吸了一口气，认识到事实的严重性。我的兄弟们也看到了我的这一问题，而曾经的自己却感觉良好。

上尉看出了我的问题，他也许很高兴自己为他人点出了症结。他拍了拍我的肩膀，说道，"好了，保持住你现在的状态。不过，从现在开始，你得花些时间评估一下自己接下来应该做什么。在你执行任务之前，想一想你所做出的决定会带来什么影响。"

我瞥了一眼我们年轻的巡逻指挥。作为领导和小队的成员，我的工作是给他建立信心，帮助他学会他所承担的角色。

我吸取了教训，记下了上尉说的每一句话。在这之后，为使我的生活和事业出现转机，我开始学会自我改进并不断增长自己的知识。

几天后，我们开始了游骑兵学校的最后一个阶段的训练——佛罗里达训练。这一训练以在热带林地和沼泽中的长途运动组成。那段时间，我们的靴子从没干过。那是一场别样的战斗，我们需要不停地更换袜子、撒足粉，晾干你的脚以保证你能继续行动。早些年前，我曾在南美的丛林中参加过作战任务，我知道如何在这样的环境中保护自己。我将自己知道的知识向队员们倾囊相授。但长达 6 周时间的浅睡眠和营养匮乏让我们备受煎熬。我们的行动打了折扣，每人都受限于身体状况不佳而行动迟缓。在沼泽地段，我们碰上了大降温，教官立刻命令我们检查装备以确保大家拥有干的衣服。几年前，曾有 4 个学员死在了这里。黑帽们紧盯着我们，担心出现任何危象。

第三部分 精炼

在佛罗里达训练开始一周后,我们进行了首次海事行动。教官认为我是海豹突击队队员,理应担任这次行动的巡逻指挥。对大多数学员来说,他们首次接触这种小船,他们能将帆按规定安装完备就是一个了不起的成就。他们并不善于干这个活儿,我并未责罚这些家伙。我能看到他们的痛苦,我并未给他们施加更多压力。最终的结果是,我们未能按规定时间出发,进而未能完成我们的训练任务。

黑帽将我们定级为失败。如果是过去,我会因此痛恨自己并抱怨自己的伙伴。但现在,我深吸了一口气,慢慢检查哪里出了问题以及如何改进。

几天后,我在一次训练任务中担任军士长。我的队员们继续持有着上次海事行动的心态。这次,我不再对他们客气了,我怒斥了他们。有时,你不得不在必要的时候给他们以压力。同时,你也得学会在必要的时候理解并帮助他们。这是一种精妙的平衡术,只有像文森·彼得森那样优秀的指挥员才知道如何处理。而我,还在一个学习的过程。

这次,我们没有迟到,按时完成了任务。

几天后,黑帽命令我们进攻一个隐藏着的假想敌的抵抗网并任命了新的巡逻指挥。为了完成这个任务,我们开始了在游骑兵学校最漫长的沼泽地行军。我们花费了接近一天的时间渡过了齐胸的咸水。

我们到达了指定射击位置,我们计划对那些架设机枪的沟槽展开进攻。这里的地势稍高,但我们没有掩体。一刹那,敌人的机枪开火了,展示了它毁灭性的火力网。

敌人都隐藏在沟槽中,我们的进攻难以有效推进。我们必须把机枪敲掉,不然我们都得吃枪子。我和兰斯匍匐向前以获得对敌机枪手更好的观察位置。

我们每人都有几个裹在袋子里的小沙包,连着荧光棒。它是我们装备的模拟手榴弹。我所在的位置距离机枪至少有75码(68.5米)远,这对从没投过手榴弹的人来说可不是一个好距离。

我决定扔出自己的"手榴弹"。我撅开了荧光棒,使出吃奶的力气扔了出去。"手榴弹"在天空滑行，落在地面上又跳起，翻滚着进了机枪的老窝。那武器不再开火了。同时，似乎所有人都停火了。教官们感到非常意外，其中一个教官吹响了哨子，终止了训练。

"'手榴弹'是谁扔的？"那个黑帽问。

我举起了手，报名。

"海军海豹突击队，真是一帮畜生。"

他给了我一个大大的加分。那一时刻，我将海豹突击队演绎为了地球上最伟大的战士。不管那一投是否偶然，我提前完成了训练目标。最终，我们以高分完成了佛罗里达的训练。

一周后，我们乘坐公交回到了本宁堡。我们完成了游骑兵学校的全部训练。现在，只剩下毕业式了。最终，我未能获得荣誉毕业生的称号。我后来才知道，作为二进宫的人员是没有资格竞争这一荣誉的。这并不重要，因为我在自己的每一阶段的训练都得了高分。更重要的是，通过这90天的严酷考验，我对自己有了新的认识。

我学到了部队纪律和任务计划，这将有助于我成为一名特种任务指挥员。我还遇到了一些杰出的战友，比如我的兰斯。兰斯是一位伟大的战友，我从他身上学到了很多领导艺术，并领悟了责任感。作为一名志向远大的海军陆战队成员，兰斯不能容忍缺点和懒惰，不允许自己有任何的松懈。他在训练中时常冲着偷懒的人大声喊叫，这使他四面树敌。很明显，忠言逆耳。他在过去的两个多月中给了我们很大的支持，也是杰出领导的榜样。我向所有完成训练的学员致以最高的敬意。我知道，凡能参加游骑兵学校训练的人都是美军最优秀的军人。

艾丽卡想来参加我的毕业式，但3个孩子和家中的诸事让她应接不暇。我告诉她，你不用来参加我的毕业式，我会很快回家。我不想再给她增加任何负担。

毕业式我邀请了父亲参加。我知道，父亲一直因我在海豹突击队服役而自豪。

　　毕业式结束后，我第一时间回到了之前的单位。他们并未和我一起经历游骑兵学校的训练，在他们眼中，我仍是兰博·雷德。

　　现在，我对训练任务有了新的看法。我将训练看作进步的阶梯。我意识到，面对挑战会使人进步。我会将自己在游骑兵学校学到的东西都用上，利用一切机会学习。我承认自己会犯错误，但我会接受并面对事实，保持谦卑并持续前进。

　　海豹突击队的信条是，"每天，你都会收获你的三叉戟"，这正是我现在应践行的。在这一过程中，我那5%的反复无常的日子已成为过去。

PART IV
THE FORGING

第四部分 锻造

18　脱胎换骨

内华达州（2006年春）

游骑兵学校归来后，我获得了短暂的与家人团聚的时间，差不多5天没有出门。事实上，我在本宁堡的最后几周就已经收到了海豹突击队的新的任务部署。普林斯在我起飞前往里诺（Reno）沙漠中的部门报到前，给了我几天的假期，他是我们现任的长官。我敢说，艾丽卡并不高兴，但她绝不会让我感到为难。当我到达内华达州时，很明显，游骑兵学校的学习经历并未改变我在队友中的印象。我在阿富汗的不良记录像乌云一样伴随着我。在游骑兵学校赢得了尊重之后，我又被打回了原形。我没有抱怨，我保持着专注并时刻提醒自己：循序渐进。

当我投入到这里的工作时，我很快发现：我们的任务单位有37人，其中7人是新手，他们从未经历过战斗部署。根据经验，这样的配置结构利于团队的协同行动。自己真是幸运，这个排是我整个职业生涯中所经历的最好的排，即便他们并不渴望与我成为战友。

普林斯将我叫到了一边，他告诉我，我将担任移动作战指挥官。我负责所有与车辆相关的事情，包括我们靠近目标已经从目标撤离。在内华达的训练将培养我胜任这个职位。

我们从最基础的地方开始训练，我们在每个岗位上轮换。我们轮流担任机枪手、司机、车辆指挥。从此，我开始了高水准的工作，模拟计划出行线路，用车辆保障他们的安全率。

训练中，我过于努力且较真，对队员要求也过于严苛。渐渐地，我认识到了自己的问题，特意适当放松。普林斯也看到了这点。当我们完成了山上的训练后,他给我提了一个高水平的建议。

"雷德,如果伙计们已做好了准备,你不用重复地告诉他们该干什么。请相信他们,他们知道如何操作。"

我牢牢地记住了他的话,这个排都是准备就绪的棒小伙。

随后的几天,我更多的是倾听和学习而非指挥。我们有各领域的专家,经验丰富,我能从他们那获得新的知识和好的建议。这次,我没有浪费任何学习和成长的机会。

新的心态给我带来了好处。在机动训练快结束时,普林斯和训练领导制定了一个复杂的机动方案,他们给了我执行指挥的权力。我们开始了新的任务,可我们的运输出现了麻烦。我们的假想敌以游击的方式阻挠我们。在战斗时,我们的教官为我们设置了诸多战术障碍,将情况变得更复杂了。在他们的安排下,一辆车抛锚了。当我们解决这个问题时,我们又受到了敌人的攻击。之后,我们又接到雷达信号,我军的一架黑鹰直升机在我们的附近坠毁。要求我们前往那里保护黑鹰并解救生还者。

这次训练持续了 4 个小时。模拟移动战斗持续了太长时间,最大限度地检验了我们的判断力。我们完成这次训练任务后,普林斯告诉我,"干得漂亮,雷德。"

虽然我还未能脱离困境,但我已在不断的进步中。普林斯是一个出色的榜样和良师。他和我们所有低级军官共同工作以确保我们有学习的机会。

完成移动训练后,我们前往美国南部地区进行陆地战斗训练。现在,正是夏天最热的时节,我们来到了美国最高温的中心。这为我们提供了一个与伊拉克类似的环境。

当我和我的小队家伙们更紧密的工作时,我们之间的隔阂开始慢慢解除。也许还有一些人对我抱有戒心,但我认为,只要我继续保持现在这种势头,我一定能突破和他们之间的隔阂。

帕特·多纳休(Pat Donahue)的脾气不好,我们都称他为"愤怒的爱尔兰人"。在内华达沙漠中，从一开始训练他就给我留下了深刻的印象。他曾是乔治·梅森（George Maso）大学的学生，他一直梦想着成为一名海豹突击队的狙击手。9·11事件后，他20岁并顺利地加入了海军，全身心地追求自己的目标。

5年后，他成为了一名优秀的狙击手，一个优秀的指挥员，是我们排精英之一。他一定听说了我在阿富汗所发生的经历，但他仍然愿意真诚待我，就像普林斯和我的长官尕斯·约翰逊一样。

一天，在100华氏度（37.8℃）的高温下的陆地导航训练中，我看到了那个愤怒的爱尔兰人的做派。我们背着50磅（22.6公斤）重的装备机动穿过岩石地和沟壑，越过群山和树林，太阳烤焦了我们裸露的皮肤。快到下午3点时，一些人开始出现中暑征兆而掉队。帕特也开始慢了下来了。我给他水，但他的情况看起来非常不妙。他在这次行动中已精疲力竭了。我们的医护人员为他输了第4号液。

简单的休息后，我们进入了夜间训练。我看了看帕特，担心他会撑不住晚上的训练。当我告诉他，小队即将出发时，他迅速摘下胳膊上的管子，捆上自己的行李，准备好了随时出发。

不愧是海豹突击队的队员。

近身格斗术的训练总给我带来亢奋感。干得好时，一排的队员的行动会像火球一样平稳、快速、有威力。我们进行实弹训练，用炸药炸开建筑物的大门，射击我们能发现的模拟敌军组织。这是非常危险的任务，如果建筑物内有人质，任何错误都可能导致人质遇害。士兵在行动中一秒钟的迟疑犹豫都足以致命。

为了避免出现意外，我们的训练以快速、坚决和执行力为要点。一旦进入了建筑物，先遣队会快速散开以排查各个房间，速度是决胜的关键。如果你进入建筑物后给敌人以喘息之机，就会丧失先机，导致灾难性的后果。

第四部分 锻造

在行动时还要注意不能误伤自己人。我们必须从最基本的战术训练开始，逐渐提高你和你战友的配合默契度。只有经历数百次的训练，才能使自己牢牢记住动作要领，正确地按要求行动。

一个受过良好训练的海豹突击排，可以在几秒钟的时间内完成建筑物爆破和清理工作。队内每名成员都清楚自己的角色与分工。

在模拟建筑物和模拟城市地区训练的间隔，我们通过射击目标物训练了我们的枪法。我们对多种枪械学习射击技术，以适应在弹药用尽的情况下对其他枪械的操作也能得心应手。我们会联系单手使用武器，以模拟手臂负伤时的情况。这样，可以确保我们在负伤的情况下也能继续坚持战斗。

我保持着良好的心态，我感觉自己又重拾了自信心。现在的我，更成熟也更平和。我保持着谦卑的态度，不轻视身边的任何朋友。

我是一名好射手，虽然不是我们排最好的，但也是极具竞争力的。在一次射击训练中，我们的教官，一位传奇的海豹突击队狙击手临时拿走了我们的来福枪，换为了M4卡宾枪。在这次训练中，我获得了引人注目的高分。

"你永远不会知道在战斗中将发生什么事情。你也许随时需要用别人的枪来完成射击。"

教官正是以这样的方式安排我们的射击训练的。我在任务单位里排名第二，仅次于队伍里的一个狙击手的分数。我不知道这是否能改变别人对我的看法，但实现自我超越已让我非常满足。经过了所有这些阶段的训练，普林斯对我更加信任了，他给了我更多的领导机会。他对我十分关注，在我需要帮助时总会给我提供悉心的指导。我从不反对他的建议，全部吸收了它们。我吸收得越多，他越愿意给我更多的机会，赋予我更多的责任。

我在领导力的中期评估中获得了高分，我实现了自我证明。我的大多数队友也被我争取了过来。

这一转变并不容易。不可能每人都走过来和你说，"雷德，你真的已经脱胎换骨了，我们欢迎你回到兄弟们的中间。"战士们可不会说这样的话。你的行为才是对你的终极评判。你完成了工作，你的队友就会信任你。相反，他们会直接或间接地给你施加压力，直至将你赶走。

我观察到，他们并未给我压力。我们之间的关系，渐渐变得越来越融洽。我加倍努力地保持专注和谦虚。我绝不允许那5%的缺点来毁掉目前所取得的成绩。

这一年，在一系列疯狂的行动中结束了。我和家人一起度过了一个愉快的圣诞和新年。在前往伊拉克服役之前，我们还剩下了最后一个阶段的冲刺训练。在我们最后的训练中，我冲撞了黑尔·迈克尔斯（Hale Michaels），他当时已升职为我们任务单位的指挥官。

他大多数时间里都忽视我，几乎不和我说话。即便在这次训练的最后阶段，我也能感受到他的冷落。

在2007年的军事部署之前，我们被安排了一周时间的小船训练。我们在伊拉克用小船的概率可能和爱斯基摩人吃甜筒的概率相差无几，但每个派往海外的小队都必须精通各种技术，包括海事操作。我们的出发时间已非常紧迫，我们的海事操作训练也被压缩到了24小时。将一周的训练压缩到一天来完成，我们将承载巨大的压力。事实也是如此，当我们准备从弗吉尼亚海岸出发并进行长距离海事导航训练时，我们碰上了麻烦。

我和我们的指挥士官协同进行这次训练。当我们出发去启航点时，小船已停在那里等候我们了。在我们检查装备时，我们发现小船船桅的安装有误，同时，小船上没有指南针、海图、标航线板。我们不得不靠GPS导航，而GPS只是我们的备用系统。水上导航训练的要点是学会使用海图和指南针。GPS会有失效的时候，海图和指南针才是我们最有力的航行保障。

第四部分 锻造

我和指挥士官讨论了对策。我们将小船拖下水，装备地图、指南针显然是不显示的事了。现在，我们只能奋力向前。我们决定以我们现有的设备执行任务，尽自己的最大能力节约时间。

黑尔·迈克尔斯出现在了甲板上，并称他将与我们一同出航。他检查了装备，并巡视了小船的设备。他走过来问我，接下来我们的打算，我解释道，"如要解决这些问题，势必会耽搁我们的出发时间。我们只能就地取材，立即启航，才有可能完成任务。"

"雷德，听我说"，他说道，"有些事情是不能省略的。这是底线：在船下水之前，导航问题必须得到解决。缺乏足够的装备，我们会陷入被动。"

当然，他是正确的。我承认了错误并汲取了教训。我知道，为了赢得我们的战斗演习，我仍有许多的工作要做。

3月中旬，我们的先遣部队将先行抵达伊拉克，与那里的现有小队进行协调，为我们其他人员的到达做准备。我们的主力会携带着我们的所有装备随后到达。我受命担任主力部队的分队指挥官。

最终，在先遣部队出发几天之后，我和艾丽卡度过了最后一个短暂的假期。我们计划在一处远山中度过周末，我们曾在那附近结婚。

在去那儿的路上，我开始感到身体的右侧有些疼痛。起初，我并未重视，不想因它毁了我们在一起的最后时间。当疼痛加剧时，我让艾丽卡替我开车，我坐在了旁边的座位上。我突然疼得弯下了腰，几乎不能动弹，直到疼痛过去。

我们到达旅馆，我转向艾丽卡说，"亲爱的，对不起，我想躺会。"

疼痛更加剧烈了。艾丽卡这时才开始警觉起来，她给我们的朋友，一位地方警官打了电话。

警官告诉我的妻子，他有一个朋友，是一名急诊医生。他让我们去他家里，他安排医生给我看病。

我蹒跚着下楼，艾丽卡帮我坐进车里。几分钟后，我们来到了这位警官的新房，新房正在装修。我们在那里见到了他和急诊医生。警官将一扇门横放到两个锯木架上，并让我躺在上面。然后，他将两盏车间灯移到了门板旁。这种感觉就像战地医疗。

在全面的检查后，医生告诉我，"初步判断，阑尾炎和盲肠炎的可能性较高，你得去医院做手术。"

我问，"我能在弗吉尼亚海岸做手术吗？"

医生想了想，回答道，"可以，你可以回去做手术，但必须得快。"

我们的周末算是泡汤了，我们快速回到了弗吉尼亚海岸。我先后去了城里的人民医院和朴茨茅斯的海军医院。最初，我被诊断为阑尾炎，但朴茨茅斯的医务人员认为我应该是患上了盲肠炎。他们给我服用了大剂量的止疼药和抗生素，并给我开具了住院手续。

我承认，我不是个好病人。我躺在那儿，心里却寻思着我们第二批即将出发的部队。我必须跟着部队前进。当一位医师和一个实习生进到我的房间时，我告诉他们，"医生，你一定得帮帮我，几天后我就要跟随部队前往伊拉克了，我不能错过了部队的出发时间。"

医师冲我笑道："你哪都去不了。"

这个消息就像晴天霹雳。

"什么意思？"我问。

"你哪都去不了。你是病人。"

一刹那，我好像看到我的兄弟们在伊拉克最激烈的战场上劈门而入，同基地组织战斗，而我却不在其中。在他们奔赴战场的时候，我却只能躺在医院。

我完全不能接受。

我打断了医生的话，"闭嘴，去给我找个真正的医生。"

他感到震惊并受到了侮辱，他转头离开。过了一会儿，一位上尉走进我的房间，他是医院这个科室的高级医生。他直言不讳地给我说明了情况。

第四部分 锻造

"中尉,我们不能让你出院。你的肠道浮肿且发炎,你需要持续地吃抗生素和止疼片。我们需要做进一步的检查以诊断你的病情。我估计,也许是感染性盲肠炎。但在检验结果出来前,我们也不能完全判定。如果盲肠炎得到确定,我们还将为你安排肠镜检查。"

"最快什么时候能搞定?"我问道。

"6周,如果检验结果确定为盲肠炎,你将被取消本次部署。"

上尉的话说得清晰而明白。

我不知道如何回答,我陷入了迷茫。

他走了,留下我在痛苦中沉溺。肉体上的疼痛无法弥补我内心的伤痛。我努力奋斗、重新归来,慢慢地赢得了队友的信任,可在关键时刻却只能做个旁观者。我不相信眼前的事实。我需要一次任务部署去除我在阿富汗留下的遗憾。

普林斯已跟随着先遣部队先期开赴伊拉克了。我在医院给他打电话。每天,我都会和他联系并告知自己病情的进展,同时了解他那边的最新情况。

我在医院里躺着的时候,我的兄弟们已和先遣部队在那边投入战斗了。

他们的第一个任务是和我们换防的那个排进行交接。老手们会为我们排介绍这一地区的情况,帮助我们熟悉环境。

我们的任务单位被分派前往追踪阿尔柯拓分支(Al-Keta)的一个重要领导。我们的先遣部队跟着我们换防的部队执行任务,去袭击一小股增援的伊拉克分遣队。他们一起在深夜进入了阿尔柯拓地区,包围了一处指定目的地。突击小队将门炸开并冲了进去,他们认为这是进入房间的主门。事实是他们的判断出现了错误,从那里无法进入主屋。

突击小队转了回来,寻找其他的外门。房屋里的第一次爆炸惊醒了4名顽固的敌方士兵,他们抓起3把AK-47冲锋枪和1把缴获的美军M16来福枪。

当突击小队炸开第二扇门并冲进屋内时,敌人开火了。士官约瑟夫·克拉克·施威德勒（Joseph Clark Schwedler）首先进入房间，在交叉火力中中弹牺牲。一名伊拉克士兵也在交火中死亡。杰夫·克莱顿（Jeff Clayton），我们先遣队的另一名海豹突击队士兵被一颗穿过窗户的子弹击中前臂。

一名海豹突击队士兵，迈克尔斯·戴夫（Dave Michaels）进入了主屋。4个敌人冲他开火，他连中了几弹并被一颗手榴弹炸伤。戴夫脸朝下倒在了地上，旁边是克拉克和死去的伊拉克士兵。

突击部队的其他人无法进入房间。敌人的火力太猛，克拉克和戴夫已经没有了回应。唯一的行动方案是撤出，重新组织。正当他们准备撤出时，一个敌人从屋内冲了出来试图突围。他没能走远，我们的狙击手将他毙命。

这并未让余下的3个敌人偃旗息鼓。他们对我们的士兵叫嚷着，"真主万岁！"

正在那时，戴夫醒了过来。他身受20多处枪伤，浑身是血，敌人认为他早死了。他的腹部、肩胛骨和手臂均被击中。当敌人继续欢呼时，戴夫注意到他的来福枪已遭到毁坏。他拿出手枪，杀掉了余下的两个敌人。最后一个敌人转头向戴夫开火，击中了戴夫的裆部。戴夫持续扣动扳机，直至手枪里的子弹耗尽。当敌人在屋里扫射时，戴夫退掉了空弹夹，用一只手换子弹（这是我们以前多次练习过的标准动作）。他击中了最后一个敌人，敌人翻滚着倒在地上死去。戴夫试着使用他的无线电与排里的其他成员联络。他的设备已遭到了损坏，他爬向克拉克的身边，用克拉克的无线设备呼喊。

"过来吧，"他在通话机里说，"他们都死了。"

虽然受伤高达27处，戴夫还是坚持着等到了救援直升机。

戴夫和杰夫被运出了伊拉克，先到了德国，最终到达马里兰的贝塞斯达海军医院（Bethesda Naval Hospital）。那时，朴茨茅斯海军医院刚允许我出院。上尉答应我，可安排我前往参加部署。我暗下决心，只要我这边的事情处理完毕，我会第一时间飞往前线。

第四部分 锻造

我一有空，就跑去贝塞斯达海军医院看望我受伤的队友。我到那里时，杰夫告诉我，戴夫刚做完了全部检查。虽然戴夫受伤严重，但并无生命危险。他的肩胛骨碎了，击中他裆部的子弹射透了他的阴囊。这真是一个奇迹，可以让他骄傲地展示给医院中的每一个人，包括前来慰问的海军部长。

我把杰夫带出医院，请他吃了一顿大餐。吃饭中，他告诉了我那晚所发生的一切。我认真地听着。我们面对的敌人是凶残且狂热的，他们会战至最后一刻。

杰夫讲完了他的故事，我们静静地坐了一会，想着克拉克·施威德勒。我并不认识他，但我知道他的才能，他是个优秀的士兵。

杰夫打破了平静。"我唯一想的，就是能尽快回到前线。"

我看着他包扎的枪伤，感同身受。这也是我唯一想做的事情。

吃完饭，我将杰夫送回贝塞斯达海军医院，并告诉他，有需要时可以随时给我打电话。

我离开医院，再次敬畏起像戴夫和杰夫这样的人。他们在最困难的环境中表现出了海豹突击队队员的英勇精神和决心。戴夫能单手灭敌并等待救援直升机的到来，令我震惊而敬佩。

如果我处在那种环境下，我能做出同样的事吗？

驶回弗吉尼亚海岸的漫漫长路给了我充足的时间思考这一问题。

19　在费卢杰移动作战

伊拉克，安巴尔省（2007年5月）

　　结束了一个月时间的住院生活，我可以前往伊拉克了。朴茨茅斯海军医院的医生们同意我参与部署任务。我回到家中，与家人作最后的告别。几天后，我将从巴尔地摩起飞到达科威特，从科威特飞往费卢杰。

　　伊拉克在那年的春天正处于变革中，最终，在什叶派与逊尼派民兵和恐怖组织持续多年的内战状态中找到了平衡。在伊拉克安巴尔省（Al Anbar），过去3年长时间的持续公开的冲突已让这里成为了暴乱根源。富有经验的组织核心控制着这片区域，他们擅长于在道路上铺设炸弹，以对付联盟部队。

　　但是，这些炸弹的成本巨大，当地人民迫于紧急的压力已开始反感这些所谓的圣战人员。圣战者对当地人的资源掠夺与残酷管理引发了广为人知的安巴尔觉醒运动（Anbar Awakening）。逐渐地，逊尼派开始崛起，他们在初期通过与我们协作，重新建立自己的民兵组织以打击恐怖主义分子。

　　那时，美国在伊拉克的存在，是一个微妙的时期。我们需要培植安巴尔觉醒运动，同时也要打击现存的暴乱组织。这是一个棘手的任务——稍一犯错就会造成平民的死亡，就疏离城镇和村庄的民众，致使他们重新投入恐怖主义的怀抱。

　　这就是在我到达费卢杰时，我们所面临的情况。我们排开队列，我看到普林斯正在停机坪上等着我。他走上前来，热情地和我握手。

第四部分 锻造

普林斯在海豹突击队中服役了 20 年，他具有极高的领导力。他在美国南方长大，是 SEC 橄榄球队的忠实粉丝。他是个经验丰富的军官，不论何种情况，他的态度都平和且安详。他很有幽默感，懂得享受现实生活中的玩笑。他和每个人都相处融洽，且非常受人尊敬。我兴奋于我们的这次见面，如果能在他的手下工作并向他学习，那将是一件多么美妙的事情。

"很高兴你来了，雷德。我们有一大堆工作要做。"

"我早已准备就绪。"

"好的，我们还需要一个机动队指挥官。"

该走了。

当我和普林斯来到我们的营地，我的队友拍着我的后背向我发出了问候。

"肠镜舒服吗？"

"我打赌，他一定做过！"

"这真是个避免参加部署的好办法，雷德曼。"

"别担心，我们在你的悍马车上给你安装了带垫的座。"

这些玩笑是好兆头。如果海豹突击队员不尊敬你、不接受你，他们不会和你开任何玩笑。

普林斯和约翰逊长官对这里的情况非常熟悉。我们排来到伊拉克仅有一个月的时间，他们已执行了 20 多次任务。在夜间，我们的小队一直在安巴尔省搜寻暴动分子的领袖。这里的战斗非常激烈，与我在阿富汗所经历的节奏完全不同。当指挥人员为我们设定了目标后，节奏将变得越来越快。

目前，小队正有条不紊地执行任务，我的临时加入将是我要面临的巨大调整。每天的日程安排都会提前确定，伙计们对自己手里的事情应对自如。战斗的信任感也早已凝聚起来。我的加入拖了他们一些后腿，我要尽快赶上他们。

几天后，普林斯邀请我陪同参加他在费卢杰一个伊拉克警察局的见面会。我们破例在白天出发，我坐在普林斯的悍马里，当我们在这一地区的主要高速公路密歇根路（Michigan）上行驶时，他给我介绍费卢杰的地标性建筑。路上，四处塞满了伊拉克的行人和车辆。我们的司机威风凛凛地驾车穿过人群，不让伊拉克人靠得太近。如果他们靠得太近，又或者我们的枪手感到威胁，我们将会把闪光弹扔向车外以保护自己的安全。

与此同时，伊拉克的小孩会追着我们奔跑，祈求糖果。我们的枪手会在汽车行进中给他们抛糖果，这是最受孩子们欢迎的事情。

一个街区接着一个街区，闪光弹和糖果满天飞。这就是我对伊拉克的初步印象。

30分钟后，我们到达了伊拉克的警察部门。我们和警长进行了20分钟的会面。之后，他带我们参观了他们的拘留所。我们参观了拘留所的主要区域，离着铁门很远的距离，就可以闻到一股扑面而来的臭味。垃圾、粪便和人体的气味混杂着能熏死一只犀牛。

铁窗里的情景更是令人震惊。监狱大约70英尺（21.3米）高，50英尺（15.24米）宽。上百名囚犯拥坐在一起，我甚至怀疑他们没睡觉的地方。我盯着他们，他们衣衫褴褛、满脸污垢，赤脚上裹着污泥。他们的胡子乱蓬蓬的，头发又油又长。

我们来到时，一些犯人双眼盯着地面，一些紧紧地盯着我们，眼中充满了仇恨。

这就是我们面对的敌人。

当晚，这些犯人给我们上了生动的一课。这些犯人告诉了我们费卢杰附近很多暴动者的情况。他们主要分裂为三个部分：顽固的狂热主义者、忠实的支持者、机会主义者。事实上，敌人中的大多数是机会主义者（比例高达70%），他们只是希望自己能养家糊口。在家庭经济接近崩溃的状况下，基地组织成了他们的主要雇主。他们可以每月领取到额定工资，但必须去路边帮忙安放炸弹。失去正经工作的人，没有养家的其他办法，就会受雇杀美国人和其他伊拉克人。

第四部分 锻造

当我们抓住他们的时候，他们无一例外地祈求宽恕。他们不想失去自己的家庭，一想到即将在这样的监狱服刑，他们吓坏了。他们会对我们的领导倾诉衷肠，尽可能地为自己争取减刑的可能。

忠实的支持者占有总人数的20%，他们惧怕什叶派对逊尼派的暴虐统治。他们并非伊斯兰圣战主义者，他们并不信仰基地组织的宣传。他们只是与圣战主义者联合，从而获得技术、供给和武器装备。他们会与我们战斗，但他们惧怕死亡。当被我们包围时，他们会选择投降，然后配合我们做他们能做的一切事情。在开始阶段，他们会和我们格斗、反对拘留、诅咒美国。但最后，在生命的威胁下，他们会屈服。

如果这20%的人构成了暴动分子的外围，那么剩下的10%的那部分人就是他们的核心和大脑。这些人是狂热的圣战主义者，他们丝毫不惧怕死亡。他们会说服其他男人、女人，甚至是孩子，牺牲自己的生命开启自杀式爆炸攻击。他们甚至会使用有智力障碍和身体残疾的公民作为自杀式人体炸弹，在另一地区，他们曾用这种方式企图除掉一位重要的警长。

他们是炸弹的制造者和高级领导者。他们绝对忠诚且受过专业的战术训练。在克拉克牺牲时，我们任务单位所面对的敌人应该就是这样的一群人。

当我离开伊拉克警察局时，太阳已落到了地平线以下。我想了想接下来的任务和我们要面对的敌人。我心中再次泛起了囚犯眼里的怒火，我认识到这次的任务部署非常艰巨。我必须专注于自己的任务并履行自己的职责。

第二天晚上，我被分派掩护一名叫克莱默·雷德曼·杰森斯（Chris Cramer）的下级军官。他和我与普林斯有过类似经历，都曾服役过海军。雷德曼·杰森斯是个大家伙，他身材并不高，但他的肌肉像砖头那般结实，体重足有230磅（104公斤）。他来自南方，很有幽默感。我们相处非常融洽，他很热心地帮助并配合我协同工作，期望自己以后能转到突击队。

雷德曼·杰森斯为我勾勒出了费卢杰周围的情况。这个城市自2003年以来，一直是安巴尔省的暴动中心。2004年，为争夺本城的控制权曾发生过两场战斗。美国海军陆战队参与了第二场战斗，我们的第1骑兵（First Cavalry）和第1步兵师（First Infantry Division）都参与了进来，他们对这个城市进行了一间屋子一间屋子地排查。

费卢杰发生的所有战斗并为这里带来和平。反而，倒让暴动分子越来越适应这里的战争，他们变得更加狡猾且更富有经验。他们认识到，与美军的先进装备作正面对抗，无异于自取灭亡。所以，他们转向利用徒步或车载的人们进行自杀性炸弹袭击。同时，他们在道路上还搭配铺设了成百上千的炸弹，迫使美军不断改善并升级自己的反简易爆炸装置（IED）的技术。

到2007年，活动在费卢杰周边的敌人的装备已先进到了令人怯步的程度，他们甚至能使用红外线瞄准技术和手机远程引爆炸弹技术。他们还会安置压力板，当我们的车压在上面时就会引爆炸弹。伊朗人也开始为伊拉克暴动分子提供爆炸成形炸弹。这是本次战争中，美国所面对的最致命的炸弹。

我们的一个兄弟小队在巴格达外的萨德尔（Sadr）执行任务时，遭遇了一枚爆炸成形炸弹的袭击，我们牺牲了3个队友。杰森·刘易斯（Jason Lewis）、史提芬·多尔蒂（Steven Daugherty）和罗伯特·麦雷德曼·杰森尔（Robert McRill）。此外，还有个队友在这次炸弹袭击中严重受伤，他失去了一条腿。

部分路边炸弹具有指令引爆功能——有人观察目标区域，并可手动引爆炸弹。不幸的是，许多伊拉克平民在这些机关中丧生。排除路边炸弹威胁是机动队指挥官最重要的责任，这要求我们要与排爆（EOD）专家紧密合作。我们需要掌握第一手信息，哪条路还未排雷，哪条路已经清理。一旦发现危险地区，我们必须找出进出目标地区的最佳路径。

我们的这项任务由于伊拉克复杂的公路网而变得无比困难。全球定位系统、空中摄像和纸版地图几乎得到统一。有时，在地图上标注的地段与实际公路完全不符合。一些新的道路和小径几乎无法在地图中找到。有时，道路是存在的，但却被地方权势或暴动者阻断，无法使用。

这里的很多道路未被命名，也很难看到标识牌。在这里，我们不得不依靠导航软件、模糊地标，小心谨慎地行进。这种复杂的情况给我们带来了很大的困难。

两次任务之后，普林斯告诉我，我被任命为机动队指挥官。克莱默·雷德曼·杰森斯将坐在我车上的后排，为我提供参谋并在必要的时候与我替换。这属于我们的内部调换。

我们被分派了一个费卢杰商业区中心地段的任务，乔兰（Jolan）地区长久以来都是暴乱活动的温床。此地区地处费卢杰的西北角，幼发拉底河沿线。乔兰公园中心的清真寺就是暴动活动的指挥中心。

根据雷德曼·杰森斯的建议，我预先设定好了目标路线。我们要穿过乔兰拥挤的马路、死胡同和狭窄的干道。这里是突击者的天堂，有几十处天然的屏障。雷德曼·杰森斯为我指出了几处最危险的地点，我制定了一条绕过它们的线路。我们完成路线设计并经雷德曼·杰森斯审核后，我们将它上传到了我们的指挥系统中。

我坐在了自己的座位，戴上了耳机和话筒，检视了所有的车辆指挥员。他们依次用无线电报告，每人都做好了出发前的准备。

雷德曼·杰森斯拍了拍我的肩膀说，"好了，兄弟，我们干活儿吧。"

夜晚，我们沿密西根大道行进。为了行军隐蔽，我们都熄灭了车灯。我们通过夜视镜观察道路和目标，世界沐浴在浅绿色的辉光中。散落的几处窗户点着灯火，黑暗笼罩着大地。费卢杰的晚上会实施宵禁，这意味着，在道路上出现的车辆不是朋友就是敌人。实际情况却更加复杂，伊拉克人经常无视宵禁。这无疑加大了我们甄别敌友的难度。

行进中，我们还能用鹰眼（Falcon View）为我们的道路定位。这是一项非常杰出的发明，它可以大大增强我们的战斗力。鹰眼在悍马的中控突起的显示屏上显示了经电脑处理后的道路的实时图。唯一的缺点是，通过卫星定位数据，偶尔会出现因信号带来的滞后现象。在这种时候，经验就显得非常重要了。

在我们从密西根转弯前往乔兰地区时我比照了一下地图，我们即将置身于一堆房屋、荒芜的田地和毁坏的建筑之中。

我听着话筒中传来了枪塔射手的谈话，在我们向目的地靠近时，他们时刻警惕着保持火力覆盖的观察。那夜，我们有很棒的车辆，我们的射手保持着极高的警惕。乔兰是费卢杰最危险的地方。

在我们转弯时，我的导航系统（鹰眼）突然闪烁起来，随后空白了几秒钟时间。当它重新显示数据时，告知我们继续直行。

"怎么回事？"

我们本应在一两个街区后再次转弯，但我仍分心于鹰眼的故障。

杰森斯看到了这一切，说，"有时，导航系统会出现故障。你在转弯前，最好多等待几秒钟的时间。"

我回头看了看路，我已经走错了方向。

我向普林斯报告了我们的情况，他是我们的地面部队指挥官，正载着一些机械设备跟在我们身后。

"道路正确吗？"他问。

我再次核对了显示屏。"不对，我们偏离了一两个街区。我和雷德曼·杰森斯正试图解决这个问题。"

我提出我们应该绕回刚才的线路，雷德曼·杰森斯也表示同意。我们在下个路口拐弯，这里的道路非常狭窄，周围的废墟变成了一排排三四层的建筑，我们仿佛进入了一个峡谷。我们的射手开始紧张起来。

话筒里，一名射手平静地说，"我想，我们不该来这儿。"

有人插话道，"多萝西（Dorothy）？我们不是在堪萨斯吗？"

通过这个故作镇定的玩笑，我知道，我们正处于一个不妙的境地。雷德曼·杰森斯倚着座椅，仔细观察着我们周围的建筑。

第四部分 锻造

这里是一个理想的伏击地段。我给我的驾驶员下达了新的指令,避开稠密的城市地区,直接驶向一个叫黑水桥的地方。

从夜视镜里盯着黑水桥,我感到后背一阵凉意。

"雷德,把我们带出去。"普林斯在无线电中说道。

我开始研究鹰眼,试着找到最佳线路。这就像盯着一个迷宫游戏,你必须找到可以出去的唯一通道,除此之外别无选择。潜伏在附近的敌人,也许已经觉察到了我们的存在。

雷德曼·杰森斯说,"嘿,兄弟,在3点钟方向掉头,我们离开这个鬼地方。"

我将他的话传达给了其他车辆指挥员,所有9辆悍马同时执行这一掉头动作。我再次带着队伍进入了城市,我们的射手紧张地注视着建筑的屋顶。这次,我听取了雷德曼·杰森斯之前提出的建议,确认导航系统数据准确后行动,避免再次走错线路。

我们按计划线路前进并到达了目的地。这个地方路面不像我们在黑水桥掉头处那般狭窄。这里的大多数房屋为两层结构且带着庭院、高墙和大门。突击队下车进入院子,我开走悍马在街区周围设置警戒线。一切安顿就绪后,突击队开始搜寻建筑物内的可疑人员。

我们的射手瞄准了屋顶上的活动物体。有人冒出了头,又快速消失了。

"二层有人,东北方向!"一个射手呼道。

我意识到,黑暗中似乎有多双眼睛正盯着我们,我感到了紧张。但又一次,我看到了自己身边的伙计们的镇静。他们保持着平静,并快速通过无线电确认潜在威胁的位置。那晚,敌人没有选择进攻,他们只是默默地观察。同时,我们的突击队挖出了我们要找的坏蛋,完成了这次突击任务。

我们穿过城市沿原路返回,我们已到达密西根大道。雷德曼·杰森斯指着一些马路边挖出的泥土让我看,那是暴动者埋路边炸弹的地方。很幸运,我们发现了它,但这也是对我们最好的提醒,谨慎小心才是我们得以存活的唯一办法。

当我向上级汇报这个行为任务时,我感到了焦虑。这是我在伊拉克参加的第一次任务,我似乎做得并不完美。他们会把我交给处罚部门吗?

我们一步一步地复盘了这次任务的所有过程。当复盘到行进路上那个拐弯的路口时,我听到了很多的低声议论。此时,雷德曼·杰森斯站了起来并为我打抱不平。

"出了故障,当时的情况是,鹰眼出了几秒钟的故障导致我们走错了路口。雷德做出了最大的努力,使我们回到了正确的航线上,只耽搁了不到一分钟的时间。"

另一个家伙说,"哦,这可不是一个好地点。"

我无言以对。

在总结汇报完毕后,普林斯向我走了过来。"嘿,兄弟,这些事无法避免,"他告诉我,"提前做好准备,吸取教训。"

我记住了他的话。这是战争中时常发生的事情,普鲁士的军事家卡尔·冯·克劳塞维茨(Carl von Clausewitz)称它为"战争迷雾"。直到你遇上它不会再第二次犯这样的错误了,我会记住到达目标的路线。如果,你才有机会意识到它原来是个潜在的问题。我再次出现鹰眼故障,我要学会依靠周围的地标确定自己的位置。

第二天晚上,我查看任务板时,我看到我又被安排为机动队指挥官了。

之前出现的困难小插曲似乎已离我而去。

随着战争的深入,我慢慢意识到伊拉克与阿富汗有许多不同。两国的人民不同,地形不同,我们不得不调整预定战术以更好地适应这里的情况。在费卢杰的城市扩张区和安巴尔的乡村区域,作为机动队指挥官会面临艰巨的挑战。在阿富汗的经历并不会对我产生太多帮助,我必须认真地在每次任务结束后进行总结学习。我求助于身边有经验的任何人,并努力地投入到自己的工作。

第四部分 锻造

有付出就有回报。我已执行了 7 次机动任务了。感谢上帝，在我导航前往目标执行任务时，从未在行进路上遭遇炸弹的袭击。

队里的家伙们从不会停下自己的嘴，甚至在任务中也是如此。挑逗性的玩笑和讽刺，在车辆和话筒间传递。这是战斗中的士兵特有的一种减压方式。我一直是玩笑和俏皮话攻击的对象。现在，我也开始加入他们，开始了自嘲。

一天早上，当我完成任务汇报时，普林斯向我的方向走了过来。

"雷德，明天我们要和海军陆战队执行一次联合任务。他们将作为机动力量配合我们，所以，你将会执行突击任务。在这次任务中，你将担任代理现场勘查指挥官，但我希望你能同时做好突击队指挥官的工作。如果一切顺利，你将与雷德曼·杰森斯轮流担任突击队指挥官和机动队指挥官。"

突击队指挥官要对有关目标的一切事务负责。在海豹突击排中，这是初级军官最困难、最复杂的领导岗位。我在这次任务中，我获得了这个机会，说明我已赢得了长官和队友们的极大信任。

那天，我记起了彼得森在游骑兵学校和我的通话。

如果你有值得伙计们尊敬的地方，你就能重新赢得他们的尊敬。

和海军陆战队的这次联合任务是棘手的。住在费卢杰南部小镇上的两个伊拉克兄弟被认定是基层组织的核心成员，他们承担组织安放路边炸弹的工作。海军陆战队希望清除这些炸弹并解决那两个伊拉克的罪魁祸首，所以我们的指挥在炸弹周围圈定了一个目标区域。

我们从基地出发，乘坐海军陆战队驾驶的无武装净重 7 吨的卡车，这与我们改良的武装型悍马区别很大。到达那里之前，普林斯和陆战队指挥官决定让行动更加隐秘。我们将卡车停在目标区域外 1000 米的地方下车步行。那晚，我对陆战队排查炸弹的尊敬倍加。

我做完最后的装备检查，安静地看着黑暗中的伊拉克之夜。与此同时，我们的战友也在检查自己的装备。通过手势告知我们，所有人即将出发，开始向我们的目标搜查前进。

脾气不好的爱尔兰人帕特捶了捶我的胸，低声说，"我们靠拢一点。"

他行动起来，他是我们搜寻排查小队的主力之一。我们分散成战术队形，各小队之间大约相隔10码（9.14米）的距离，我们穿过荒芜的沙漠景观向着小镇的方向推进。这个小镇的四周由沙海包围，小镇成了点缀地平线的唯一，我们从900码（822米）外的地方慢慢地向它靠近。我们安静地移动，就像猎食者狩猎那样。

几只狗窜进了我们的队伍。伊拉克的野狗四处游荡，有时，它们是我们的最大威胁，它们的叫声会引起其他人的警觉。紧急时刻，我们会用消音的MP5冲锋枪放倒那些叫声太大的狗。

当我们越来越靠近镇子时，短暂地停了下来，观察附近的区域是否存在移动的目标。一切正常，我们降低噪音继续前行。最后，我们进入小镇的中心。此时，速度成为了关键，我们加快了脚步。心怦怦乱跳，我们变换了队形，开始对目标房屋实施突击。

我们一边奔跑，一边变换队形，轮流覆盖打击目标范围，火力覆盖小镇广场的每寸土地。我们没有任何发现，没有敌人出现，没有敌人向我们开火。我们做好了准备，如果受到伏击，我们能在一瞬间做出反应。

"注意高处、注意低处；左边高处、左边低处；搜查右边建筑、搜查左边建筑；覆盖道路、覆盖屋顶、检查窗户、武器时刻准备着。"

我们早已把这个战斗芭蕾背得滚瓜烂熟。平时的训练使我们可以像读懂特殊语言那样领会其他人的动作含义。我们的视觉、听觉，甚至嗅觉，都提高到了最高警觉。我们距离目标越近，危险越大，发生突发事件的可能性就越高。

海明威曾说，"世界上没有任何事可以与捕猎人捕猎相比，那些专业捕猎人乐于此道，且不会在乎其他东西。"我知道，处于这种情

第四部分 锻造

况的边缘是会上瘾的。

第一突击小队与我们散开，并计划在目标地会合。我们的一个伙计错误地跟着他们离去了。我们没法通知，也没时间去找他。他静静地消失在另一队列后面小径的黑暗深处。

我的突击队保持移动状态。我们的目标是第二排建筑第二个房屋，距我们现在的街道大约十几米远。我们在移动前进时，上半身像坦克的大炮一样转动着，搜索着周围可能会出现的任何威胁。

我们到达第二个房屋的门口会合，没有语言和任何多余的动作。我们的安全小队散开并覆盖了房前的区域，我们的开道人员将爆破装置放在了门上。完成安装后，我们等待着第三小队到达他们的预定目标。这样，我们能同时攻击这三处目标。

时间一分一秒地过去，第三小队按预定时间到达了最远端的房屋。"全部就位，准备"，我听到3个突击队指挥官完成最后检查的声音。接下来，我听到了普林斯发出的命令。

"三……二……一……行动……行动……行动！"

他的话音刚落，3颗炸弹几乎同时爆炸。爆炸的碎片还未散落地面，我们就冲进了屋子。

我们从主屋通向楼梯直达屋顶。

到目前为止，一切正常。各小队分别清查了其他的屋子。

一个小走廊的壁龛在我们的右后方打开了。注意警戒，保持移动，退回队列。拿起武器，手指放在枪栓旁，准备好射击，以免出现意外。确认威胁、清除右边、清除左边、清除全部，下一间屋子。

当我们排查目标的时候，我要检查隐藏地点和隐藏物。

我们转进了卧室，与几个伊拉克人相遇。在他们反应过来之前，我们已将他们放倒在地并绑上了双手。我们控制住他们后，会在第一时间确认他们的身份。

"有人睡在院子里，"我听到有人用话筒呼道。

我和阿尔·乔利埃特（Al Joliet）冲到厨房旁的后门。我们突击的这三处房子都贴近这一公用空间。我看到一张床里有两个人：一男一女。伊拉克人通常会选择室外睡觉，因为那会让他们感到更凉爽。

床的旁边放着AK枪。床上的男人坐了起来，正试图拿枪。开枪吗？另一小队负责的另一个目标建筑就在他的身后，在一条射击线路上。开枪也许会出现误伤，我们只能硬着头皮快速冲去，用武器震慑他们。伊拉克男人意识到危险，举起了自己的双手。我们把AK枪踢到了一旁，并将他和他的妻子绑上。我看了一下他的脸，立刻认出了他。他就是海军陆战队迫切要找的伊拉克两兄弟其中之一。

确认周围居民安全后，我们对这三间房子进行了全面搜查。在密室中，我们发现了一个空的火箭助推榴弹弹头和一捆汽车交流发电机。这两兄弟打开了火箭助推榴弹弹头，取出其中的炸药以制作更有威力的炸弹。他们利用交流发电机的线材的原料连接炸弹和雷管。

在这个院子的其他地方，我们还找到了铜线和其他的炸弹制作设备。

我们完成搜查后将所有证据汇总。然后，我将犯人们集合起来，押送回费卢杰的营地和拘留所，希望以后不会再在街上看到他们。不幸的是，伊拉克的法庭的执法力度不强，犯人们经常会被简单处理并在短时间内得到释放。

普林斯对我进行了夸奖，"干得不错。"

我明白，我只需要保持谦虚、专注，坚持做好自己分内的事情，不要对自己不能控制的事情过分焦虑。

完成行动报告后，我就回房睡觉了。这时，中东的太阳划破了地平线，清晨的大火炉跳了出来。我爬进床，神清气爽，我已经很久没有这种感觉了。

―――― 第四部分 锻造 ――――

20　两次任务

伊拉克，安巴尔省（2007年6月）

经历了这次成功的突击任务，我学会了混合编队的作战特点。我们几个排轮流替换执行机动作战和突击作战任务。埃里克·达比在我们的兄弟排与普林斯在我们排的职责相同。埃里克是名学院派军官。他5英尺10英寸（1.77米）高，170磅（77公斤）重。他的头发是黑色的，后背上有个很大的红狗文身。他的绰号"红狗"就是因此而得名。埃里克的性格较为内向，一旦他放开了性子，你会感受到他的幽默感。当埃里克的排并安排为机动排时，我们就会被安排为突击排。每周，我们会进行职责互换。

我们有永远也干不完的工作。通常，我们的任务都会取得成功。有时，我们会跑到"干井"（dry hole）里，这说明我们得到的情报有误，或者我们追踪的坏蛋已提前离开。不过，大多数时间，我们会找到我们的目标。

在接下来的几周时间里，我们执行了几十次任务，我们逮捕了数位重要的基层领袖，包括一个很有影响力的基地组织的金主。情报人员告诉我们，为了保护他的安全，我们会遇到自杀式爆炸和拼死抵抗。我们为这次任务准备了两次行动预案，并计划乘直升机空袭至目标地区。每次，预案都会由各种原因被取消。当我们递交第三次预案时，被批示通过。我们受命出发，登上了飞机并沉浸在兴奋之中。我们特别盼望进行一次大战，在经历了一段短暂的飞行后，我们降落到了地面，我们都非常兴奋。

很幸运，我们并未遇到太多阻碍，在我们的突击队冲进目标屋后，敌人就投降了。我们确定了他的金主身份并将他押去了审判庭。这次的成功实在太顺利了，我们进攻太突然并用了强劲的武力，以至于敌人没有时间和精力反抗。

节奏是紧张的，在土拨鼠日那天，几个任务接踵而至。其中一些非常紧迫，例如我们的"DUST-WUN"营救计划。"DUST-WU"是士兵下落不明的缩写，这里特指在战斗中失踪的人员。在我们来到伊拉克之前的几周，暴动分子抓获了一名海军陆战队员和一名美国陆军士兵。

找到并拯救这两名美国人的努力从未停止。所以，当我们接到情报称他们现在正处于安巴尔农村地区的一座废弃的建筑物里时，长官毫不迟疑地派遣我们前往救援。对我来说，没有比这更重要的任务了，能让他们回家使我们的工作有了特殊的意义。

当我们登上黑鹰直升机时，我记起了查理·温盖特（Charlie Wingate）给我说的话：

雷德，我必须告诉你，我一直对你很好奇。我最大的疑问是，你为何加入海豹突击队？

几年前，我曾经迷过路，但通过上帝的帮助以及自己的努力，我看清了自己的缺点并赢回了兄弟们的信任。在我 18 岁的时候，我可领悟不了这些道理，但现在的我彻底明白了。在我们的部队里，没有比受命营救美军士兵或公民更重要的命令了。正因为如此，我们才能成为世界上的超级大国。如果你是美国公民，当你遇到危险时，国家会尽其所能为你做任何事，派世界上最优秀的士兵带你安全回家，将那

第四部分 锻造

些伤害过你的人绳之以法。这也是我们必须承担的责任。

我们离开直升机后,又快又狠地攻击了目标。这是一个拥有多个建筑的院子,院子附近有个采石场,采石场的旁边有条河流。主建筑除了一排排的砖头和金属外,什么都没有。我们很快就摸清了这里的情况,开始搜寻我们失踪的同胞。完成主建筑的搜寻后,突击队散开搜查院子的其他地点。我带着我的小队去了一组建筑,我们闯了进去,什么都没发现,好像这儿已经很长时间无人居住了。翻开了几堆碎片后,我们发现了地面上的一个木板。木板下似乎还有一个小屋,我们对着地下的小屋大声喊话。

我们的排爆人员正对采石场做全面搜查。我和帕特·多纳休用神火手电筒绕着木板搜查,寻找任何存在陷阱的迹象。接下来,我让我的小队到建筑外的水泥墙后继续搜查。在他们离开后,我再次认真地重新检查了一遍。我考虑着是否将排爆人员叫来。我的大脑正快速运转——有时,敌人会给我们一个错误情报,并以此为诱饵给我们的行动队实施打击。他们通常会在建筑物内安放炸弹,并设置为一个陷阱。

最终,那个木板是外屋唯一剩下没有检查的东西了。我仔细地绕着它转,仍没发现可疑的迹象。

别慢吞吞的了,掀开木板。

"好,我马上处理,"我对队员说道。

我跪下来,抓起了木板。

一个金属状的东西出现在我的眼帘。

一个炮弹,我震惊不已。

仔细观察后,原来是个空弹壳,危险排除。

正在那时,一只黑蝎子从弹壳里疾跑而出。它个头很大,8英寸(20厘米)长。它让我的心咯噔了一下。我跳了起来,踩在了它的上面。

我呼叫说,一切正常,大家都松了一口气。当我走去和小队会合时,我告诉帕特,我看到了炸弹和蝎子时的感受。

他笑了起来,并和我开起了玩笑。

"真娘儿!"

很不幸,这次任务是个"干井"。那天晚上,我们排并未发现失踪的美国同胞的任何踪影。我们无精打采地飞回了费卢杰营地,盼望着下次能有好运气。

在卡玛(Karmah)镇的基地组织分支不断制造麻烦。如果想要安巴尔觉醒运动取得成功,这个网点必须取缔。

我们了解到卡玛镇近郊的一个乡村是基地组织分支成员的藏身处。这个雄心勃勃的任务要求我们拿下整个村子,并对那里的30户人家逐一排查。

为了拔掉这颗钉子,我们需要每个参加联合特种作战任务(Combined Joint Special Operations Task Force)的海豹突击队员全力以赴。与我们协同作战的,还有一队伊拉克警察和一个排的伊拉克陆军特种作战部队(共计70人)。武装直升机会给我们提供火力支援,运输直升机也会为我们提供帮助。

我们像切馅饼一样对这个村子进行分划。馅饼的每一部分都是任务的一个不同阶段。每块馅饼又按建筑物的类型被分为几部分,每个突击队负责清理和搜查其中的一个部分。这是一个高度复杂的计划,它要求多部队之间的协作沟通必须到位,以确保不会发生友军误伤事件。

当天晚上,我们登上了直升机低空飞行,我们穿过沙漠前往村子。我对这里的建筑区域、院子、树丛都很熟悉,这要感谢指挥部为我们提供的航拍图。帕特是完成这次任务的重要人物,我对他的加入非常高兴,这个愤怒的爱尔兰人似乎自身携带了内置的GPS。

直升机降低高度,我们下至地面。一个站岗的暴动分子从他所在的房子那边向我们射击。随后,他带着他的AK-47窜入了附近的树丛。几秒钟后,他被我们的狙击手击毙,子弹正中前额。

敌人已察觉到我们，游戏开始了。我们按划定馅饼方案的逆时针方向袭击村子。如果我们需要的话，每个小队都能呼叫空中支援。

帕特很快带领着我们来到了我们负责的建筑区域，并在门前分散开。我与门之间有个窗户，所以我打碎了玻璃，往屋里扔了颗闪光弹。闪光弹被引爆后，我们冲进了屋子。我从大厅转到墙角，我看见了一个两岁大的孩子。他站在门口，惊恐万分，呼喊着妈妈。我低头看着他，想到了自己的孩子。

如果半夜发生这样的事情，我的孩子们会有多害怕？

我丢下了这些念头，从男孩的身旁进入了另一间屋子并看见了他的妈妈，她恐惧地叫喊着，泪流满面。

她的丈夫一直在这个房子里制造炸弹。在发现了他储藏的物品和设备后，我们逮捕了他。同时，我们还控制住了其他几个犯人，并将他们和普通老百姓分开后继续前进。在这个过程中，我们发现了更多的坏蛋和更多的武器弹药藏匿点。我们发现了假墙和隐藏的活板门，里面放满了来福枪、俄制突击背心、作战装备，炸弹和其他制作炸弹的设备。在一间房子里，我们发现了一个刚制作完成的正等待着被安放的炸弹。

那些被我们逮捕的人脸色阴沉、愤怒，充满了反抗意识，他们属于忠诚抵抗的那20%的人。他们非常清楚我们对待俘虏的规则，并能合理利用这些规则。

在另一个突击小队，我的战友弗兰克·科林斯（Frank Collins）就遇到了这样的麻烦。当他捆绑一个特别具有挑衅意识的伊拉克人时，那人挥拳打向了他的脸。他一拳打在弗兰克的夜视镜上，夜视镜陷进了他的脸颊，留下了深深的血痕。弗兰克不能用子弹还击，他只能选择将这个伊拉克人的脸贴向地面并反绑双手。我们快到早晨才完成了任务。这次搜查，网获了许多有用的情报，我们逮捕了一些有名的坏家伙和一批反抗者。对我们来说，这都是一次复杂的任务。能够顺利完成如此复杂的任务，感觉真是太棒了。

任务汇报完毕后,我和队友们前去食堂吃早饭,我们还处于刚才的兴奋之中。我们在这里已 6 周时间了,一切顺利。这也许导致我放松了警惕,我对自己的审视放松了并为此付出了代价。

第四部分 锻造

21　学会接受批评

伊拉克，安巴尔省（2007年6月）

我们在费卢杰商业区执行了一次抓捕/击毙任务，这次轮到我担任机动队指挥官。

当我们开进费卢杰时，一辆汽车出现在了我们的前面，离我们有一段距离。因为本地宵禁，我们怀疑那是一辆民车，但暂时还不能确定。最坏的事情发生了，我们遇到了一个汽车自杀式爆炸。我们的海军陆战队在费卢杰附近偶尔会碰上这样的袭击，这种袭击几乎是毁灭性的。由于特种作战任务部队的高效率，我们成了暴动武装的首选目标。

我们停下车来观察这辆车的情况。它在距离我们大约500米远的地方也停了下来，别的一些车辆堆在了它的后面。我们从任务前的简报上了解到，那晚海军陆战队也在费卢杰巡逻。我想，那说不定是海军陆战队的护卫车辆。按照约定，友军碰面时我们设有标准的车灯信号识别动作。事实上，敌人也会观察我们的动作并学习模仿，以便更好地靠近我们发动自杀式爆炸，他们也会试着复制我们的信号。鉴于此，我们也会不定期地改变自己的操作程序。

机动队指挥官的职责包括检查我们队现行的信息通讯，保证我们使用的是最新的方式。昨晚，我进行过检查，并未发现我们的通讯信号作了更改。

我们发出了身份确认的信号灯，但并未收到前汽的回应。我们又试了一次，依然没有反应。我们继续等待，我相信我们的枪手正摩拳擦掌,他们渴望战斗。

每次任务,我们都带有一架高功率的镭射枪,我们称其为"绿线"。这不同于大多数的镭射枪,只能通过夜视镜看到射线,它可以通过肉眼观察。

我们用"绿线"瞄准前方的车辆。这是规定动作,表示对抗升级。艾瑞克是这次行动的长官,我将当下的情况作了汇报。我们坐等在那里,汽车并未熄火,仍未收到任何回应。

我坐在那儿,感到纳闷,思索着下一步的行动。我应该将对抗升级吗?正在那时,为首的汽车用正常灯光回应了我们。这是正确的步骤,是我们刚才发出信号的回应。

好!自己人!对方车辆向我们开来。当他们走近时,我们认出是海军陆战队的悍马。一分钟后,他们驶离了密西根主路,开往离我们不远的陆战队基地(FOB)了。

危机解除了,我们双方都驶离了相遇点,我并未多想。我们按计划袭击了城里的目标,之后返回。

我们停放好车辆后,普林斯正等着我。"嘿,雷德,保罗想要见你。"保罗·埃里克森中尉指挥官是我们任务单位的长官。

嗯。怎么了?我寻思着。

我苦思冥想,自己做错什么了吗?

我和普林斯一同去了埃里克森长官那里。刚踏进他的办公室,我就察觉出他的不高兴。事实上,他非常生气。坐在他身边的是埃里克·达比。我不清楚出了什么事,但我知道,我将会遭到严厉的训斥。

"今晚到底发生了什么?"他问。

"什么?"我一头雾水。

长官告诉我,一名负责本战区的海军陆战队上校今晚愤怒地将他叫了去。很明显,通讯信号今天已作了更改。

我们没有使用正确的信号,这让上校感到生气。之后,当我用"绿线"瞄准他的车辆时,上校勃然大怒。他认为,这等同于对他开火,他对我们的冒失行为感到愤怒。

当埃里克森指挥官冲我发火时，我的后背直冒冷汗。我现在已明白了事情的原委。是我们出发前，或者正值信号更改时间，或许是我的大意疏忽了。更要命的是：我已把事情搞糟了，并惹恼了上校。

埃里克森继续宣读对我的警告。普林斯和埃里克也很不悦。

我想到了本次部署我所获得的成功，以及我重新赢回的伙计们对我的信任。我不能这样失败。

我本应通过承认错误、道歉、接受批评，来化解当下的危局。吸取教训、继续前进，就像我从阿富汗以来受到的所有教训一样。但事实是，我的老毛病又犯了，我反抗了这一尖锐的批评，这是我多年来的致命弱点。

"长官，我昨晚出发前已做了检查，并未看到信号更改，"我反驳道，"我对此情况并不知情。"

我能看到我的回应令他们很不高兴。我继续说道，"当时，我们并不知道他们是自己人。我们怀疑，他们是违反宵禁的伊拉克人。"

保罗喊道，"闭嘴，雷德。你既然知道海军陆战队今晚在费卢杰行动，你就应该在出发之前就仔细检查并做好一切出发前的准备工作。这次事件的重点是你将'绿线'对准了自己人，这件事情非常严重。"

我看了看普林斯和埃里克。他们都直视着我且非常生气。一刹那，我头脑中闪现出了阿富汗时的场景。同样的事情，又一次发生了。我是不是又做错了？

我感到一阵恐惧。我的职业生涯正处于关键时刻。即便之前我做得再好，一个错误也许就能将它毁灭。我又进入了自己的5%的失控情况了吗？不，话没说清楚。如果通讯信号已更改了，为什么没人通知我们？我努力地试图脱罪，表现出了更加强烈的反抗。场面充满了火药味。

埃里克·达比突然插话道，"嘿，杰森，你下了个坏命令。"

我转向他，还未来得及开口，他提高了音量说道，"你可以闭嘴了。"

就这样,阿富汗的噩梦又来了。他的话使我不知所措。之后,任务单位长官解除了我的一切职务。这时,我平静了。在埃里克的话后,我还能说什么呢?

我借酒浇愁,回忆着刚才发生的事。一瞬间,我好像站在了悬崖的边上,无尽空虚。上次阿富汗的任务后,我曾从这个悬崖摔了下去。

不,我不能重复昨天的错误,绝对不行。

有什么办法吗?我怎么解决这个问题?

不要让对错误的反应毁了你和战友之间刚建立好的关系。

我又一次被自己的缺点打败了。

那天稍晚一些时候,我去食堂用餐。我端着饭碗,看到了阿尔、埃里克和普林斯在一张桌上用餐。

"你们介意与我同桌吗?"我问。

普林斯点了点头,我坐了下来。伙计们是友好的,埃里克却似乎不太高兴,我深深地吸了一口气。

"我知道我被大家盯着,每个人都在看我的笑话。我的职业生涯已处于危局。我承认,之前的我已取得了很大的进步,但这次我出了错,我放松了警惕。我刚才应该承认错误,可我太固执了,一直为自己辩驳。我本应对自己的行为道歉,可我却把它搞糟了。"

阿尔第一个说话。"嘿,小伙子,保持住你现在的状态就行。"

普林斯说道,"雷德,你活儿干得漂亮,但你不愿意接受批评。有人给你提建议,你应该虚心接受。我们在帮助你成长,让你成为更好的领导。你犯了错,我们全都有责任。事情已经发生了,下次吸取教训吧,加油继续前进。"

"我明白了。"我说。

埃里克对他们的评价点了点头,但我敢说他并未原谅我。

我回到营地后,直奔埃里克森的办公室。

"保罗,你有时间吗?"

他让我进了他的办公室。

我把心里的话都向他重复了一遍。这次，我不找任何理由，我告诉他，下次我不会这样反驳了。

"雷德，你是好样的。保持住现在的你，不要担心过去发生的事情。你必须学会如何接受批评。伟大的领袖在犯错误后也会认识错误、承认错误并吸取教训。"

"你说得对，这是我最大的缺点。我非常清楚，只是偶尔我会被成功冲昏头脑、放松警惕。我以后一定避免这样的情况发生。"

"好，雷德，保持住你现在的状态，出去吧。"

我走出了保罗的办公室，大大地松了一口气。

灾难避免了。

保持谦虚，千万不能忘记。

我再次想起了《孙子兵法》中的话，"知己知彼，百战不殆。"

知己，意味着你要在所有时间里关注自己的言行。

这点必须引起我们的高度重视。

"嘿，雷德！"当我回到营房时，一个伙计叫我。

"你胆子不小呀，敢将枪口对准海军陆战队？"

我禁不住笑了起来。

今晚没有任务。所以大家在营房中打起了扑克牌。和往常一样，我打牌总缺运气，又输了20美元。缺乏赌运，这也许是我的另一个弱点吧。

22　卡玛镇的激战

伊拉克，安巴尔省，
费卢杰东北部卡玛镇郊区（2007年6月）

　　之后的几周，我们执行了多项任务。每次，我们在确认友军车辆时，他们都会拿我取笑一番。我丝毫不在意这个问题，似乎之前的"绿线"事件从未发生。我注意到，埃里克仍未能完全原谅我。我想，只要我保持专注，最终，他一定会消气的。即便不会，至少我做了自己该做的事情。

　　6月底，我们受命回到卡玛镇。当看完简报后，我知道，我们即将去往狮子洞。我们的情报人员详细地介绍了那里的情况，我们长期追踪的一个重要敌人领袖经常来我们当晚准备奇袭的院子。他的随行人员装备精良，安保细节组织严密，也许一些人还穿着自杀式背心。

　　卡玛镇对我们来说，如芒刺在背。这里自2004年后，就变成了暴动分子的避难所。在这个仅有1500人的沙漠小镇，他们制作炸弹，将武器弹药走私到整个安巴尔省基地组织的其他地方。他们输送的一些弹药甚至贴有纳粹标记——伊拉克人于1942年战败后，安巴尔省的人民开始储藏枪支弹药，以等待未来的战争。他们的基层组织在费卢杰安放炸弹、伏击海军陆战队、作自杀式攻击。他们炸死过地方政府官员，用满载炸弹的车袭击附近基地的大门，经常折磨被他们发现的为联军工作的人。卡玛镇的任何公民，只要是有反基地组织言论的，都会被暗下处死。卡玛镇警长的死就是他们杀鸡儆猴的手段，警长的车被300

第四部分 锻造

磅炸药炸飞。基地组织控制着卡玛镇。

今晚，我们要冒险开车穿过卡玛镇的中心地带。

午夜后，我们巡逻穿过100华氏度（37.7℃）高温的沙漠，前往卡玛镇郊区的一个小村子。在安巴尔省中心的农村地区，沙漠包围着我们。农田点缀着大地，我们不得不通过导航绕过农田，灌溉的沟渠纵横交错。我们前行时，偶尔会经过几个棕榈树林或窝棚式的水泥院子。我们会尽量离它们远一些，以免惊动狗和那里的主人。

每年的这个时候，伊拉克都是一个大火炉。我们行进缓慢，愤怒的爱尔兰人坐在车的前排，像往常一样执行着侦察任务。距离我们的目标只有500米了，我开始警觉起来，有事情要发生。

我的无线电发出了啪啪的声音。我们的AC-130武装直升机在我们的目标区域发现了敌人的活动。我挪向帕特，向他转达了这一信息。我拍了一下他的肩膀，他吓了一大跳。眼睛快速一眨，显示了他恼怒，"雷德，你能别这样干吗！"

我告诉了他最新的情况，提醒他注意对频率进行监控。"已经在看了，"他回答道。

对我们来说，好消息是那夜的天空特别黑暗。我们在敌人哨兵的眼中几乎是隐形的。帕特和其他侦察人员引领我们50人的任务小队穿过黑夜到达了预定的分散地点。一到那里，小队就分成了3个突击小组。我是第二小组的突击队指挥。

我们同其他两组分开，沿着一条通往一处建筑的小路前行了100米，这正是我的伙计们将要拿下的建筑。与此同时，我们上方的飞机传来情报，刚才在四周活动的人现在都进入了内屋。

我们到达了预定点，等待其他小组的人员到达。通过夜视镜，我们可以看到目标建筑，这是一座很大的单层水泥建筑。

在屋子旁边，停了一辆黑色的四门小轿车。黑色在伊拉克是不寻常的，这里的汽车主要以白色为主。我记下了这辆车，这也许说明我们的目标真在屋子里。

海豹三叉戟

　　这个房子的前方左边 50 米处还有一个稍小的房子，右边是大片空地，一条土路横亘在房子与空地间。我们的周围还有几个小房子，均相距几百码远的距离，其间散落着棕榈树。我们到达目标建筑不得不经过这些小房子，如果里面有人情况将变得复杂。

　　我们在最后一段路上转变为攻击队形。帕特先行，我们紧随后面。当我们经过一个小房子时，帕特似乎发现了什么。他突然举起了拳头，小队停住了前进。

　　两个人睡在房外的小床上。他们身体的大部分被阴影遮着，这是我们没能提前发现他们的原因。

　　我们不得不静静地把他们处理掉。

　　我让我们的翻译将话传给了伊拉克警官，让他们将两个"睡美人"抱起来，在我们完成任务后再释放。伊拉克人商量了一下，其中两名警察负责完成这项工作。那晚，我有 17 个人，包括分给我的伊拉克人。我数了一数剩下的 15 人，然后，我给帕特一个手势，向我们最后的目标前进。

　　我们来到一个距大房子 30 米左右的小泵棚处，停了下来。这里将是我们进入前门的停留点。我向普林斯报告了自己的情况，让他知道我们已按预定时间达到了位置。

　　在等待他的下一步命令时，我们的一个队员肖恩·丹尼尔（Shawn Daniel）指向了左边的黑车。肖恩是我们的一名低级小队指挥，很有个性。他家里也有人出身于海豹突击队，所以他从小在海豹突击队的氛围里长大。他 6 英尺（1.82 米）高，200 磅（90 公斤）重，金发蓝眼。之前，在我们第一次遇见他时，他显得自信且自负。他是个大嗓门，喜欢开玩笑，那时他刚满 21 岁。现在，他的不成熟和自负早已消失了，代之以低调的自信和争先的渴望。

　　今晚，他是我们组的小队负责人。一秒钟后，无线电里传来了他的声音。"有一打人睡在汽车左边的地上。突击队进入房门时，我们需要抽掉 4 人去把这些睡在地上的人控制住。"

肖恩说得对，我们将同时突击房内和房外的这些人。

"第一突击小组到位。"

我打开我的话筒，轻声道，"第二突击小组到位。"

"第三突击小组到位。"

我调了一下频率，通知我们组的人准备行动。我们做好了行动的准备。

普林斯开始下令。"准备……行动……行动……行动。"

我们的队伍从潜伏点起身，屈膝、武器在手，随时打击任何威胁。我们像机器一样准备冲向目标建筑。

部分作战人员分散开以保护外围安全。4人到左边控制睡觉者，他们应该是妇女和儿童。剩下的人跟着帕特和肖恩来到前门。

不用爆破，门大开着，似乎他们正等待着自己的同伙。

我们安静地进入，我向右转穿过门廊进入了另一间屋子。一切正常。

我穿过主过道，跟在队列的后面。我们一同进入了一间大屋子。左边墙上有窗户，门在右边，通往房顶的楼梯间设在远墙处。我们分散检查那里的门，帕特和肖恩向楼梯走去。

约翰逊长官在我的后面，他挤了我一下示意自己已做好了准备。尕斯（Garth）是我们排年龄最大的队员，他在海军服役了20多年了。当我不光彩地从南阿富汗的山谷飞回美国时，曾和他同坐一架直升机。

我们进入了房间，房内没有人。在远端的墙上有很多壁橱的门。我拉开了第一个门，空的。我拉开了第二个门，也是空的。我拉开了第三个门，外面传来了声音。

咔！咔！咔！

我停住了，这是我们M4卡宾枪的声音。几秒钟后，外面一颗手榴弹爆炸了。帕特和肖恩开始呼喊起来，另一颗手榴弹爆炸了。周围响起了PKM机枪射击的声音。

我看了看长官，机枪声应该是从我们房顶传来的。

枪声、呼叫声、叫喊声此起彼伏。我打开话筒，呼叫普林斯，"遭遇敌人抵抗！遭遇敌人抵抗！"我和格力兹（Grizz）检查了最后一个壁橱，然后向帕特靠去，他正在楼梯底部警戒，肖恩和他在一起。当他看到我时，他叫道，"房顶上很多人。"

帕特补充道，"给他们来个出其不意。"

肖恩说，"有人冲我们开枪，打中了我的胸部。帕特毙了他。我没事。"

我看了看他，没流血，感谢上帝。没多少人能在俄国手枪近距离射中胸口后还能生还，即便有避弹衣。

帕特告诉了我具体情况，"他们在房顶上设有机枪，我们必须撤退。"

凯德·威廉姆斯的声音出现在话筒里。凯德平日里是一个非常安静的家伙，他在我们排说过的所有话也许一张纸就能记录下来。他是一个大家伙，6英尺2英寸（1.87米）高，230磅（104公斤）重。他喜欢枪，乐意成为一名狙击手。凯德还很善于使用电脑。我们都开玩笑说，他空闲下来，也许会成为黑客袭击中国的大计算机。今晚，他是我突击小组的首要联络员，也是处理房外睡觉者的作战人员之一。

"雷德，房顶的家伙冲我们扔手榴弹，我受伤了，翻译也伤得不轻。我已把翻译拽到门廊上了。"

在后院，我能听到翻译的呻吟声。我还没来得及回答，突然，一阵枪声又响起来了。子弹在房屋的外墙上来回乱撞。这不是来自房顶的机枪，有人正从其他位置向我们射击。

我们的排爆专家厄尼·罗德里格兹（Ernie Rodriguez）中卫在无线电中说，"后方遭遇反抗！小房子里有很多枪手正向我们开火！"

厄尼是我们外围安全保障队的人员，他和他的人正与这个新威胁交火。枪战的声音越来越密，重叠起来十分刺耳。我周围更多的爆炸使建筑摇晃起来，屋顶的机枪又再次响起，场面一片混乱。

我的头脑飞快旋转，设法想出我们周围发生情况的对策。正在那时，多年的训练起了作用——我深吸了一口气，头脑放松了下来。

第四部分 锻造

我打开话筒，呼叫，"凯德，报告情况。"

"雷德，我没事。我腿和耳朵中弹，流了不少血，还不算太严重。但我们后面的建筑正向我们猛烈射击，你同意我呼叫火力支援吗？"

"同意。"我告诉他。

此时，与我们同行的几个伊拉克警察拉着一群捆绑着的尖叫着的妇女和儿童进了屋。即使战斗升级，他们也会尽量让女人和孩子脱离危险，保障他们的安全。我们正在保护要灭掉我们的伊拉克人的家人。

韦斯·莫罗（Wes Morrow）跟他们一起进来，他曾和我一同在阿富汗服役。他是一位经验丰富的海豹突击队狙击手，我们都非常尊敬他。

"我能干点什么？"他问。

"照顾一下妇女和孩子。"普林斯在刚过去的半分钟里一直在无线电里呼叫。我开始重新整理思路。

"普林斯，我们这里已乱成一锅粥了。凯德负了伤，但没有大碍。我们的翻译负伤严重。我正等着他那边新的情况报告。这里，手榴弹如雨下，我们身后的一所房子向我们开火，房顶上有机枪。"

我和伊拉克警察将女人和孩子转移到主屋。一刹那间，我想到了艾丽卡和我的孩子们，我不明白什么样的人能将自己的妻子和孩子置于这样的境地。他们为了给美国人带来伤亡，甚至不惜自己妻儿的性命。

与我们展开激战的正是那 10% 的狂热分子。

普林斯的呼叫把我拽了回来。"雷德，我们正调集直升机对你身后的房子进行火力支援。你清点下你们的人数。"

"普林斯，稍等。"

我数了数周围的人，然后移动到前门。我看到戴尔·埃尔利赫（Dale Erlich）正向我们上方房顶上的机枪射击。右边是我们的新伙计山姆·马多克斯（Sam Maddox），他正用机枪试图压制我们后面房子的敌人。我们附近还有几个自己人，他们正向我们身后的房子和屋顶射击。我溜出了屋，待在墙边继续清点人数。

在我们身后的屋子上有个突出的建筑，为房顶的敌人提供了掩护。

我们的几个伊拉克警察挤作一团，躲在墙角。没有夜视镜，他们无法观察敌人的火力点。我也算上了他们的当。

算上我们在路途中安排的监管伊拉克人的两个警察，我们还是少了一个人。

少了1个伊拉克警察。

我在找人的过程中，机枪在我们上方又开始了一阵猛烈扫射。紧跟着，上方传来了爆炸声。我绕着走廊前行，在子弹中穿行。

我靠着墙，用墙角作掩护，观察周围的情况。我的其他三个海豹突击队员，包括我们的军医拉金·布拉德（Brad Larkin）都裸露在那里，完全没有掩体。他们肩并肩地战斗。

"干什么呢？"我大嚷着，"到墙的后面去，寻找掩体！"

他们回过头来，对我的到来感到吃惊。他们打疯了，完全投入了战斗，丝毫不顾及自己的安全。

"我们需要手榴弹！"一个人冲我嚷道，"你有吗？"

我把我的给了他。他将手榴弹扔向了房顶。爆炸使整个建筑剧烈摇晃。机枪并未停止射击，他们一定有什么保护设施。

我转头向拉金·布拉德说，"去看看我们的翻译，在前屋设立一个伤员集中区。你一了解到他的情况就第一时间告诉我。"

"明白！"布拉德去了前屋。

普林斯用无线电问话，"雷德，你那边的情况如何？"

"普林斯，仍在清点，少了一个伊拉克人。"

我呼叫罗德里格兹中卫。"罗德，你在哪？"

他的回答伴随着枪声。"雷德，我在门旁的前角壁橱。"

"收到。你那有伊拉克人吗？"

"没有，伙计。这边只有我。"

正在那时，拉金·布拉德在无线电中发话了。

"雷德，翻译的情况稳定，他的肩膀和脖子中了手榴弹。我已为他做了止血处理，他还在用阿拉伯语呻吟。警察告诉我，他正叫他的妈妈。"

"布拉德，你能搬动他吗？"

"应该可以，我们行动前提醒我们就行。"

"收到，你还有时间。"

我们得找到失踪的伊拉克警察。

在实施空中打击之前，必须确定自己人的情况，以免飞机误伤自己的队员。我必须吸取阿富汗带给我的教训。直升机正等待我确定人数，它的支援越晚，我们获得进一步伤亡的风险就越大。

我跑回屋内。没有那个警察的影子，没人知道他在哪儿。

我们试着联系看守犯人的两个伊拉克警察，但我们无法用无线电联系到他们。

我怀疑我们失踪的这个警察极可能和分派到小房子的两个伊拉克看守在一起。我需要得到确认。

小队的每人都有自己的任务，我们需要足够的火力支援。我知道，只有我能奔去小房子，虽然我并不喜欢这样做。

我冲戴尔·埃尔利赫喊道，"掩护我！"

他向敌人开火，我冲出了房子穿过空地。我跑在我们来时经过的土路上，直奔小房子的方向，枪声在我身后怒吼。

我佩服我的人竟能让那些机枪哑火。我跑过空地战区，感到我的装备重有万磅，这是我生命中最漫长的时刻。我到达了那里，不出我的意料，失踪的伊拉克警察就在那儿。

我又向回奔跑，机枪和手榴弹一阵狂响。

"普林斯，我清点完毕，赶紧启动空中火力支援清除敌人。"

"收到，准备行动，直升机即将抵达。"

我冲我的人喊道，"直升机即将抵达！"

30秒后，我看到两架载有小机枪的海军MH-60s直升机向我们后面的建筑连续发射7.62毫米子弹。

这是一种毁灭性的6孔连发机枪，每分钟可发射6000发子弹。我想象不出，经历了这轮射击后的敌人还能生还，直升机会将我们身后的这个小建筑打成一堆尘土和碎片。

枪声消失了。

好的，枪手灭掉了。下一步呢？

我必须保障伤员的安全。下一步，我们需要除掉房顶的敌人。

我停下来，向普林斯报告了情况，告诉他我们将要清除房顶。

"收到。你们处理好后第一时间告诉我。"

我仍能听到房顶上零星的枪声。

帕特仍在通往屋顶的楼梯口守着。我们唯一的选择是冲上楼梯，试着在枪手打死我们之前将他击毙。

"这个主意不好，我可不想送死。"我听到帕特的声音。

他是对的。我们如不冒风险的话，就上不了楼顶。

我从楼梯那儿退了回来，我的战友们继续守着楼梯口。我思索着目前的情况。

直接从楼梯袭击风险太大，往楼上扔手榴弹效果低微。从战斗开始，我们就没办法压制他们，他们已将楼顶当成了小碉堡，我们陷入了困惑。

对了，还有AC–130直升机在头顶盘旋。

"好，有办法了，我们离开这里。"我说。

我转身告诉伙计们，我们转移到路旁的小房子，与那里的伊拉克警察会合。然后，调来AC–130直升机对其实施打击。现在，我们不得不在敌人的机枪底下杀出一条血路，驮着我们的伤员穿过60米的空地。

韦斯问，"女人和孩子怎么办？"

"我们不得不带上她们"，我说，"虽然他们会拖慢我们的速度，并增加难度和风险，但我们没有选择。"

我呼叫普林斯，告诉他，我们要做的事情。

"收到，雷德。直升机随时待命。"

我将一个年龄较长的伊拉克妇女叫到了一边，又找来一名伊拉克警察充当翻译。我告诉了她我们接下来将要做的事情。

第四部分 锻造

她明白了我们的意图。大家做好了准备,她抱起孩子并告诉其他家人跟在她的身后。

我走到门口,呼叫我们的外围人员,"猛打房顶!"

他们朝我们的上方猛烈开火。楼上的机枪停火了。

"我们走!"我喊着,冲出房门。小组其他人跟在我的后面,带着伤员,引导着妇女和孩子。每走几米,我们会稍作停顿,冲房顶射击,然后再前进。我们交替着穿过空地。棕榈树丛在我们的左侧,路和空地在我们的右侧。射击,并全程跑回我们一开始碰到睡美人的那个小屋子。我们的外围人员和我们一起撤离。妇女和孩子惊恐地尖叫着,但是她们仍跟着我们跑。

我们安全到达了路旁的小房子。我确认没有人掉队:17名海豹突击队员和伊拉克警察以及11名妇女和孩子。

我与普林斯通话:"我们安全撤出了目标地区。"

过了一会儿,我们的AC-130直升机到达预定地点,25毫米子弹将房子打碎,砖瓦滚落下来。

房顶上的机枪还作了较长时间的还击。

他们怎能在这样猛烈的炮火中活下来?

直升机换为40毫米的枪,又开始了一轮新的扫射。子弹打入房顶,引发了二次爆炸。几秒钟后,当火舌从屋顶喷出时,这一区域被橘红的闪光包围。不是直升机打中了储藏在房顶的手榴弹,就是引发了那里的自杀式背心,情报人员曾提到过它。

子弹像雨点般打下,房顶坍塌了,难以有人幸存。此时,AC-130直升机停止了攻击。

我们与第一突击小组和第三突击小组会合,为直升机设立了一个着陆点。居民们站在丁字路口上看着,母亲和孩子在痛苦中哀嚎。他们看到了自己的家被毁掉,所有财产被炸成了碎片。她们的男人不顾她们的危险,往她们睡觉的院子里扔手榴弹。现在那些男人——丈夫、父亲、叔叔——都死在了那片废墟中。她们目睹了这一切。

我难以想象她们的经历。战争是邪恶的、恐怖的，通常最脆弱的人受伤害最多。

当肖恩示意全体人员到齐后，我转身走向了直升机。我坐在直升机上，感到高兴也感到麻木。

战斗中的每个决定、每分每秒都如履薄冰。错误的命令会给我们带来死亡。作为指挥，意味着在混乱中展示自信、保持冷静，以假设为基础做出决定。任务首要是权衡人的生命，不能有任何自私的想法。

刚下直升机，我就帮翻译和凯德进入了等候着的卡车。约翰逊长官意识到他的腿受了轻伤，也爬上了卡车。我和普林斯陪着伤员去往费卢杰营地的军营救护站，凯德在那里包扎了伤口后返回我们的队伍。

翻译的情况就糟糕多了。他虽无生命危险，但不能继续参加工作了。我们在救护站没来得及汇报工作，在回营地的路上，我们讨论了刚发生的那场战争。在我们结束讨论时，约翰逊长官拍了拍我的肩膀，"今晚干得太出色了，雷德。"

普林斯也说，"对，伙计，策略正确。真是个混乱的夜晚。"

这可真够轻描淡写的。

我们回到营地，走进排里写战后报告。大多数队友都睡了，一两个聚在屋子的远端看电影，阿尔在一台电脑上敲打着。

普林斯问我，"报告写得怎样了？"

阿尔简单地写了我们应该吸取的教训。当他写完后，他看着我说，"家伙们都说你今晚很厉害，雷德。干得漂亮，兄弟。"

听到表扬，我感觉很好，但我必须保持谦虚。这只是一次胜利，不会把我猛举为超级领袖。很多人都做过类似的事情，并远在我的前方树立了榜样。

我坐在我的电脑旁写报告。在我写完后，普林斯再次走了进来。

"嘿，兄弟，黑尔·迈克尔斯说，你有空时上他那走走。"

我站起来，走过院子，在开着的板材门上敲了几下。

"嘿，长官，您想见我？"

第四部分 锻造

他看上去似乎非常高兴。"雷德，坐下，兄弟。给我讲讲你们的这次战斗，我们是通过直升机的摄像观看的。"

我花了一小时的时间带他重温了这次战斗。讲完后，他站了起来，拍了拍我的后背。

"今晚干得漂亮。我一直在关注你，通过普林斯了解你的情况。今晚你是杰出的，继续保持。"

我离开他的办公室后，一路上我未停止过思索，我正处在命运的转折点——从被抛弃到重新走上指挥。这是我走过的最痛苦的路，只是在那天晚上我迎来了高潮。我赢得了兄弟们的尊敬，我发誓不会再让它从我的掌心中溜走。

太阳升了起来，我知道家中的艾丽卡并未入睡，我走到战术任务中心给她打通了电话。我不能透露任何军事消息；能听到她的声音我已非常满足。我们聊了聊孩子，她告诉我他们最近的趣闻。

到晚上了，事实上应该是白天，还未到吃早饭的时间。我打算去喝点酒。我走过另一间办公室，埃里克·达比正在那里打电话。

他抬头看了看我，我们的眼睛短暂对视。然后，他冲我点了点头，没说话，但我明白他的意思。

两年来，这是第一次，我感到自己又是兄弟们中的一员了。

23　抓捕基地组织头目

伊拉克，安巴尔省（2007年9月）

"嘿，雷德？"

我从桌上电脑屏幕抬起头，普林斯正站在我的椅子旁。

"进展如何了？"

我埋首于文书工作。我们还有最后一周的任务，之后将与另一支来替代我们的队伍作交接。完成交接后，我们就可以回家了。现在，我们的战斗频率已明显降低了，我们更多的时间是应付一些管理事务。队里的装备很多已经打包了，我们手上只留有少量装备以应付最后几次任务。

我给普林斯汇报了目前的情况。还有一些奖励、评估和其他杂事，还需要几个小时才能完成。

普林斯说，"我们还有一两个目标要清理。离开前，我们还需要执行最后几次任务，包括交接任务。"

"明白。"

"下次任务，你将担任地面作战指挥一职。"

一瞬间，我竟说不出话来。

"真的？"

普林斯点了点头。"是的，我和埃里克、保罗说了，这是大家的统一意见。你尽快做好准备。此外，这也将有助于你升任排长。"

我回想了自己之前4个月的经历。我吸取教训、参加打仗。我们已经破坏了几个敌人的炸弹制造点，大大削弱了卡玛镇集团的行动能力。我们的部署取得了巨大的成功，每个人都对此感到自豪。

经历了实战，我学会了不能完全信任 GPS 系统，并在 2007 年 8 月有了收获。那时我们在费卢杰西部地区的一个村子里追踪我们的目标。一些不可抗因素造成了我们的 GPS 系统失灵，这里成为了盲区。这次，我们没有偏离目标。像下棋一样，我至少领先了对手五六步。不用 GPS 系统，我也平安地带领着我们的小队到达了目标地区。

这次任务也许加深了普林斯对我的认同感。

我回答道，"真是太好了，感谢能有这样的机会。"

"是自己赢得的，兄弟。"

他转身走了。

我做到了。我的事业最终回到了正确的轨道上。我知道，队伍里总会有人记恨我，但我已赢回了与我共同战斗的人们的信任。

2004 年以来，我就成为了一名军官。在我们的部队，军衔并不能自动地让你成为领导。你的性格和行为才是你成为领袖的关键，他并不完全与军衔匹配。曾经的自己是自私的，我明白领导需要具备什么素质，明白精英兄弟们会对你提出什么要求。一瞬间，我感到前方的天际没有极限。

我又回到了繁重的行政工作中，忘记了时间。

几天后的一个下午，我们聚在一起看简报。大家心情轻松，人人都盼望着回家。我们的长官宣布：我们的第一分队将在 8 天后回国。第二分队将在 15 天后回国，第三分队预定在 10 月初回国。因为我到达的时间较晚，所以被分在了第三分队。

我期盼着回家，我希望自己能按时回去参加妹妹的婚礼。艾丽卡已为我们全家购买了机票。我将在回去几天后，和艾丽卡一同飞往英属维尔京群岛（Virgin Islands）。

普林斯继续宣布，我们准备与指定替换我们的新部队办理交接工作，他们将会在几天后到达这里。一些联合任务我们还需要执行，我们还有一两个目标需要干掉，这是我们最后的任务，雷德将担任地面作战指挥。

我们刚接到情报，一名安巴尔省的基地组织高级头目今晚将在卡玛镇的农村地区出现。今年6月，我刚在那个村打了场大仗。我们追踪他好几个月时间了。但他非常狡猾，每次我们要抓住他时都被他溜掉了。

我们的分析人员分析的信息认为，他只会在村里待几个小时的时间，我们称他为"时间敏感目标"。我看了目标方案后，和普林斯谈了一会儿。由于时间很晚了，我不确定能不能迅速完成批准，在目标离开前将其抓获。普林斯同意我的看法。他说，他将会待在控制中心以防万一，但是他觉得我们不会被派出去。

我仍按我平时的习惯安排行事——我休息了一会儿后，前去健身房锻炼。我们大多数伙计都是这样生活，没人认为我们会去执行这次任务。当一名情报分析人员走进健身房的时候，我已经推举20分钟了。

我们都大吃一惊。我们放下了手里的所有事情，快速跑回突击队区域。审批这么快得到批复，我感到十分意外。很明显，将军希望把这个坏蛋铲除。现在已是午夜时分，我们需要在一小时内开车抵达目的地。伙计们穿上装备、激情四射，做着各种准备活动。

他一定会有很高的安保系统，我们做好了迎接一场大战的准备。

普林斯向我走来说，"雷德，抱歉，兄弟。我知道我说过，下次任务你将担任地面作战指挥，但并不包含岗位练兵（on-the-job training）这样的任务。"

"不用道歉，我明白的。"

"听着，我将是今晚的地面作战指挥，你是主目标的突击队指挥。"

我将领导队伍干掉或逮捕这个省最重要的基地组织头目之一。

"听起来不错。"

第四部分 锻造

我们将会被直接降落到目标地点并快速投入战斗。

差不多我参加的每次突击任务，帕特和愤怒的爱尔兰人都是我的左右臂。帕特已确定于几天后参加第一批次的回国。普林斯、埃里克和头儿们认为，爱尔兰人已参加了很多次危险任务，他将被分派到空中担任直升机的狙击手。他会在我们的头上盘旋，而其他人需要参加地面行动。

总之，我们不需要尖兵，因为我们将直接降落在目标 X 上。

今晚，阿尔·乔利埃特将担任我们的队长。阿尔是我们任务单位稳如磐石的领导和作战人员，也是最好的联合战术空中指挥。他是我的好朋友。我很高兴他能加入。我们一同拟定了一个计划，放弃突然打击，而以速度、行动力和优势火力取胜。我认真地听着阿尔和其他队员的意见。两年前在阿富汗，我就是吃了这方面的亏。在短暂的计划和汇报后，我开始检查装备。

我装备整齐。前胸后背带着四级防弹板，能防御 7.62 毫米子弹的多轮射击。我们也可选穿四级防弹侧板。

"穿上你的防弹侧板。"

一瞬间，我产生了这个念头。通常，只有在我担任机动队指挥和我进入炸弹聚集地区的时候才会穿上它。我在突击队执行任务时从不穿它，因为它的重量会限制我的活动范围。我用速度和行动灵活性牺牲了安全保护。

我把防弹侧板从装备柜里取出，塞进了我的背心。我检查了手枪、手榴弹、装弹匣、夜视镜、备用电池。

我在我的来福枪上洒了点润滑油，装上了一个 30 发子弹的弹夹，把枪栓拉到位。我关上防尘帽，把单点带挂在头和肩上。

是时候出发了。

我们快速整装，队伍完成了出发前的最后准备，在任务下达后不到 2 小时我们就完成了集结。凌晨 1 点，三架陆军黑鹰直升机运送我们到达目标地。与往常一样，我们没有座椅。今晚，全队有 50 人参加行动。我所在的小队加上伊拉克伙伴，总计有 14 人。

我和阿尔看着我们的队员登机，我们最后上，坐在门口。

另一突击小队由克莱默雷德曼·杰森斯指挥，用 UH-60 直升机运送。雷德曼·杰森斯突击小队的任务是保护外围安全。普林斯和我们的指挥成员，与帕特和空中武力成员登上了第 3 架直升机。

我们起飞，向卡玛镇进发。6 月，我们曾在那里打过一场大仗。在目标 X 上降落，要求我们行动必须精准、快速，且要在第一时间建立火力优势。因为直升机发出的声音在几公里外就能听到。目标建筑中的敌人会通过直升机的声音提前判知我们正在接近他们。我们唯一的机会是快速进入建筑。为了做到这点，我们要求直升机驾驶员将我们直接放在院子大门的外侧。我们的开路人员和突进小队坐在飞机左边门附近，他们将被降落至正对主建筑门口的位置。我和阿尔在飞机右边部分，因为我们是最后登机的，突击队指挥人员通常这样做。

我们在沙漠上空咆哮着向卡玛镇的方向航行。村子里亮着几盏灯，大多数地方的人似乎已经入睡。直升机低空飞行，给地面带来极大的震慑力。

我们越来越接近目标。我们的直升机是队伍中的领头机，第二突击小队飞在我们后面的一侧，普林斯的直升机在最后面。

到达目的地后，我们的驾驶员将方向弄反了。这使阿尔和我出现在了门前，而不是我们的突进小队。没时间更正错误了。

黑鹰的轮子还未完全碰到地面，阿尔就冲了出去，冲向了大门。我跟在他的后面，我能听到其他队员都在我的后面冲出了直升机。我们必须迅速行动。

我和阿尔来到门口，准备迎接一场巨大的风暴。

24　丛林混战

卡玛镇地区（2007年9月）

我猛地拉开门，手握闪光弹冲了进去，小队其他人跟在我的身后。我动作娴熟地引发闪光弹，将它扔进了门框。一秒钟后，雷鸣般的爆炸声使建筑晃动起来。

我看到阿尔屈膝突击，跨过了门栏，我跟在他后面的另外一边。当我走过门口时，我做好了最坏的心理打算。事实上，一切都非常顺利。我们置身于一个有50英尺×60英尺（15米×18米）的宽大的空房子里。小队其他人员开始清查整个建筑。

我打开了无线电话筒，呼叫普林斯，"目标安全。"

这是个"干井"。

情报错误，还是我们来晚了？我不知道。我为没能抓到敌人而失落，也为自己并未遭到敌人的伏击而感到庆幸。

兴奋和恐惧消失了。我的突击小队在主建筑的门廊里集合，等待新的命令。同时，雷德曼·杰森斯的小队已清查并搜索了整个院子。在院子里，他们发现了几个掩埋武器的地方，包括火箭助推榴弹发射器（RPG launcher）和弹药。他们在院子厚达10英尺（3米）的主外墙里发现了更多藏匿的枪械和弹药。

普林斯在挖掘过程中，让我站在门廊上。

我们的翻译拿给我一些他在屋里发现的传单——反美、圣战宣传。

不出意外，这个村就是一个大型的基地组织俱乐部。

第二小队将发现的武器弹药堆放到院子中间。因为这里的武器太多，我们没法搬走。排爆小队决定将它们装入院子中发现的一辆汽车中，实施就地引爆。

普林斯走上门廊。

"嘿，兄弟，我们去北面100米处行动。"

头顶盘旋的AC-130直升机看到七八个人从附近的房子里逃走。他们跑进了一座平缓小山山顶的茂密丛林里。我们之前已见过很多次这种情况了。

在最近的一次任务中，几个人从目标地点奔出，跑到田地里藏了起来。一个突击队跟着他们并把他们包围了起来。当他们被我们抓住时，他们谎称自己只是出来跑步的。伙计们都大笑起来，他还光着脚呢。他们以为能逃脱我们的追捕，但我们空中的"眼睛"通过热成像系统可观察到他们的一切举动。

"雷德，把你的伊拉克人留在这儿吧，他们没有夜视镜。带上你小队的其余人还有翻译去追那些家伙。"

"明白。"

我把这个命令转告阿尔，他召集伙计们，让他们做好准备。我们整队向树林进发。我们先向北走，再沿着路边绕过一座小山。绕过小山后，一片茂密的树林出现在了眼前。这片树林足有100码（91米）宽。我和直升机保持着联系，他们告知我，"直行，就在你们的前方，有五六个人。"

我们排成了一条线，每人间大约相隔5码（4.5米）的距离。我在队伍的中间，翻译在我的近手左边。他旁边是两名新伙计和我们的排爆专家。阿尔和肖恩·丹尼尔在我的右边，然后是我们的军医拉金·布拉德和罗布，他们形成了我们的东翼。

我下了指令，我们向北走入树林。灌木丛特别密，我们很快有了麻烦。地上铺满了枯枝败叶，每走一步都会发出很大的声响，这会令我们的位置暴露。

我们前进了几米。缠在一起的小树、藤蔓和灌木让我们的夜视镜毫无作用。我们的可视距离很短,我开始思索对策。

"你们离他们还有 20 码(18 米)的距离。" AC-130 直升机的机组人员告诉我。

前面的树就像一堵墙。我们怎样才能安全地找到这些人呢?我知道,我们的处境不妙。我们什么都看不见,如果他们反向袭击我们,我们将成为俎上鱼肉。

直升机再次发话,"你们向东北方向运动。"

我开始变得紧张起来,这种事自 6 月战斗以来还未发生过。

我回话道,"你能看到武器吗?"

"没有,他们只是躺在那儿,原地静止。"

我把话转给了我们的伊拉克友军,我们要向东北方转移。我同时告诉了我们的翻译。我们开始继续推进,每一步都踩在树枝和枯叶上,嘎嘎作响,这令我感到心急。

直升机再次呼叫。

"你们就在他们的旁边,不到 10 步远的距离。"

我能感到自己的心脏的快速跳动。

我们的翻译史莱德(Slyder)走了过来。

"我左边的伙计不见了。"

"什么?"

我走向左边,听了听。夜更深了,没有靴子踩树枝的声音,我不知道小队其他人是否也在推进。

我向我们的新伙计呼叫无线电,没有任何回音。我又试了一次,还是没有。我呼叫排爆专家,也未收到回复。

"他们去哪儿了?"当阿尔走过来后,我问他。

阿尔也试着联络他们,我们的话筒信号几乎被屏蔽了。

最后,我们新伙计中的一个在话筒里出声了。他道歉地说,调错了频率，走散了。他们肯定没跟我们一起拐弯。

他们穿出了丛林，到了西边的道路上。我们现在分处于丛林的两边。这可不是好现象，这也许会造成我们的误伤。

我们不得不马上解决这个问题。

AC-130直升机再次呼叫我们，他们仍没未看到任何从树林里移动的对象或是武器。

阿尔说，"罗布的小队在东面的丛林边缘，再向外就是开阔的田地。"

我们需要重新集合两个小队。我呼叫我们的新伙计和排爆人员，告诉他们，往丛林的西北角行进并待命。我和阿尔将带队与他们会合。

我和阿尔、史莱德、肖恩、布拉德、罗布向北移动，AC-130直升机定时向我们报告这几条"小杂鱼"(squirters)的动向。他们什么也没做，只是藏着。直升机再次报告，敌人没有携带武器的迹象。

我们到达了丛林的边缘。布拉德最先出来与罗布会合，肖恩和阿尔跟在他们的后面，我和史莱德最后出来。我们在东北角重新集结。我们的另一队到达了西北角。他们停下来，向我们报告。现在困难的时刻来了。我们要在黑暗中联系，重新会合，这次要面朝南面。我们将从北边进入丛林，看是否能找到这些家伙。

我打开报话机，放在左肩下。我告诉另一小队原地不动，重申我们将向他们的方向移动，并与他们会合。

我瞥了阿尔一眼，开始行动。史莱德跟着我，阿尔跟在他的后面。我们慢慢地穿过丛林北面的开阔地带。在阿尔后面，布拉德、肖恩和罗布断后。

我们正走进一个射杀区域。

布拉德和罗布看到一个敌人躺在脚边。他们举起武器，毫不迟疑的将其击毙。伴随着枪响，灾难向我们袭来。45英尺（13.7米）外，其他的"小杂鱼"用PKM机枪冲我们开火，不知道他们用了什么方法让我们的直升机没有侦察出他们的武器。他们并不是"小杂鱼"，稍后我发现，他们是基地组织领导人的骨干私人保安。他们在丛林里挖

第四部分 锻造

好了射击点，为保护他们的老板而做好了准备。他们的老板并不在我们袭击的主院里，而是在 100 米外丛林西面的房子里。

阿尔、罗布、布拉德转身，单膝着地，向丛林射击。

我担心误伤西北角的我方人员。我喊道，"停火！"

我向丛林里观望，看到至少 5 个敌人的火力点。我们没得选择，不能停火。

我又喊道，"西北角有我们的人，你们能清楚自己的射击对象吗？"

我希望我们的射击角度不是冲着他们的。谢天谢地，那晚我们的排爆专家是文森佐·路易斯（Louis Vincenzo），他是一个令人放心的领导，有四次战斗部署的经历。他也认识到了情况的严重性，当一个新伙计开始射击时，路易斯叫停了他，把他拉回到一个隐蔽的地方。他有足够的战术智慧判断当下所面对的局面。

子弹洒落在我们的周围。我们陷入空地中间的射杀区域。取得胜利的唯一方法是在敌人射杀我们之前将其击毙。我把来福枪瞄准离我最近开火的一个枪口，并按下了扳机。

此时，拉金·布拉德大叫起来。他腿部中弹了。7.62 毫米的大子弹穿透了布拉德的胫骨和腓骨，打折的骨头甚至插进了地里，把他钉在了那里。

地狱之火在我们的周围爆发，我不断地扣动扳机。

PKM 机枪手将武器转向我这边。子弹猛击着我周围的地面，泥土和石块溅到了我的装备上，砰砰作响。又一阵，一梭子子弹在我两边扫过。然后，他发现了我这块区域，打中了我的手臂。

当我负伤躺倒时，阿尔、肖恩和我们的翻译把一个旧拖拉机轮胎放到了我们身后几米远的地方，用以休息。罗布冲向前去找布拉德，他躺在那里，不能动弹。

另一架机枪开火了。扫射着我两个兄弟周围的地面。一阵长长的扫射后，罗布中了 3 枪——腿部 2 枪，右臂 1 枪。罗布顾不上自己的伤，来到了布拉德的跟前，试图将他拽回到轮胎附近。

阿尔呼叫我，"布拉德和罗布中枪了。"

我打开无线电，呼叫普林斯，"部队交战！部队交战！我和两个队员负了伤。"

机枪仍在冲我们开火，它们忽左忽右，在我们的前后纵横交错地打了数百发7.62毫米子弹。

我意识到，如果我不能用止血带绑在我左臂负伤的部位，我将会失血过多而亡。我回头看了看轮胎后面的阿尔和我的战友。

正在那时，阿尔看到我站了起来，准备跑向他们那里。这是阿尔事后告诉我的，我自己并不记得了。敌人的机枪手追着我瞄准，扣动扳机。根据阿尔的回忆，我只走了一两步就栽倒向前，我的身体向左侧翻转。我软绵绵地倒在了地上，小队的队员都以为我牺牲了。

当我几分钟后开始对他和肖恩说话时，他们吃惊于我还活着。机枪手对着轮胎和我附近地方不停扫射。还好他没配备夜视镜，不然我们都得完蛋。他只能根据声音判断我们的位置。

阿尔意识到情况的危机，呼叫火力支援。AC-130直升机上的人员前两次并未同意。最后，直升机头波25毫米的子弹打击了敌人后面的丛林。我躺在那里昏了过去，失去了知觉。

接下来，阿尔冒着生命危险救了我。在敌人机枪扫射的间隙，他从轮胎后面站起，向我冲来。肖恩为阿尔作火力掩护，子弹在他周围爆裂。阿尔来到我的跟前，将我拽回到轮胎的后面，用止血带给我做了简单处理。

交火中，在我被弄回轮胎处后，布拉德喊道，他要扔手榴弹了。一直无意识的我突然坐了起来，冲布拉德喊道："别扔手榴弹！会被树丛拦回来的，我们全都活不了！"

很明显，即使在昏迷状态，我也从未忘记自己所学的战术课——永远不要在丛林中扔手榴弹，它们很可能会弹回来或在你无法预计的地方爆炸。伙计们被我的行为惊得目瞪口呆。

几秒钟后，敌人的机枪又开火了，火力并未减弱。阿尔再次寻求

第四部分 锻造

AC-130直升机的空中支援。他让25毫米机枪向敌人的伏击区域开火，最终拔掉了敌人的机枪手。敌人的火力刚被压制，阿尔就协调联系普林斯和其他突击队员。

救伤直升机会在几分钟后到达，队员帮助我们登上了飞机。我们脱离了险境，其他队员回头奔赴原定的目标区域，准备歼灭敌人。战斗还没有结束，直升机侦察到了树林里更多的活动。

适可而止吧。阿尔从AC-130直升机调来了105毫米的榴弹炮，把丛林变成了一个冒烟的火山口。

几个月后，当普林斯来我家时，我了解到，在任务开始时那个基地组织头目一听到我们直升机的声音就夺路而逃了。他留下了他部分私人安保部队和我们对抗，他不愿以身试险。他们是那10%的狂热分子，他们打伤了我们三人后战至了最后一刻。

几月后，另一支海豹突击队发现了那个基地组织头目，并将他击毙。

PART V
THE REFORGING

第五部分 再造

25　回家

德国，兰施图尔（2007年9月）

"你感觉怎样？"

我在另一个病房，一个重症监护室。我知道我身在德国，但我不记得我是怎么被送到这里的。我意识到我在毫无知觉的情况下来到了另一个国家，这让我感到无所适从。我的胸口有一块板和一支笔。我用没受伤的那只手晃了几下。我看东西会出现重影，我被注射了地芬迪德（Dilaudid），头脑一片模糊。所有这些加在一起，使我的笔迹乱成一团，似乎不会写字。

护士和我说了什么，但我没能听明白。她绕到床的另一边，忙碌起来。我昏了过去，醒来后看到药物正在注射，昏黄的灯开着。

我感觉好像所有的管子都插在了右边，真让人烦躁。

"让我看看，我能干点什么。"

一蛇窝的管子从我的身体连接到各种机器上。我不知道它们的具体用途。它们使我无法动弹，就像我被它们囚禁了一样。

"你需要什么？"

"不需要，谢谢。"

注射了地芬迪德后，时间似乎变得很奇怪。护士好像已在我病房几个小时了，但实际上只有几分钟的时间。我难以分辨现在是白天还是晚上。

医生就一些问题和我谈话，我了解到他们准备再给我做一个手术。

第五部分 再造

伊拉克的泥土进入了我的身体，很可能触发了感染。我还有贫血症状，在手术时，我需要输血补充。

我又因地芬迪德昏了过去。当我再次醒来时，我看到托尼·莫拉莱斯（Tony Morales）站在屋里。他受命将我护送回美国，并对我提供所需要的一切帮助。

"药效不错吧？"他问。

我在板上划拉着。

"是的，伙计。我觉得我一辈子都完了。"

他笑了。

"你和医生谈了吗？"

"谈过了。好消息。他们说我面部只是表面损伤。整形手术后，我能恢复到以前的样子。"

"整形手术可是个好办法。"托尼笑着说。

我担心我的孩子。

托尼拿起我写的东西，盯着看了很久。最后，他没再多说什么，而是同情地点点头。我们的谈话结束了，很快，我又一次因药物而昏厥了。当我睁开眼睛的时候，托尼已经走了。

我躺在那儿正想着什么，一名护士进来察看我的脉搏。她一边查，一边和我小聊了几句。

"你结婚了吗？"

"结了、三个孩子。儿子12岁，女儿分别为4岁和8岁。我希望他们不要见到我现在的样子。"

护士看了下我写的字。"他们不会在乎的，你毕竟是他们的父亲。"

"我希望不要吓坏他们。"

我抬起头，感到食管正从我的左鼻孔插入。

"你和你家人通话了吗？"她问。

"还没。"

我想了想，接着说："我想在手术前和父亲通下电话。行吗？"

父亲是我认识的最虔诚的人，我需要得到他为我的祈祷。有多少人被送到兰施图尔，死于手术台上？我不知道答案，但是感到了恐惧。

我给父亲写了个便条。护士同意通过电话读给他听，然后把话筒递到我耳朵上，让我能听他说话。由于药物和阵发性的重影使我在纸上写字很费劲。当我写完时，护士接过纸，拨通了电话。在她说明身份之后，我听到了她读纸条的话语：

爸爸：我是你的儿子。艾丽卡一定与你通过电话了，我几天前的晚上中了几枪。我现在的情况糟透了，因为我下巴用线缝上了，所以说不了话。我正输着血，在我明天被送往贝塞斯达之前，我还需要再进行一次手术。我让护士把电话放在我的耳边，这样我就能听到你为我的祈祷了。别担心，我是个战士，我将平安归来。

护士念完后，将电话放到我耳朵旁，我听着父亲的祈祷，"主啊，请赐予我儿子平和与勇气，让他渡过难关。愿主和您的天使护佑他手术顺利，回到家来。"

护士拿走了电话。几分钟后，他们推我出来，准备手术。就在我进入手术室之前，有人将一块写字板放到了我的面前。上面是类似法律档案的文件，与丙肝相关。

因为输血也许是保住我性命的唯一方法，所以我存在因输血传染上丙肝的可能？太可怕了。

我没有其他的选择，医生已告诉我需要输血，我只能在文件上签字。

麻醉医生过来了，我不知道自己能否活着做完手术。很快，药物让我闭上了眼睛，我跌入了一片黑暗。

"好消息！我们能给你输美国人的血了，你不用担心感染丙肝了。"我从药物带来的昏厥中醒来很久后才收到了这个消息。我松了一

第五部分 再造

口气，眨了眨眼，我已回到了自己的病房。这里灯光昏暗，非常安静，监控仪器发出的嘟嘟声异常清晰。

房里的护士问我，"有什么需要吗？"

写字板挂在我胸口上，连着笔。我伸手去拿，胳膊似乎有千磅重。

"我想喝点威士忌或者可乐。"

她笑了，"这里可没有这些东西。"

"下咽很难受，正常吗？"

"是的，不用担心。"

"我真的口渴。"

护士告诉我，浮肿消除以前，我不能喝水，医生会检查我的下颌和嘴的损伤情况。越来越渴了，我试着努力不去想它，但无济于事。

最后，托尼进屋来看我。他告诉我，他和阿尔、普林斯以及其他几个队员保持着联系。我忘了口渴，认真地听着他说的每句话。他短暂地谈了一下我们的战斗。

"我们运气不错，上帝对我们武士不薄。"

托尼点头表示同意。

他静静地在我这儿站了一会儿，然后问道，"想给家里打电话吗？"

我闭上了眼睛。该打了。

打！

托尼走向床头柜，拿起了电话。我看着他拨号码，我越来越感到害怕，害怕电话另一头的铃声响起。

艾丽卡接了电话，托尼说明了来意。他告诉艾丽卡，他先读我写的话，然后把电话放在我耳朵旁，让我听她说话。

我给了他我的第一张字条。

"你没开玩笑吧？"他问我，抬起眼帘。

"没有。"

托尼对着电话读，"嗨，亲爱的。我中了枪，但我的生殖器完好。"

当托尼把话筒放在我耳朵上时，我听到艾丽卡破涕为笑。她告诉我，她相信我没事。

她说，"我爱你！我爱你！我爱你！"她的声音令我感到安慰和轻松，就像圣歌那般美好。

"当你看到我的时候，你还会爱我吗？"我想着。

我回答，"我也爱你。"

"明天晚上我会在贝塞斯达等你。"她说。

一阵恐惧袭来。

我赶快写话，托尼读，"我不想让孩子们看到我现在的样子。等我做完整形手术后，再带孩子们来。"

"你想怎样都行，亲爱的，你说了算。"

这种繁琐的交谈方式很快让我精疲力竭。我和艾丽卡又说了几桩事，然后道别。托尼为我挂上了电话，几秒钟后，我进入了深度睡眠。

第二天早上，一个护士进了我的屋子，告诉我当天能飞回美国。她把我放到一架推床上，将我推到楼下的指定区域。罗布和布拉德也在那，这是我们被军医抬下飞机后的首次团聚。他们让我们等在那里，一会儿会有车来接我们去机场。

在清晨，我能和我的两个队友重聚让我士气大振。我们谈论着那场战斗和所发生的事情。我用笔和写字板随时插着话。

队伍分开把所有事都搞糟了。

两个伙计也这么认为，我们开始仔细分析战斗的早期阶段。

我听他们说，阿尔在其中起了很大作用。

布拉德和罗布谈论了他们那晚看到的阿尔的行为。他太神了，在如此危险的场景下，显得无畏、专业和平静。多亏了他，我们才保住了性命。我希望阿尔能获得海军十字勋章，我已经推荐他了。

谈话平静了一些。我静静地看着他们。几天前，我们都是健康、健美的人。现在，我们都躺在推床上，活动受到了限制，我们的身体

第五部分 再造

千疮百孔。我感到一阵伤心。我们怎么会落到如此地步？

我能感觉到他们也和我想着同样的问题，我知道哽咽对我们毫无用处。我在写字板上划拉了几个字，把它递给布拉德。

"我们都在恢复。虽伤犹荣，定为传奇。"

"女人喜欢有伤疤的男人。"罗布笑着说。

也许这是表面的伤痕。但那些真正的伤痕呢？艾丽卡会怎么想？

汽车来了。看护过来帮助我们上车。

汽车载我们到机场停在了距离 C-17 运输机不远的停机坪上，它将送我们回家。我们在汽车里等待着，闷热的天气使我偶尔疼痛加剧。我瞥了一眼罗布和布拉德，我知道他们也感到了难受。

一小时后，看护让能走动的伤员下车。通过窗户，我能看到他们坐在不远处的阴凉地里。我不禁嫉妒起他们，我们剩下的人只能继续在车里烘烤着。

我无法和旁边的人说话，也难以在如此热的环境下睡觉。我浑身是汗，逐渐有了脱水的危险，我看到旁边的人也和我一样痛苦与难受。

两个小时过去了，我们最终登上了 C-17 运输机。能行走的伤员涌上飞机的斜坡入口寻找座位。护士将我们从汽车上卸载下来。当他们来到时，我的心情慢慢转好——感谢上帝，我离家又近了一步。当他们将我运送到飞机上时，我头脑中闪现出跳伞的形象，我给护士写道：

"到贝塞斯达时，我们要跳伞吗？像空投一样将我们送出去？"

护士看完后笑了。

他们把我们的推床插入连接在 C-17 载货甲板的架子上。至少有 12 个人和我一样，只能躺着。

在飞行过程中，医院方面留有一个护士照顾我们。她简单做了自我介绍，并给我们服用了一些药。

引擎发动，C-17 运输机笨重地沿着跑道启动。我只是隐约地意识到我们起飞了，因为我刚吃了一服止疼片，就像风筝一样飘忽起来。我进入了浅睡眠，但几分钟后就因为气管阻塞咳醒了。

护士在哪？

我的视野非常狭窄，因为我无法抬头看向周围或任何方向。

我喘气也感到了困难。

每当我咳嗽的时候，气管会刺激我的嗓子，引起我的咽反射并带来呕吐的感觉。自从我的下颌被缝闭后，曾多次出现过这样的情况。如果我呕吐，将会出现把呕吐物吸入气管的致命危险，就像吉米·亨德里克斯（Jimi Hendrix）那样。为了防备这点，护士会确认我身边随时都有一把特制的剪子。一旦我呕吐，他们会剪断线，将我的下巴放开。但这也会带来负面影响——我就不得不再忍受一次手术，将下巴再次缝合起来恢复原样。万不得已的情况下，我是不会这样做的。

托尼看到我痛苦的样子，走过来看我。他发现他们没有给我拿剪刀。我用尽全力写道：

"疼！"

他无奈地摇了摇头，去找护士。护士正忙着处理其他伤员，她说，一有空就过来看我。我躺在架子上，害怕再次发生哽咽。每次呼吸都成为了一种负担。好几次，我都被发作的咳嗽折磨着。

不能吐，不能吐。

托尼又一次去找护士，她处理了一下我的气管。我精疲力竭地睡着了，只是有时会因咳嗽或哽咽而醒。托尼多次找护士，以处理我的不适。这种情况持续了整个航程，使我心情不佳且感到害怕。依赖他人的这种状况对我来说是完全陌生的，也很不习惯。

C-17运输机于周日晚在安德鲁空军基地降落。护士将我和罗布与布拉德分开，我们甚至来不及道别。我不知道他们要去哪，也不知道什么时候才能再见到他们，和兄弟们的分开使我的心情更加不安。

他们把我装进一辆蓝色军用汽车里，这辆车将把我送到贝塞斯达。很快，我们上了快车道，透过车窗能看到汽车的头灯在黑暗中飘散。几天前，我还在伊拉克的战场。现在，我回到了灯火辉煌的自己的家——美国。这里的大多数人并不知道发生在我们身上的故事。

第五部分 再造

我和艾丽卡的重聚越来越近了。我曾经听说过的恐怖故事在我的脑海中回演，"一个战士严重烧伤，他的未婚妻来到部队医院看到他的脸后，一句话也没说。她取下了订婚戒指，放在了战士的床边。"

"妻子们带着律师、已填好的离婚协议书来到贝塞斯达，让他们的丈夫在上面签字，他们的丈夫这时还拖着受伤的病体躺在床上。"

"孩子们一看到他们父亲的样子就逃走了。"

几十年里，贝塞斯达这个地方发生了无数次这样的场景。每人都说面容不重要，心、灵魂和精神才是婚姻中的全部。两人要有化学反应，才能联系到一起，才能更好地保持和谐一致。

对大多数人来说，很难接受到这样的残酷检验。一个人有多少机会在自己的家中毁容呢？一个父亲有多少机会丢掉一条腿、一只胳膊或是为了养家而受身体烧伤的痛苦？也许在100年前，这种事情时有发生。但现在，已不那么多见了。

但在战士中间，我看到了太多次这样的场景了。

漂亮的妻子看到她的未来一动不动地躺在医院的床上，现实摆在眼前。也许，她能勇敢地面对一段时间。之后，终将崩溃，她会像孩子那样逃走。

越南战争时期，在沃尔特·里德(Walter Reed)的病房中住满了截肢、烧伤和枪伤的战士。他们逐渐习惯了妻子们的反应。战士们会在妻子们拿着离婚协议书离开时嘲笑她们。

我的职业和错误行为已让艾丽卡多年来持续处于困境。她总是用爱和无条件地支持来处理每个突如其来的事情。她比我知道的任何人都更能包容我的职业和错误。

我们在日常生活中用善意和体贴的行为分享爱。爱一直在这里，处处都有体现，即使我们并不经常察觉到它的存在。当我们这样做时，这就是一个特殊的时刻，语言成了多余的东西。

但是现在还管用吗？

我认识很多夫妻，在面临逆境时，他们开始意识到自己的婚姻关系是否还能持续。一些婚姻会持续更长一段时间，但终会破裂。这就是为什么军人中绝大多数婚姻都以失败告终。军人的爱情不是永恒的，军人的爱情是有限的，可能会一败涂地。

婚姻中的矛盾比战斗伤害要小多了。我见过许多家庭为了财务、事务、家务分担或缺乏感情投入而红脸。由于基础不稳定或是缺乏基本的包容而引发的家庭矛盾毁了很多婚姻。夫妻们看似为琐事而动气，但这些冲突会侵蚀他们的感情基础，积累为最终的失败，导致一切无法挽回。

如果有真爱的存在，夫妻可能会相互支持。我的理想主义思想总让我相信这点。上帝和生活给予我们这些考验，以检测夫妻间情感的深度。

我的脸没有任何感觉，我的鼻子没了，管子插在我的身体上，下巴用线缝上了——我看起来肯定破碎不堪。至少我是这样认为的，我还没照过镜子。

每人都认为他们有爱心，可以度过困难时刻。但实际上，几乎没人能做到。我估计，我马上就会知道我们夫妻感情的真实情况了。

我肉体上的伤情实际上是十分严重的。现在，心理上也开始备受煎熬。也许，我是中过弹的士兵，是英雄。但对家庭而言，对艾丽卡来说，我们所熟悉的生活已在战场上被毁掉了。我不得不坦诚接受这一现实。

没有人能对这种突然的变化有充分的准备。一瞬间，生活改写了。生活脱离了我的控制。我的世界颠倒了。

艾丽卡会怎样面对呢？

当我们到达贝塞斯达时，汽车摇晃着停住。门开了，有人大声呼喊着指挥现场。护士卸下其余的伤员。他们把我的推床抬出汽车，打开轮子，推着我过了两道门。他们将我带到一间满是医生和护士的房间。他们在我身边展开了激烈的讨论并检查着我的身体。我只能无助地躺在那里，我感觉自己就像一块死肉。我不再想这些问题，试着让自己忽略周围发生的一切。

第五部分 再造

艾丽卡，我想着她和孩子们。

忽然间，我多年来忘记的所有事情都回到了我的头脑中。我大多数时间都不在家里，艾丽卡撑起了家内所有的事，差不多一人抚养了我们的孩子，同时还要管理她自己的孟加拉猫。这些都是她一人的功劳，就为了让我去做自己热爱的事业。

我不断地把我的责任放到她的肩膀上，她却从未犹豫。但每个人都有自己的极限，她的极限在哪儿？

我记得我在暴风雨中开着我的老吉普疯狂地来到她家，之后，我站在了她的门口。

我仍能听到她说，"要我搬到弗吉尼亚海滩的唯一条件是我的手指上要戴上戒指。"

这时，我听到一个声音打破了我的回忆。"中卫，您的妻子来了。"

我知道，我还没有做好见她的准备，我现在一团糟。

我好几天没洗澡了，凝固的血液将我的头发粘连起来。经过了长时间的飞行以及长时间躺在兰施图尔停机坪晒热的汽车里，让我身体发出了较大的臭味。我甚至记不起上一次自己刷牙的时间。

还剩下什么呢？

我以前从不知道害怕的感觉。现在，我非常无助。我给护士划拉了一张便条，问她是否能帮我清洁一下，使我在妻子面前好看一点。

她找了一块海绵，试着擦掉我身旁的几处血迹，血迹在我的皮肤和头发上凝固成块状。我闭上眼睛思考着，试着去设想即将要发生的事情。

我不知道我是否能独自撑下去。没有她，我的生活怎么办？

护士草草清理完毕。"你看看，中士，都好了。"

都好了？我的左鼻孔插着管子，我的气管被切开，我衰弱得难以坐立。

我吸了一口气，准备了一下。

"好的，我准备好了。"

午夜刚过，艾丽卡步入房门。她毫不迟疑地冲到了我的身边。

那时，她在这里，她的脸在我的上方。她迷离的双眼，深棕色，满是泪水，这是我灵魂的安慰。她平静而温柔地亲吻着我。通过她柔软的嘴唇，我品尝到了她咸咸的泪水。

"我们会好起来的，亲爱的。我们会挺过去的。"

我怀疑过她对我的爱，我为此而感到羞愧。她像岩石一样，毫无改变。此刻，我知道，我们一定会重新过上美好的生活。

第五部分 再造

26　字条

贝塞斯达海军医院（2007年9月）

　　第二天黎明前，我从断断续续的睡眠中醒来，吃了止痛药。我思索着我在哪儿，发生了什么事情，突然间，我忆起了真相。

　　艾丽卡睡在一张躺椅上，躺椅是护士提供的。艾丽卡向她们说明，要守在我的身旁。我看着她，她睡着了。我的心跳变得缓慢，我原先的不安已消失了。她在我身边，让我感到舒服与平静。

　　我们需要帮助以度过这场严酷的考验。幸运的是，我们双方的家人前来照顾我们的孩子，这使艾丽卡能守护着我。我们希望在未来的几周，孩子们的日常生活尽可能地不受影响。他们可以如往常那般上学，进行足球训练。过一段时间，我们就可以和他们重逢了。

　　凌晨4点，来了很多医生和护士。我发现这是他们的例行程序，部队医院会在很早的时候查房。一打专家来到我床前，检查我的恢复情况。

　　一位海军军官站在我的床边，他大约6英尺2英寸（1.86米）高，瘦但结实，胸前戴着三叉戟徽章。

　　他说，"嘿，杰恩，我是丹·瓦莱克（Dan Valaik），这里整形外科的头儿。我负责照顾你。"

　　医生胸前戴着三叉戟徽章令我震惊。

　　"是的，我当军医之前是海豹突击队的人。"

　　我摸索身旁，找到写字板和笔。他耐心地等着我写：

"没什么可说的。我明白我在高手手里。"

"有多少机会能让一名兄弟照顾我？看到三叉戟我就感到安心了。"

瓦莱克医生开始与我和艾丽卡谈论我将接受治疗的情况。我很高兴地划拉了一张便条，递给医生。

"让我们开始执行计划吧！"

瓦莱克医生和小组的其他人理解我急切希望下床归队的心情。因此，他们认真地制订了我的相关医疗计划，分阶段实施。第一阶段，清理和稳定伤口。第二阶段，重塑我的胳膊和脸。第三阶段，全面美容。

我已经基本度过了第一阶段。虽然我还不能行走，甚至不能坐起，但我希望自己能尽快进入第二阶段。我越快地度过这三个阶段，就能越快地回到部队，继续我的事业。

很快，我下一阶段将是一系列的检查——CT 和 X 光，确定我胳膊和脸的受伤区域。同时，他们已安排了几次手术处理我的伤口。

贝塞斯达的第一个早晨，我是在迷糊中度过的。我父亲和继母何时来到了我的房间，我丝毫不知。但我深知，艾丽卡寸步不曾离开过我。我的兄弟姐妹那天也来到了医院。那天，除了亲人们的探望，我还在护士的引导下做了很多检查，直到深夜才得以休息。

第二天早晨，全面的血液检查查出了我的一系列问题。我感染了一种非常危险的病毒，这种病毒只存在于中东地区。在贝塞斯达的医务人员自9·11事件以来，已多次见过这种病毒了。他们给我用了大剂量的药力很猛的四级抗生素，并采取了措施防止我将病毒扩散至他人。之后的几周时间，那些进出我房间的人都被要求穿戴一种特制的消毒服和面罩。

他们给我服用血液稀释剂以减少血栓形成的危险，血栓形成可能造成中风或动脉瘤。

现在，这种情况令人觉得好笑。

在第二阶段，我开始反复做 CT 和 X 光检查。下床是一项痛苦的挑战，需要艾丽卡和医护人员的帮助。我无法独自坐立，我从没有这般衰弱和摇晃。

一天，艾丽卡和一个护士把我推到实验室做头部三维造影扫描。这个扫描可以帮助医生确定我脸部的损伤区域。我们到了实验室，一架照相机将绕着我转圈拍照。

一名技师进了扫描室，他看了我一眼，说，"请站起来。"

"站起来？"

这一随意的命令令我和妻子目瞪口呆。艾丽卡努力地给这个技师说明我的情况。但他似乎并不在意，在他看来，不站起来就没法扫描。我想，如果他碰上了断腿的战士怎么办？难道也喊人家站起来。

艾丽卡用肩膀架着我的右臂，将我从轮椅上抬起。虽然摇摇晃晃，但我靠着她的支撑还是站了起来。技师要求道，"请将脸朝向机器的方向。"

我将脸转了过去。我看到前方的机器中镶嵌着一面镜子，从镜子中我看到了艾丽卡痛苦的表情。

然后，我看到了自己。

我正盯着一个不认识的人，和之前的我判若两人。脸浮肿着、颜色通红，管子插在左鼻孔上，蓝黑色的线在我的脸上交叉缝合着，我的蓝眼睛布满血丝。我吓得两腿发软，还好有艾丽卡给我提供支撑。

技师打开机器，照相机绕着我旋转，整个过程只维持了几分钟时间。当艾丽卡推着我的轮椅回病房时，我听到了她微弱的哭泣声。

一位医生注意到了艾丽卡的哭声，问出了什么事。

"我不希望自己丈夫在没做好心理准备之前就看到自己现在的样子。你们破灭了我的希望。"

回到病房，我们仍情绪低落，一言不发。因为这次检验，我全身都感到疼痛。我能感到艾丽卡也和我是一样的状态，心痛比肉体上的疼痛更难熬。我让她受了不少罪，她一直坚强地为我而拼搏。我不敢相信，自己还曾怀疑过她对我的忠诚。

就在那时，我突然想到了什么。我拿起笔和写字板，写了起来：
"你收到我受伤的消息时在哪儿？你是如何收到通知的？"
艾丽卡看着我，叹了口气。
"我整个上午都在外面办事，孩子们还在学校。我去学前班接麦肯齐和安杰利卡，他们正和一个朋友一起玩耍。我接了孩子回家后，孩子们骑着自行车，吃着零食。"

这是那么美好的一天。

"当时的我正在厨房，我看到电话的无数个来电显示，均为美国政府，"她接着说，"我仔细翻查了下，过去4个小时里平均5分钟就会收到一个未接电话。我猜，应该是你给我打的电话，所以我没带孩子们出去，等你再次打来。"

"电话在几分钟后响起。"

"我拿起电话，迫切地希望听到你的声音。但电话中传来了陌生的声音，'艾丽卡，我是吉尔……'"

"电话突然挂断了。那时，我知道出事了。所以我把孩子们放在了沙发上，放了一部电影，等着吉尔再次打来。"

我写道，"对不起，我让你难受了，亲爱的。"

"电话再次响起。我再次听到了吉尔的声音，但电话又断了，和之前一样。那时，我很慌乱。孩子们嚷嚷着想去野餐，我所想的只有吉尔的电话。你出事了吗？"

在她努力回忆时，我能看到她脸上的痛苦表情。现在，我感觉自己问这个问题太残酷。

"我试着提醒自己，如果你阵亡了，联系小组会直接登门拜访，应该不会打电话。会不会是他们来过了，我不在家才打来的电话？怎么办？我感到恐惧。我很害怕，我必须到门外去，远离孩子，克制一下自己。"

第五部分 再造

当艾丽卡出门时，她死死地攥着电话，差点把它捏坏了。

电话又响了。吉尔说，"抱歉，老断线。我不得不告诉你，你丈夫是我知道的最幸运的人。杰森在昨晚的战斗中中弹——胳膊两弹、脸部一弹。他的鼻子差不多快没了，他的下颌也受损严重。他接上了气管，暂时不能说话。他已做完了初步的手术，目前状况稳定。如果计划一切顺利，他将在周日晚上回到美国。"

你是怎么跟孩子们说的？

"当他说完后，我整个人都软了。我不相信你的脸中了枪，我不知道你现在的情况，是否伤到了大脑。我站在那儿，陷入了长时间的思索，孩子们在屋里跑来跑去。"

"我回到屋里，告诉他们，你胳膊中枪了。我没告诉他们你的脸伤。我不想让孩子们知道太多，我决定独自承受这次考验。后来，通过你在德国的来信，我知道情况虽然很糟糕但你的脑子是好的。"

"哦，亲爱的，我一切都好。"

她看了我写的字条，笑了。她抓住了我的手，"杰森，我们的世界天翻地覆了。我不知道接下来会怎样，但我知道，我必须拿出主意，安排好孩子们的照顾问题。这才是最重要的事情。"

我感到了她的温柔，再次，因怀疑她而感到羞愧。

最后一次了，我不会再让你受罪。

那天上午稍后的时间，两名军士走进了我的房间并作了自我介绍。丹·汤普森（Dan Thompson）军士长和马蒂·汤普森（Marty Thompson）上士都是伤员，他们作为伤员与医务人员之间的联系人受命于特种作战指挥部。他们的工作是，确定伤员能受到最好的照顾，伤员家属得到最好的支持。

我和艾丽卡称呼他们为汤普森兄弟。我们很快发现，他们是上帝为我们派来的。他们为我们的家属安排住宿，他们为我们遇到的一些繁文缛节进行代办，汤普森军士长还给了我一个重要的建议。

"小心有的医生，"他警告我们，"大多数医生是有才能的专家，真心为你的利益着想。但有些医生并不是这样，我见过许多医疗事件。永远不要忘记，艾丽卡才是最关心你的人，多向医生询问你的情况。"

接下来的几天，我的屋子继续人来人往，家人、医生、护士、值班人员、探望者。他们经常把我吵醒。一次，一位医生说，她是为我做口腔颌面部整形手术的外科医生。她给我们解释，她的小组的工作就是重塑我的脸。她的名字叫马拉德（Mallard）。她在病房中总是激情四射，所以，我时常戏称她为闪电医生。

她精力充沛而率直，她毫不避讳谈及我的脸伤。机枪子弹从我的右耳正前方打进，打碎了我的下颌，击毁了我的脸颊，从鼻子穿出。事实上，我右脸的颧骨和眼底板骨都没了。

我的鼻子几乎完全毁了，需要整体重塑。他们要修复我打坏的下巴，植入一块钛合金片以代替我的眼眶，还需要修复右脸面骨的损毁部分。在这之后，整形医生才能开始手术。

我以前坚信他们能把我治好，我可以快速地回到部队。现在，我不那么确定了。

"我们需要几周时间，医生？"

"几周？"她惊讶地说，"不，杰森。我的意思是几年，至少几年。"

"几年？"

面对她的回答，我无法接受。

"这是渐进式的手术。前一项手术彻底痊愈后，我们才能开始后一项手术。"

她继续解释说，"我的情况是高度复杂的，在未来几年里，需要大面积的骨骼和皮肤移植。"

第二天早上，我被推进术前等候室，准备进行诸多外科手术的第一台。在贝塞斯达，医务人员允许家属在术前等候室和伤员待在一起，直到进入手术室的门为止。所以，艾丽卡一直守在我的旁边。第一台

第五部分 再造

在国内的手术要花费很长的时间——10或12个小时。医生将分成两组，第一组处理我的胳膊，第二组处理我的面部。

护士把我推进手术室。艾丽卡跟着我，说着安慰的话。她的形象是手术室门打开之前，我看到的最后一个形象，紧接着我被推进了门。然后，麻醉师开始了工作。

"我的来福枪在哪？"

"恐惧包围着我。战斗打响了，敌人临近了，而我却没有武器。追踪者快速掠过，机枪声响起。"

"我的 M4 枪在哪？"

"我趴在地上，双手掠过地面，寻找着我的武器。几秒钟过去了，我没有触摸到任何武器。"

"发生什么事了？我必须找到我的来福枪！"

"我很慌乱，在黑暗中挣扎，夜越来越深了，枪口发出的橙色闪光不停地闪烁。"

"杰森！杰森！"艾丽卡呼唤道。

"这是艾丽卡的声音吗？"

猛地一晃，我发现自己已经在术后休息室了，半边身子翻在床外。艾丽卡和一个护士努力地抓住我，医生和更多的护士冲过来帮忙，我的周围全是人。我看到艾丽卡，她似乎被吓坏了。我慢慢放松下来，他们把我放回到床里。我浑身是汗、疼痛、晕眩、药物副作用，我躺在那儿寻思着刚才的噩梦。医生解释道，这样的事情时有发生，这是使用麻醉剂后的正常反应。他们向我们保证，不会再使用那种麻醉剂了。

总体来说，手术还是成功的。瓦莱克医生告知我胳膊的情况。损伤比预想的要严重。我中了两颗子弹，一颗在二头肌下部，一颗在前臂上。我的神经也受了损伤，左手无法运动。肱骨有一块没了，包括连在肘关节里面的那一段。我的肘也差不多毁了。瓦莱克医生告诉我医疗组曾考虑过截肢处理，因为伤情确实太重。但最终，他们保住了它。

感谢上帝。

瓦莱克医生告诉我，他已为我的伤情联系了全国的有关专家。他让我放心，他会竭尽所能地医治我的胳膊。关于这点，我完全相信。

当晚，我在半睡半醒间徘徊了很久，思索着曾经发生的事情。

我曾希望医生能把我快速治好，我能回到自己的战斗部队。现在，我想知道，我是否还能像正常人那般生活。我的右眼甚至无法闭上。艾丽卡不得不每隔几个小时为我滴几滴眼药水，避免它干燥造成进一步的损害。

我将是一个满身伤疤的人。

幸运的是，我还活着。

为此，我必须感谢上帝和所有那些使我存活下来的人。

那晚，我认识到我现在面临着一个治疗上的"水下爆破训练"。为了生存，我必须渡过难关。我的脸、眼睛一团糟，我接着气管、缝着针，我只能通过胃管进食。如果我的胳膊能恢复的话，其他的事也就渐渐有了头绪。只要我胳膊的功能恢复，我就能重返部队。我是个战士，不像电影明星那样靠脸生存。

在接下来的几天里，我能感到自己的意志渐渐消沉。我尽力去笑对每次挑战，但我越来越觉得自己难以招架了。

第二周过得更加紧凑。更多的检测等待着我。艾丽卡一直陪伴着我。每天都有很多新的挑战，我要战胜疼痛，还要不断地与精神萎靡作斗争。

音乐成为了我的另一件武器。艾丽卡在我伊拉克的装备中取回了iPod，她为我播放着不同的音乐。我们拥有几千首歌，分列了几十个播放列表。这些旋律日日夜夜地回荡着。它们给我在医院的陌生生活略微带来了一点似曾相识的感觉。

一天下午，两个亲戚来看我，艾丽卡利用这个机会出去吃午饭。

第五部分 再造

我和他们谈了一会儿，这使我感到了疲劳。我开始变得迷糊，但我自己并不自知。在我打盹的时候，我听到他们互相耳语。我只听到了片段，但这足够了——他们流露出了对我的可怜。作为战士的我无法接受，我心里怒火涌起，但我没有发作。我偷眼看了一眼，他们以为我睡着了。他们耳语时，身子探到了床上，眼中满是悲伤。

艾丽卡回来，亲戚走了之后，我写下了刚才发生的事情。回味这事让我再次感到愤怒。我扯下一张纸，递给艾丽卡。

"这是最后一次。"

最后一次让别人可怜我。我曾经为国而战，我现在将为重获健康而战，我终将能重回战场。我不是来这儿博取他人同情的，我只是在这里恢复健康，做一个意志坚毅的榜样。这所医院里，伤情比我严重的还有很多——没了肢体、大面积烧伤、大脑创伤或者失明。我感谢自己的状态还不算坏，我将坚持着战胜伤病。

我给所有我的看望者写了一张纸条，我让艾丽卡挂在门上。一天后，另一个人来到我的房间，开始可怜我。显然，他们没有看见门上的纸条。当他离开后，我让艾丽卡找来几张海报，用黑色的记号重写了一次。

注意

进这儿来的各位：

　　如果您来这里是可怜我的伤痛，请去他处。我的伤是在我热爱的工作中所得，我为我爱的人而工作，我支持着自己深爱的国家。我是坚强的，我终将会完全康复。完全康复，即真正地从体质上拥有健康。你即将进入的这间屋子是一间快乐、乐观的屋子。如果你还没有做好准备，请去他处。

来自：管理处

27 重聚

贝塞斯达（2007年10月中旬）

我每天都在进步，我的身体也在渐渐好转。

此时，我准备着去克服我的下一个困难。今天，我将见到自己的孩子们。我在医院已经有一个月时间了。虽然我还没能进行整形手术，但我不能再推迟家庭团聚的时间了。我非常希望见到他们。

我不想让他们看见他们的父亲显出残疾的相貌。我一直保持着努力，试着摆脱病床的束缚。向前两步总要后退一步，这是常规。但是，我拒绝放慢脚步。

我重新获得了移动的能力。起初，我只能做到从床上艰难地坐起。慢慢地，我能在医院里小遛几步，拿着一个输液杆和止痛药。事实上，我对自己现在的样子依然不满意，可这不是我说了能算的。

虽然我尚未进行整形手术，但脸部的浮肿已消退，脸上的伤口已接近愈合。新一轮的脸部手术将在稍后的秋天开始，那也许是一个漫长的时间，甚至可能需要一年都不能见到我的孩子们。自阿富汗部署以来，我很长时间未能在他们的身边了。

我拖着摇摇摆摆的步伐来到大厅。孩子们跟着艾丽卡和我的母亲在离病房不近的家属区等着我。

生命变化无常。

我来到家属区的门口，我努力地让自己镇静下来。我需要这一天，我害怕这一天。

当我从阿富汗回到家的时候，麦肯齐甚至都不认识我了。现在她会怎样想呢？

菲尼克斯、安杰利卡与麦肯齐站在那里，与艾丽卡、她父亲克雷格（Craig）以及我的母亲站在一起。当我出现时，他们转过头来盯着我。我看到菲尼克斯和安杰利卡的黑眼睛满是恐惧，而麦肯齐的蓝眼睛则满是怀疑。

我走过去，以自己身体能支撑的最热情的动作向他们问好。菲尼克斯和安杰利卡看到了我的胳膊和脸后，迟疑不定。我停下来，屏住呼吸，不想吓着他们。之后，慢慢地，菲尼克斯向我走了一步，安杰利卡跟在他哥哥身后。他们盯着的仿佛是个陌生的世界。我们心理上的鸿沟远比我们之间的空间距离大得多。

麦肯齐打破了沉静。她挣脱了艾丽卡的怀抱冲到我的面前。在我反应过来之前，她已埋在了我的两腿间，疯狂地拥抱我了。我用那只健康的手拉着她。一眨眼的工夫，菲尼克斯和安杰利卡也加入了我们。他们小心地不去碰我的左臂或拌着的输液管。我们小心翼翼地共享着几月来的第一次大拥抱。

艾丽卡已经出去了，去给三个孩子买礼物。她回来后将袋子递给我。我拿出洋娃娃给麦肯齐和安杰利卡，红色的任天堂掌上游戏机给了菲尼克斯。

他们的喜悦无限焕发了我的精神。在他们玩新玩具时，我注意到，他们的怀疑已转变为接受。虽然他们的父亲看起来有点可笑，但他还是那个爱着他们的父亲，喜欢给他们送礼物的父亲。在团聚快结束时，他们又拥了过来，我感到了他们敞开的诚恳的爱，这种感受支撑我度过了接下来的几天。

真是艰难的几天。

闪电医生和她的口腔颌面部手术（OMFS）团队开始令我担心起来。瓦莱克医生从一开始就是开放而包容的，但从闪电医生和她的团队那里，我受到了完全不同风格的治疗。我和艾丽卡不断地提问题，他们要么是回答不了，要么是不愿意告诉我们。他们不断地劝阻我们别向其他专家咨询。在与闪电医生会面时，我和艾丽卡反复询问我们何时能与眼科专家、整形专家以及任何其他参与我面部重塑的专家联系。她标志性的率直在这些问题面前消失了。她变得闪烁其词，这使得我们产生了紧张感，艾丽卡和我显得疑虑重重。

那个月做了不少手术，不过，这似乎只是开始。为了修复我的胳膊，并最终使伤口闭合，医生告诉我需要进行皮肤移植。他们用小巧的奶酪切片器一样的设备从我的大腿上取下一块10英寸×6英寸（25.4厘米×15.2厘米）大小的皮肤。我痛苦地惊醒过来，皮肤移植造成的大腿伤口比我的脸臂伤痛多了。

在贝塞斯达的日子，度日如年。日程一成不变，痛苦也从未减轻。我和艾丽卡渐渐了解到，哪些护士是值得信赖的，哪些护士只是打卡混日子的。有几个护士和我们的关系很好，总会在下班之后照顾我。这些优秀护士大多都是合同工，病人用另类的眼睛看他们。汤普森兄弟帮助我们了解医疗系统的复杂门道。像我这样的病人比较复杂，我的身体要由多个医学领域的医生联合处理。每人都只关注自己的那一部分，有的领域的医生相互之间还缺乏合作。

通过海豹突击队的帮助，我们决定离开贝塞斯达，为我的脸寻求其他的医疗意见。每个负伤的战士都有这个权利，但那些年轻的士兵或海军陆战队员并不了解这一点。他们从不质疑医生对他们的治疗，从入伍的那天起，他们就学会了接受并无条件地服从上级领导和官员的命令，对医生也是如此。我相信，正是这种毫无保留的接受，有时会让他们的治疗受罪。

在来到贝塞斯达的6周后，我被允许回家继续接受康复治疗。我知道，我还会在未来几个月的时间多次走上手术台。但是现在，我盼望着能躺到自己的床上。我的下颌仍未拆线，我的胃上插着管子，气

第五部分 再造

管仍插在嗓子里。

好消息是，我不再需要写字板了。在通过写字沟通一个多月之后，我终于有能力再次说话了，这是一个巨大的安慰。

起初，在家的日子，我的活动范围仍然很小。在经历了受伤和手术之后，我依然能感到疼痛。我大多数醒着的时候，要么在床上待着，要么在电视机前的椅子上坐着。我一只眼睛戴着眼罩，所以我用那只健康的左眼收看俄亥俄州的橄榄球赛。孩子们总和我开着玩笑，想送我一只鹦鹉[7]。

艾丽卡每天 24 小时照顾着我，她清洁我的伤口和气管，通过胃管喂我吃饭。她和孩子们在那些艰难的岁月里是我快乐的源泉。麦肯齐过去性格冷淡，现在却成了我最心爱的宝贝儿。当我在床上躺着的时候，她通常会爬到被子下面和我依偎在一起。当我在客厅的椅子或沙发上坐着的时候，她也会坐在我的旁边。她天真地接受了我和我现在的状况，这给我注入了坚持的力量。一天晚上，我帮助菲尼克斯做作业。当我们一起完成它的时候，我注意到他在深思，他突然抬头说，"爸爸，如果你在炸弹爆炸后走着离开了那里，你就是传奇了。"

"哦，小伙子，我被机枪打中了，我已尽力从那里走开。"我回答道。

菲尼克斯想了想，耸耸肩说道，"嗯，这已经是个传奇了。"

我渐渐感到自己真的回家了，且融入了家庭。在他们的关心呵护下，我开始变得乐观而积极。我的体重在经历了一段时间的快速下降后，现在基本稳定了下来。每天，我都努力地离开床，也尽量少待在椅子上。有时，我要用最大的意志才能做到，但这种自律很快收到了回报。终于，我可以再次行走了，甚至开始做些基本的练习。

在我离开贝塞斯达的前几天，一名口腔颌面部手术的实习医生和

---

[7] 海盗的形象通常为独眼且肩上挂着一只鹦鹉。

我谈鼻部重塑时提到一位芝加哥的医生。他说那位医生是这个领域的专家，他的名字是伯吉特（Burget），他是整个鼻部重塑领域的世界权威之一。在回家后的一个周末，我决定去找这位医生并给他打电话。网络搜索后，我找到了他的电话号码，并在家中给他打了电话。我说明了自己的情况后，他让我前往他那里看看。

我和艾丽卡订了11月中旬的航班。我们奔赴机场想知道伯吉特医生是否可以为我们提供帮助。

机场是场噩梦。我摇摇晃晃地缓慢走过大厅，越来越感到郁闷和不适。旅客穿梭于我和艾丽卡的周围，奔赴在各自的路上。突然，我开始感到不安，我细查着周围的人群，试图发现威胁。我后来才知道，这种恐惧感是战场回来的老兵常见的症状。

这种不安可不是什么好事。我想，我也许成了一个怪物。

我的好心情消失了，我感到痛苦。

第二天，我和艾丽卡在芝加哥与伯吉特医生见了面。他查看了我的鼻子，研究了我的病例。之后，他说他能帮上忙，但他也告诉了我实情——完全重塑我的鼻子非常困难。由于战争中遗失的软骨、骨头和皮肤，我需要更多的移植。我的身体会变成一个各种零件的储藏室，不仅我的鼻子如此，我的脸和胳膊也是这样。当他谈完我伤情的复杂程度后，他告诉我，他和合伙人罗伯特·沃尔顿（Robert Walton）医生可以一起为我提供帮助。他做外部塑形，沃尔顿医生将重建内部结构。

我们离开了伯吉特医生的办公室去见沃尔顿医生。沃尔顿医生摸了摸我的鼻子，看过CAT扫描后，他说，"我能肯定，我可以让你恢复健康。"

现在，我知道我的鼻子有希望了，这是好事。但我们在达到那步之前，还有很长的路要走。在重塑鼻子之前，我必须先重塑自己的右脸。闪电医生已为这一计划在当年的12月安排了一次手术。当我告诉沃尔顿医生这些情况，以及我和艾丽卡对我们遭遇的一些事情的疑虑后，他向我们介绍了另一位口腔颌面部手术医生爱德华多·罗德里格

第五部分 再造

兹（Eduardo Rodriguez），他被认为是这个领域中最好的专家。他在约翰·霍普金斯(Johns Hopkins)医院和巴尔的摩休克和创伤中心(Baltimore Shock Trauma)工作。后者已经因其对枪伤的领先疗法而闻名全国。显然，黑帮枪战已为那里的专家们提供了很多实践机会。

那天下午稍后一些时间，我们和沃尔顿医生道别，驱车前往奥黑尔国际机场，决定回家后去拜访罗德里格兹医生。当我们寻路穿过排队买票的人群和安全区时，我和艾丽卡交谈起来。我在听完伯吉特和沃尔顿医生的话后满怀希望，我的好心情非常愉悦。我和艾丽卡笑着，心情轻松地讨论着下一步的计划。

我们完成了安保检查，重新穿上鞋子，这时人流在我们周围穿梭。我又开始不安起来。我又开始了习惯性地扫描人群，警惕着任何潜在的威胁。

放松，这里不是战场。

一个样子有点神经质的女人大步朝我这边走来。她看到了我的样子，她流露出震惊的表情。不知何故，她专注地看着我，我也死盯着她。

"够了"，我喊道。

她吓了一大跳，闪进人群中消失了。

艾丽卡不喜欢我这样，"杰森，有必要这样吗？"

"有必要。"

"我们走自己的就行了。"

艾丽卡是对的，我应该放松。剩下的路程，我试图与我周围的人沟通交流，我发现大多数人认为我遭遇了严重的车祸或某次事故。我们已经在前线战斗了6年，可没人会认为这些重伤来自战场，而我们正为了保护他们的自由而战斗。

伊拉克、阿富汗——它们似乎与这里的人完全没有关系。这里的人们在家享受着一个成功国家的繁荣与和平，远离战争的蹂躏。这不是第二次世界大战那样的举国努力，这些战争的责任落到了那些志愿者坚强的肩膀上。他们选择去护卫这个国家以及他们的家庭。我的兄弟们为了国家和人民付出了全部，但人民对他们的牺牲似乎并不关心，那我们的价值在哪里？这是一个扰人的问题，在接下来的几个月时间里一直困惑着我。

回家后没多久，我们去见了罗德里格兹医生。我们一走进他在巴尔的摩的办公室，我和艾丽卡就知道我们找对人了。他办公室的架子上陈列着数排丙烯酸的头骨模型，是按照三维照片设计而成，我以前在贝塞斯达见过。从他身后架子上的头骨推测，他治疗过许多和我一样病情复杂的病人。

罗德里格兹医生介绍了他的方法——使用骨骼移植和毛细血管手术技术。他将从我的腿上取出一段长腓骨和血管，用这些材料重塑我的下巴和我右脸受损的部位。手术后，我会有几天时间不能行动，以避免毛细血管缝合损伤，这些缝合连接着骨头中的血管和手术部位的移植皮肤。他已做过很多次这样的手术了，包括伤兵的。他给我看了一个美军特种部队老兵的头骨和照片，他的情况和我类似。现在，我和艾丽卡彻底放心了。

我们取消了闪电医生安排的手术，她的团队不能和我们现在遇到的这些世界级专家相比。汤普森上士的警告给我们带来了很大帮助。

罗德里格兹医生在圣诞节前两天给我做了手术。在术前准备室，护士问了我一连串关于我病史细节的问题。我毫不迟疑地回答了她的所有提问。此时，我已能像医学本科生那样用医学术语流利地背出自己的病史，我已这样训练了无数次。

她问完病史，又问道，"和你来的是谁？"

我抬头瞥了一眼艾丽卡说，"不认识，来这儿的路上偶遇的。请她一块过来了。"

护士盯着我，又看看艾丽卡，假装非常生气。

"我是他妻子"，艾丽卡却丝毫不配合我的玩笑。

"是吗？"

"是的。"

第五部分 再造

护士有点不高兴地看着我,好像我不是个好丈夫。我若无其事地说道,"我提过我是头部中弹了吗?"

艾丽卡翻了个白眼,走了出去。

医疗团队在手术后没让我去术后室见艾丽卡,而是将我昏迷72小时以确保微细血管愈合。我一动不动地躺着度过了那年的圣诞节。我的病情给艾丽卡带来的压力和紧张变得更加严重了,因为这里限制探望者和家属与病人见面。

当医生结束我的昏迷时,我的右眼看不见任何东西。失明的恐惧加重了我内心的疼痛,大多数疼痛都来自右眼。原来是新装的眼眶底太高了,压迫了我已损伤的眼球和肌肉。我还需要一次手术进行调整。

好消息是骨头和皮肤移植非常成功。罗德里格兹医生取下了我10英寸(25.4厘米)的腓骨,并从我的右小腿上取下了带有毛细血管的皮肤。他使用这些材料重建了我的右脸。当我在重症监护室醒来时,我发现他们在我移植部位覆盖的材料看起来像张干净的厚玻璃纸。这是治疗烧伤和移植方面最新的技术突破——透明敷料(Tegaderm)。之后,当我与罗德里格兹医生谈起我在贝塞斯达的经历时,他吃惊地摇摇头——粗纱布和热灯已是非常过时的处理方式了,他已经很多年不曾使用了。那天晚上,我想到,由于部队医疗系统落后于当前的医学技术,有多少伤兵要遭受那样的痛苦呢。

术后恢复是件折磨人的事,我患上了偏头痛,没什么药物能减轻我的疼痛。由于骨骼移植,我要坐8周的轮椅,让自己的腓骨愈合。这段时间,我看了大量橄榄球赛和电影,变得越来越沮丧。一次,我看了一部《我们拥有夜晚》(We Own the Night)的电影,电影介绍了20世纪80年代布鲁克林俄裔黑帮的故事。我非常喜欢这类动作片电影,我看得非常带劲。当我看到马克·沃尔伯格(Mark Wahlberg)扮演的角色被打中了脸部时,这个场景开始令我感到不安。幸运的是,马克·沃尔伯格扮演的角色在这之后顺利地康复了。

我的伤也能像这部好莱坞电影一样吗？

我盯着马克的脸。我的身体已支离破碎。现实是冷酷的，我也许很难达到正常人的水平了。我不知道自己是否还能再和自己的兄弟们一起战斗。

不过，上帝还是对我不薄，它赐予了我三个宝贝。麦肯齐、安杰利卡和菲尼克斯都镇定地接受住了所有考验，他们令我感到欣慰。当我奋斗时，他们一直在我身边默默支持着我。当我陷入无助时，他们仍抱有胜利的信念。一天晚上，麦肯齐决定在客厅我的躺椅旁扮演医生，安杰利卡正在旁边看电视。麦肯齐把各种的医疗设备玩具都拿了出来。我保持着尽量不让自己笑出声来，她站了起来，递给我了一支温度计。

"爸爸，我要测你的体温。"

"啊，"张开嘴。她将温度计放到我的嘴唇上，停留了一会儿。做完后，她拿走了体温计，严肃地看了起来。

我问道，"我病了吗，医生？"

一旁的安杰利卡插嘴道，"不，笨蛋，你中枪了。"

房间里传来了一片笑声，我享受着家庭给我带来的温暖。

第五部分 再造

28　重生

弗吉尼亚海滩（2008年1月）

2008年1月，我和艾丽卡发现，我们曾在贝塞斯达病房门上贴的纸条已像病毒一样传播开来。一个朋友打电话告诉我们，一位国防部前副部长已在他的博客上写了一篇关于这些话和我所受伤的文章。这个消息使我和艾丽卡震惊。我是在最痛苦的时刻写下这些话的。它是怎么被发现的，并在网上传播开来？

2007年10月，我在贝塞斯达曾遇到过一位拜访者，他是一个战士和警官的父亲。他的儿子在9·11事件中遇难了。他是约翰·维基亚诺（John Vigiano），是前海军陆战队队员，也是一名传奇战士。自阿富汗战争开始以来，他就非常重视访问伤兵，他总为伤兵提供帮助。他曾读到了我在门上写下的那些话，并提出了希望与我见面的请求。他全身充满了正能量，他是我和艾丽卡所希望的访客，他的来访使我的精神为之一振。我敢说，我们一见如故。在那次见面后，我们一直保持着联系。

我回家之后，他在博客上写下了我和艾丽卡的故事，并上传了一张我们在门上张贴纸条的照片。随后，这张照片被广泛转发，我和艾丽卡并不知情。我当初只是将它作为自己的陈述贴在门上，当然也是一个警告。我拒绝伺候那些可怜者、悲伤者和同情者。这并没什么了不起，我只是写出了自己的心声。

一天晚上，我打开自己的笔记本电脑用谷歌进行了搜索，有数百页的回复。那张照片被聊天版、伤兵论坛、军事博客和媒体转载。在他们大多数人眼中，只知道我是海豹突击队的 J 中士。网民们对我潮水般的支持让我感到吃惊。

我继续着 12 月手术后的恢复，我和艾丽卡去贝塞斯达看望了瓦莱克医生。他热情地招呼我，将我们请进了他的办公室。

"我们已尽了自己的最大努力，杰森，"他说，"我一直在全国范围内就你的胳膊问题联系相关专家，我认为有个人可以给你带来帮助。"

瓦莱克医生展现出了高水平的专业素养。一般的医生通常会独自处理我的伤情避讳提及自己的同行，但瓦莱克更关心我的治疗结果而不是自己的自尊心。他非常谦逊地意识到，有其他医生能更好地为我提供治疗。

瓦莱克医生的前任导师，安迪·伊戈尔塞德（Andy Eglseder）医生也在巴尔的摩休克和创伤中心工作。事实证明，这是个福音。2008 年 3 月，他们为我安排了脸部手术。如果我们能同时做胳膊手术的话，那我回归部队的时间也就不远了。

伊戈尔塞德医生在 1 月底与我们见面。对我做了全面检查后，他给我说了实情，尽管有些残忍。

"看，你的胳膊损毁严重。有的地方的骨头已大量增生，这对我们来说，难度大大加深了。"

他解释道，最大的问题是我的肘关节严重损伤。膝盖更换在今天已不是难事，但还无人能造出高质量的人造肘关节，使其能应付日常生活。只有等待技术的进步，我的肘关节才能得以修复。

我们以前遇到的医生通常在看 X 光片前都坦言愿为我们提供帮助。一旦他们翻开 X 光片后，都会郁闷地告诉我们，自己无能为力。但是这次，伊戈尔塞德医生给了我希望，"我们不能绝对保证，但我想，

第五部分 再造

我们可以尽最大可能加大你活动的幅度。即便出现最坏的情况，你至少能保持现有状态。"

他问了我一连串的问题，最后问道，"你现在睡觉时，躺在床上穿什么衣服？"

"粉色的兔女郎套装。"

他的护士大笑起来。伊戈尔塞德医生眨了眨眼，他的表情难以捉摸，他脸上没有一丝笑痕。

伊戈尔塞德医生为我能回到部队提供了可能，我决定将自己交付给他。当我和艾丽卡离开巴尔的摩时，我默默地感谢瓦莱克医生为我打开这扇大门。

几周后，我们从弗吉尼亚海滩前往巴尔的摩，让伊戈尔塞德医生和罗德里格兹医生为我做术前检查。每次，我和艾丽卡开车去那里的时候，部队都会派一个新兵护送我们。这是海军特种作战（Naval Special Warfare）部门照顾伤员的传统做法。

这次，是一个叫吉姆的新人护送我们，他像雷神一样高大。检查室太小了，对吉姆来说，门边是唯一能站的地方。当罗德里格兹医生开门进屋时，他差点拍到了吉姆的脸。罗德里格兹回头瞥了一眼，他看到了吉姆。

"你是谁？"医生问。

"我是杰森的保镖，负责照顾他！"吉姆用他那浓浓的男中音回答道。

医生看了看我，又看了看吉姆。

"最好不要出什么差错，医生。"吉姆说道。

我和艾丽卡笑了起来。当罗德里格兹医生明白了吉姆的玩笑话后，放松了下来。过了一会儿，他开始了自己的工作。

这样的轻松有助于我们接下来的手术。渐渐地，现代医学让我回到了原样。

2008年3月，我回到巴尔的摩休克和创伤中心进行连台手术时，我需要的是轻松的心态。我手术前在医院登记时，管饮食的护士问我，"你怎么了？"

"我中弹了。"

她并不吃惊。"哦？你是哪个帮派的？"

"我看着像帮派里的人吗？"我问。

她抬头瞥了我一眼。"不知道。"

"我在海外中的枪，我捍卫了帮派可以在家随意枪战的自由。"

她对此并未作任何表示。

之后，在我准备手术的时候，另一个护士前来询问我的病史。

她指着艾丽卡，问，"这是谁？你女朋友，还是妻子？"

我抬头，说道，"昨晚在街角碰上的，那是一个不错的夜晚。她能和我同去手术室吗？"

护士张大了嘴。她思索着如何回答，陷入了震惊。

艾丽卡没有好气地责备我，说道，"你怎么了？为什么总是乱说？"

护士盯着我们。

"我们是夫妻！"艾丽卡说。

护士什么也没说，摇摇头，继续检查自己的资料。

伊戈尔塞德医生和他的团队用长在我胳膊里的一些异位骨化物质作我肘部的重塑材料。他们尽可能地重建了肘关节的囊区域。之后，罗德里格兹医生和他团队接手进行连台手术的第二部分。他们调整了我的下巴，重塑了我的眼眶，移动了眼眶底的位置以缓解我圣诞节手术的疼痛。

手术出乎意料地成功。我眼部的疼痛逐渐减弱了，最重要的是罗德里格兹医生对我下巴的恢复进展感到高兴，导气管也去掉了。我已戴着它长达7个月时间。

要想回归部队，我需要自己的小臂能有更大的活动范围，这对野外作战来说至关重要。这意味着，在战斗中，你不能顺利且快速地从装备里取手枪。

第五部分 再造

春天，我被安排了一连串的医疗预约和理疗。在私人医院，我是个戴着眼罩胳膊伤残的残疾人，并非负伤的战士。在那里，我不会接受到特殊的治疗。我感到疼痛时，会尽可能地用幽默笑话进行抵抗。

在一位医生的办公室里，我坐着等待医生叫号。一个小女孩从屋子另一头盯着我，眼神中充满了好奇。

起初，我有点愤怒。之后，我平静了下来。

她只是个孩子。

"嗨，"我说。

她的母亲刻意避开我。

小女孩大声说道，"你好！你是海盗吗？"

"对，我是呀！"

她怀疑地看着我。

"那你的手下呢？"

"我让他们待船上了。"我说。

"你的船叫什么名字？"她问。

"黑珍珠号。"

"你的脸怎么了？"

"坏蛋击中了我的脸。"我答道。

她端详了我一会，说，"他们用剑击中了你的胳膊，对吗？"

"对，对，他们用剑击中了我。"

我们开心地笑了，而她母亲却依然不曾看我。

那个春天稍后的日子里，我和艾丽卡去澳拜客牛排（Outback Steakhouse）的一个分店用餐，以庆祝我下颌终于拆线了。

我的身体仍然羸弱，我们坐着聊天，就像往日那样。我们聊着孩子、未来，以及我们正经历的事物。艾丽卡喝了几杯酒，我们的心情更加轻松了。

我们吃完饭，艾丽卡推着我的轮椅来到了停车场。突然，她开始欢快地推着我转圈，我们笑得像两个孩子一样。我们玩得太过高兴以致我吐出了刚喝进肚里的蛤蜊汤。艾丽卡一遍又一遍地道歉。

现在，我几乎每月都将去一次芝加哥，准备我和沃尔顿医生的手术，时间被安排在了7月。机场和大量的人流再次成为了对我的折磨。小孩子指着我叫，人们不愿和我说话。

我心中也充满了愤怒。

我在前线赴汤蹈火，难道就是为了这些人吗？

在一次从芝加哥回来的路上，我爆发了。我对每个盯着我看的人都说脏话。快到家时，我意识到自己行为的不妥，我决定要做出一些改变。

我思考了一下，然后想出了一个主意。我上网设计了几件T恤衫。我在T恤衫的正面写道："别盯着我，我挨了一颗机枪子弹，换你早完了。"我将美国国旗印在了T恤衫的背面，并加上了伤员服的字样。我决定下次去芝加哥机场一定要穿着它，让人们知道我不是被可怜的对象。我是一名为了自由而战斗的勇士。

我的主意收到了成效。

在我们回家时，我感觉好多了，我决定再多印一些。我写道，"为了自由而中弹。"同时，我依然将美国国旗和伤员服的字样印在了后背上。一天，我穿着它见了队里的人，一个朋友做出了他的评价。

"这是个极好的主意。你应该用它来做点什么。"

我开始思考，我想，大多数负伤的战士在公共场合应该都遇到过我的类似感受。我和艾丽卡商量着开办一个非营利性组织，把这些T恤衫赠送给伤兵，帮助他们重新发现英雄的自我，同时提高全国对他们为自由而战所做牺牲的关注度。我们喜欢这个想法，我们在2009年2月开办了"伤服"（Wounded Wear）组织。在我身体康复期间，我投入了大量的精力在这项事务上。

第五部分 再造

  与此同时，我小心翼翼地迈出了回归公民社会的步伐。我开始去食品店购物，做一些力所能及的小事。这有助于我最终摆脱轮椅，我已在轮椅中被束缚了几个月的时间了。
  皮肤和骨骼移植所产生的疼痛最终消退了。渐渐地，我停止了服用止疼药。我对自己的进步感到欣慰。我突破了每一个障碍，重新获得了原来的生活。

29　与总统会面

白宫（2008年10月18日）

　　我已让菲尼克斯为这一时刻准备了几周的时间，教他正确的握手姿势。9岁（原版如此）大的菲尼克斯即将和我们的总统见面。

　　我们走进了一小间椭圆办公室旁边的员工室，这种经历就像战斗一样充满梦幻色彩。这里的墙、地毯，都充满了浓浓的历史感。作为美国人，我曾无数次在电影和电视中看到过这里面的场景，但实际上只有极少的人可以走进这里。

　　黑尔·迈克尔斯少校在椭圆办公室外向我们走来。在我们的军事部署结束后，他被选调为白宫的研究员。他热情地向我和艾丽卡打着招呼。我们叙着旧，打听着曾经的队友今天的生活，世界变化真是太快。

　　黑尔·迈克尔斯看到我已把自己曾在医院门上写的纸条带来了，我把它交给了迈克尔斯。这时，一位白宫的助理问我们，是否做好了进入椭圆办公室的准备，我们即将与总统见面。艾丽卡抓着我的手，孩子们靠在我们的身边，我们都表现出了少许的紧张。

　　助理带我们进入走廊，穿过门进入了椭圆办公室。当我们进入时，乔治·布什总统从桌后面走出欢迎我们。这间屋子弥漫着大气和权力的气息，但总统本人却平易近人、态度温和。

　　布什总统友好地与我们闲谈起来，他热情地向我的家人做了自我介绍。我看到菲尼克斯和总统握手时像头黑鹰，他完成了我教给他的动作，我感到无比自豪。女孩们还太小，没能抓住这一重大时刻。她

第五部分 再造

们从白宫的工作人员那里拿到了小礼物袋，里面全是画片、巧克力豆、万花筒。她们在绣有总统徽章的地毯上坐了下来，研究起自己的玩伴。

"我听说了你在门上写的话。"总统在和我们握手时说。

黑尔·迈克尔斯走向前，展示了那张纸条。

"总统先生，如果你能签名的话，我将感到无比荣幸，"我说，"我想将它挂在贝塞斯达的病房里，以鼓励激发其他伤兵。"

"当然可以。"他说。

一名助理递给他一支笔，他签了字。这时，我的眼角似乎被什么东西吸引了。女孩们已把她们的礼袋倾倒在地板上，正好覆盖在国徽的上面。

布什总统签完字，将纸条递还给我。他看到了女孩们的玩乐，我的心咯噔一下。他脸上浮现出了开怀热情的笑容。有那么一小会儿，我们都盯着地面上两个淡黄头发的女孩在美国权力中心天真地玩耍。

最后，总统询问了我的伤势恢复情况。在告诉他我的恢复情况之前，我先将自己曾经的战斗故事为总统作了描述。

我在当年的秋天和2009年的春天还安排了比较重要的重塑手术。我的胳膊还不能弯曲到我回部队所要求的程度。

黑尔·迈克尔斯走了进来，告诉布什总统我们其他的一些战斗任务，包括当年6月的大战。当他说到我们带着11名妇女和儿童安全地撤离时，总统看着我的眼睛说，"感谢你和你的小队所做的一切，杰森。"

我对布什总统充满了感激。媒体总说他缺乏智慧，但只要和他待上一小会儿，你就会发现他那超出常人的智慧。他富有魅力，真诚且有幽默感，他没有任何排场和架子。我们来访时，正值国内发生金融危机。但他依然很放松，并不急着让我们离开。

大多数领袖似乎总是盯着民意调查。他们在政治风云中摇摆，以他们选区大多数人的观点左右自己的行为，以保住自己的选票，保住自己的权力。我欣赏布什总统，是因为他不与这股潮流同流合污。他以自己的信念为标准，做他认为正确的事情，做对我们伟大国家的未来有好处的事情。历史将证明他的功绩。

上个月,我在华盛顿吃饭的时候碰上了卡尔罗夫。他为我们安排了这次与总统的会见。我来这里有一个目的:请求总统亲自为阿尔和罗布授予银星奖章。银星奖章用以表彰战斗中的英勇战士。他们两人都应为2007年9月13日的表现而获得奖章。那天,阿尔救了我的命。

我问总统,他能否为我的两个兄弟授予奖章。

"如果我的日程允许,我很荣幸这样做。"他回答道。

我们全家在椭圆办公室与总统待了半个小时的时间,其间他未曾看过一次手表。

他的一名助理进到椭圆办公室,说,"总统先生,时间到了。"

我和艾丽卡让女儿们把东西收拾起来。安杰利卡突然站了起来,走向布什总统。她侵犯了总统的空间,距离总统太近了。事实上,如果她再进一步的话,一定会踩到总统的鞋。

她冲总统举着袋子,平静地说,"我的袋子里没有万花筒。"

乔治·布什总统看着我女儿的眼睛答道,"噢,我们一定改正错误。"

他抬头瞥了一眼助理,助理消失在了门口。几秒后,我女儿就拿到了属于她的万花筒。

我们和总统走向白宫的草坪,一架海军陆战队一号直升机(Marine One)正等待在那里。它将载着总统奔赴下一处会晤地。在我们道别之前,他给了我两枚总统硬币和一对白宫袖扣。后来,我将其中一枚硬币送给了阿尔。

与总统会面是我人生中最激动人心的时刻之一。它正值我身体恢复遇到困难的时刻,我需要各种鼓励以鼓舞自己继续前进。

幸运的是,各种鼓舞纷至沓来。孩子们和艾丽卡是不绝的源泉。

有时,我只想躺在床上,或是在屋里待着远离人群。我看到孩子们和艾丽卡,我立即明白我应该以身作则,不能让她们失望。曾经,我是一个不合格的父亲,由于工作的需要时常离开他们。现在,除了去芝加哥和巴尔的摩外,我在家的时间已非常充裕。我要做好父亲的榜样。

第五部分 再造

在贝塞斯达以及其他医院，我尽最大的努力为其他伤兵做出表率。没有可怜、没有怀疑，只有不屈的乐观，实现康复的信心。事实上，我也会有负面情绪。但我会独自面对它们，将它们从医院中赶走。我必须做出表率，保持引领。4月，我在白宫参加了麦克·蒙苏尔（Mike Monsoor）的荣誉奖章授予仪式。麦克曾是一位海豹突击队员，在拉马迪（Ramadi）的战斗中他扑向了扔到房顶的一颗手榴弹，用自己的身体为他的兄弟作掩护，并为之付出了生命。

在现场观看麦克的家人在他逝世后接受奖章的场景令人动容。我在那里碰到了一名叫瑞安·乔布（Ryan Job）的海豹突击队队员。他曾是第三小队的成员，在2006年的伊拉克作战中和传奇狙击手雷德曼·杰森斯凯尔共事。瑞安在队中曾是一名马克48机枪手，在那年春天的一次战斗中，一颗子弹击中了他的武器，然后打在了他的脸上造成右眼损伤。他比我早一年来到贝塞斯达，但神经损伤导致他的左眼也失明了。一想到他将瞎眼度过余生，令我一阵冷颤，可他却非常乐观。他告诉我，即便失明，他也会成为最优秀的盲人。

瑞安比我见过的任何人都坚强。他学会了打猎，并打死了一头麋鹿。他徒步旅行、爬山。他获得了华盛顿大学的学士学位，并在通用动力公司（General Dynamics）找到了一份好工作。

典礼之后，白宫举行了接待会。我和瑞安互相认识了一下。我们讨论了我们的伤情和手术经历。他已经经历了很多我还没开始的重塑治疗，他对我将要进行的治疗给出了真知灼见的意见。

授予仪式结束后，我回到了大巴车，坐到瑞安和他可爱的妻子凯莉的旁边。凯莉曾是护理瑞安的护士，瑞安令人惊叹的积极态度和幽默感赢得了姑娘的欢心。他们在瑞安退伍后不久结婚，一起搬到了亚利桑那州的凤凰城。瑞安有一只漂亮的导盲犬，黑色的母洛特维勒牧犬。我和艾丽卡也有一只洛特维勒牧犬。我们给它取名"雅典娜"，那是我在几年前购买的，为了我不在的时候帮助艾丽卡看家护院。我和瑞安谈论着我们的狗与我们曾参加的军事行动。当大巴车回到酒店时，我知道，我有了一位可以共享话题的新朋友。我们交换了电话，承诺以后会长期联系。

接下来的几个月，我在很多场合碰见过瑞安。其中一次，瑞安前往东海岸海豹突击队参加伤员福利组织会议。这里有很多非营利组织愿意为海豹突击队提供帮助。

瑞安对生活的积极心态激励了我。

此外，白宫之行也对我产生了较大的激励，我将曾经在病房门上写的纸条加上了鼓励的语句，送回到贝塞斯达。至今，它仍在那里挂着。来到贝塞斯达的伤员都能看到它。直至今天，仍有人找到我，对我表达感谢。这提醒着我，虽然我现在不在部队，但我仍能给我们的战士带来积极的影响。

在这之后的几个月时间，我处在漫漫长途之中，手术的艰难和挫折不断。沃尔顿和伯吉特医生努力地重塑我的鼻子，但每次手术后我都会引发严重的感染，让他们也非常闹心。每次重塑手术都需要一次移植手术的配合。到2009年夏，我自身的可用于移植的皮肤几乎快用完了。由于大量的手术和皮肤移植，我的身体遍布伤疤。部分问题在于——我的身体有多处纹身，不适合用做皮肤移植。人们在文身时，可不会考虑皮肤移植的事。但是，战士应该想到这点，特别是对那些在汽车爆炸中烧伤的士兵来说。

治疗过程中，我们也会时常遇到官僚主义，它会不断地给我们带来灾难。有时，与文书人员或后勤人员打交道，会给你带来沮丧。令人沮丧的是，我收到一封来自部队健康医疗计划部门的信。这个机构是军方保险的供给单位。它通知我，由于我存在"第三方事故"造成的伤害，所以他们被授权从我已收到的经费中扣除314美元，这封信要求我明确"第三方"是谁。

我的手术总计花费了大约100万美元，健康医疗计划部门是想从

第五部分 再造

中扣除我的部分经费吗?

我和艾丽卡在电脑前坐了下来,撰写并润色我们的回信。

主管先生:

根据海军特种作战的性质与参谋长联席会议和国防部长指导下的特种作战方针,我不能泄露那些应对我受伤直接负责的伊拉克基地组织成员的名字,因为这一信息是保密的。

事实上,那些导致我受伤的直接责任人正面临着艰难时刻,在我负伤后,我所在的部队会对他们执行多次歼灭任务,他们会被强大的火力撕成碎片。不过,这些似乎都不重要了,我和这些人战斗了长达5个月的时间。我想,他们可能没上保险。

我和基地组织仅有的联系点是一个叫本·拉登的人,他被认为是基地组织的头儿。如果你能联系上他,就有可能要回你们那不愿付出的314美元或者更多资金。当你联系上他的时候,你可以告诉他,有几千美国市民和军人正等着对他进行惩罚性打击。除此之外,如果你能把他的地址告诉美国政府,我们会感激不尽。你也许不知道,我们在过去的7年时间里,一直寻找着他。

两个月后,我们又收到了一封和之前一样的信件。很明显,他们没能找到本·拉登。本·拉登也未曾支付那314美元。

我每月仍要去一次芝加哥,不是做手术就是做术后检查。这种折磨拖垮了我和艾丽卡,这样的周折让人感到痛苦和沮丧。沃尔顿医生从我的右前臂取下皮肤做鼻子重塑手术后,我立即发生了感染。为了保留住组织,他们做了最大的努力,但还是失败了。

手术失败对我的打击非常大。我身上能够取皮的地方变得越来越少,但我没有其他任何选择。

30　登顶

芝加哥（2010 年春）

我的鼻子又感染了，且收到了瑞安·乔布的死讯。

当时，我独自一人在芝加哥，艾丽卡留在了家里。这次，她没和我同行，我的情绪非常低落。芝加哥的鼻子重塑手术看起来是成功的。回家后，手术部位变得疼痛且发红，并伴有液体流出。我以为自己再次感染了。因此，我回到芝加哥，让伯吉特医生给我做全面的检查。

他快速检查后告诉我，"回家吧，不用担心。"

回家后，我的肠鸣音非常严重。艾丽卡建议我打电话给沃尔顿医生。沃尔顿医生让我立即去他那里接受检查。我跳上了一辆车来到了他的办公室，在那儿，他擦拭了我的重塑部位。我有三处部位同时感染，包括葡萄球菌感染。它们已造成了严重损害，部分软骨已变得松软。沃尔顿医生将我直接送到了医院，正是在那里，我得到了有关瑞安·乔布的不幸的消息。

第二天，医生为我安排了一个手术。在接下来的 11 天里，我几乎不能下床。如果这次失败，我真不知道他们下次还能从我的哪个部位取皮肤和软骨了。

我的房间能俯视密西根湖，我盯着窗外湖畔的人们和木板小道上的跑步者。我发誓，总有一天我会完全康复，我也会成为小道上的跑步者。

为了实现这个目标，我将付出什么样的代价？

第五部分 再造

我感到心中有一丝凄凉,这驱使我想到了瑞安·乔布。我的战友本已顺利地做完了手术。手术后,护士错误地给了他注射了10倍剂量的吗啡。他在伊拉克失去了一只眼睛,他幸运地活了下来。经历了无数次手术后走上了康复的道路,结果却死于一名漫不经心的护士。经历了如此多的苦难,却以这样的方式离开人世,这真是残酷的宿命。这提醒着我,似乎每天都是上帝给我的一种赐予。所有的伤兵都在医生的手术刀下求生存,同样,他们也随时会经历风险。一个粗心的行为,也许就能将我们的生命瞬间夺去。在伊拉克,我们或许是生活在剃刀的边缘。在家里,我们的生死取决于医生的手术刀。

我并不是十分了解瑞安,我们偶尔会通过电话聊天,分享彼此的治疗经验。最重要的是,我佩服他乐观向上的精神。

2008年,他攀爬了雷尼尔山(Mount Rainier)。我听到这个消息时,惊呆了。在登山圈里,这座位于华盛顿州的海拔14000英尺(4627米)高度的火山被认为是整个北美最难登顶的高山之一。它有致命的裂隙,狭窄的岩脊和厚厚的冰层。这是你能找到的最高难度的攀登。平均每年,会有3名立志登顶者在雷尼尔山失去生命。瑞安在失去视力两年后,成功登上了峰顶。

他和凯莉正在准备女儿的诞生。瑞安已开始了新生活,找到了一条生活的新路。他果然是最棒的盲人。但现在,弹指一挥间,什么也没有了。

我看着春天午后的密西根湖。帆船在湖里行驶、人们在岸边玩耍,或在温暖的阳光中沐浴。我却只能躺在这里,思索着瑞安的命运何时会降落到我的头上。

两年半的时间,我大大小小做了30多台手术。偶尔也会遭遇小失败,我只能保持乐观的心态以激励自己继续坚强地生活下去。

谁能保证下一次感染不会扩散?葡萄球菌感染通常是致命的。我一直担心自己手术后鼻子的感染问题,如果出了问题如何解决?

如果我再不能看到自己的孩子怎么办?经过伊拉克的战火回到家

后，家人为我付出了太多，我生命的终止将会给他们带来什么？

我闭上眼，试着让自己放松下来。我想到了艾丽卡，她是我的精神支柱。如果没有她，我将永远不会走到这一步。

手术并未将我击败，但我的康复仍然缓慢。我又一次入院11天的时间，四号抗生素滴液在我的鼻子里流淌。我几乎不能活动，我的精神也接近崩溃边缘。令人安慰的是，一批来自芝加哥的消防队员和警官给我了精神鼓励——他们给我带来了电影和书；在我结束这一疗程后，他们带我去了当地酒吧娱乐。这让沃尔顿医生大为不满，但我并不抵触，我快被逼疯了。

这次住院保住了我重塑鼻子的主要部分。我需要非常多的软骨，沃尔顿医生决定从我的耳后采集。所需的皮肤只能从我受伤的左前臂植取，我已没有可取皮的地方了。

我和伯吉特医生产生了小争执，决定让沃尔顿医生独自完成我的治疗。又一次手术之后，在一个海军潜水员朋友的推荐下，我在诺福克海军造船厂（Norfolk Naval Shipyard）进行了辅助治疗。纯氧环境有助于确保我不发生术后感染。

辅助治疗取得了成功。到2010年的夏季，我们似乎已度过了最困难的时刻。在2010年接下来的几个月，我经历了大量的手术以塑造我的鼻子。2011年，一位海军整形医生帮助我完成了最后的手术。

总计经历了37次手术后，我在镜子中看到了全新的自己。4年时间，我的面容发生了很大改变，我不敢相信自己恢复得这般完好。我要感谢所有为我付出努力的医生，我的康复和全新的面容绝对是个奇迹。

我返回海豹突击队重回军旅生涯之前还需要最后一次手术，我需要一个医生为我解决左臂灵活性问题，即多弯曲几度的问题。我在全国范围内搜寻合适的医生。我联系过很多骨科专家，最初，他们都乐于为我提供帮助。但与之前一样，在他们看了我的X光片后都委婉拒

第五部分 再造

绝了我。

最后，我在佛罗里达找到了一位专为运动员做手术的医生。他看了我的 X 光片后说道："我能将你的手臂恢复到作战状态所需的能力。"我继续求助于其他专家对这件事情的看法，希望求证佛罗里达医生能为我提供帮助的可能性。最终，我来到了杜克大学一位骨科医生的办公室，他是全美国最好的肘部专家之一。他复查了我的病例，听了我对佛罗里达医生说法的转述，即通过一次手术解决问题。

"杰森，请允许我告诉你实情。如果你是我的孩子，我不会建议你进行他说的手术。你现在的情况已是当下最好的结果。如果你继续坚持手术，你也许会失去现在能达到的活动范围，还存在较大概率患上终身的慢性疼痛。"

我在回家的路上沉默不语，我权衡着自己是否有必要再赌一次。在快下高速前往弗吉尼亚海滩的时刻，我做了一个决定——再冒险已没有必要，作为战士的岁月已结束了。

我虽然不相信这种情况的发生，但事实确实发生了。一路上的我非常迷茫。接下来，我做什么？怎么养家？没有答案！但我知道一件事——我会像瑞安·乔布那样生活，永远保持乐观的心态。

2010 年夏，我接受了来自爱国者营地（Camp Patriot）的邀请，这是一个出色的非营利组织。爱国者营地组织伤兵进行户外探险。他们曾带着瑞安·乔布登上了雷尼尔山，他们给我也发出了邀请以纪念逝者。那时，我刚做完一次手术，也是我最接近以前身体状态的时刻。可我心里并没底，我想着，瑞安瞎着眼能做到的事情我也一定能做到。

我吻别了艾丽卡和孩子们，向西飞去与登山队伍会合。队伍里全是像我一样的伤兵，大家聚集起来向我们失去的兄弟以及他们那不屈不挠的精神致敬。凯文·艾弗里（Kevin Ivory）曾是一名海军陆战队的医护兵，他被一个简易爆炸装置炸伤。虽然自己的腿和膝盖负了伤，但他仍救援了一名陆战队的战友。在这一过程中，他因失血过多而昏厥。布莱恩特·塞缪尔（Samuel Bryant）曾是一名海豹突击队的队员，他在伊拉克被手榴弹的弹片击中了头部。他不得不重新学习说话，这花费了他长达一年的时间。迈克尔斯·戴夫（Dave Michaels），也是前海豹突击队队员，他身受27处枪伤并坚持到了医护直升机的到来。与他们一起登山，令我感到无比荣幸。

戴夫性格爽朗且精力充沛。在这次登山前的一次电视采访中，一位记者问我是怎么加入这个组织的。当时的戴夫正在镜头外几步远的地方，他迅速冲到镜头前，脱口而出，"因为他和我们一样，喜欢打斗！"其他人都大笑起来，记者则显得彷徨。

我们开始了登山活动，我们将穿过雪地前往大本营。按预定速度，我们需要一天时间才能抵达那里。这次的登程并不轻松，到达大本营的驻地后，登山的难度也将逐渐增大。在这之前，我在华盛顿时患上了少许感冒。这次的运动使得我的感冒变得更为严重，并引发了支气管炎。

当夜幕降临时，我们抵达了大本营，这里将作为我们最后登顶的出发地。我们停下休息时，户外风景非常美丽。我们站在云层之上，喀斯喀特山脉（Cascade Mountains）纵贯南北，所有山峰似乎都在我们的脚下。太阳正从西边的地平线上落下，它发出了深红色的光芒。

我们抵达大本营时，我累坏了。在帐篷里，我一坐下就进入了梦乡。第二天，我们仍留在营地为接下来的艰苦的登山旅程做准备。我们已经在11000英尺（3352米）的海拔高度了，距离山顶还有3000英尺（914米）的海拔高度。我的气管炎不争气地发作起来，我不住地咳嗽。快到中午时，我吐出了稠稠的血块。

一些领队问我，你还能继续吗？我告诉他们，自己没有问题。我不会放弃，也不会令瑞安失望。我曾接受过许多挑战，新兵训练营、

第五部分 再造

水下爆破训练、超越自我的不成熟、游骑兵学校、战争中负伤，我一定要战胜这次的登顶。

午夜时分，我们大部队的行动开始了。

我们用绳子将大家连接在一起，向前进发，用头灯照亮前方的道路。我们选择了回心岭（Disappointment Cleaver）的方向向山顶攀登。前方的路是我见过的最崎岖的山路。我们爬上了山坡，在峡谷间行进。山路上覆盖着一层易碎的薄冰，还有很多裂隙，其垂直高度达到了几千英尺。我想到瑞安曾在失明的状态下登顶，心中不禁再次泛起对他的敬佩之情。

在这一海拔高度，氧气变得稀薄。缺氧会使你感到疲惫，让运动变为负担。运动过量甚至会因缺氧而造成昏厥。

我希望自己能像曾经那样坚强，就像参加作战时那样。生命不会总以我们计划的那样运行，当你遇到拦路虎时，只有坚强能让你奋进。

雪更厚了，路面的冰光滑且危险。我们谨慎地行走在山间，每一步都很小心。

黎明来临，清晨的太阳使山顶显露出来，雪在新的一天的阳光中闪烁着。

我蹒跚而行，头昏眼花且疲惫不堪。最终，我们到达了山顶。庆祝对我来说是短暂的。我躺在雪地里，用尽自己最后的一点力气从我的背包里取出了海豹突击队的旗帜。我将旗帜铺开，我、戴夫和山姆将旗帜撑起，拍照纪念。

大自然的壮丽在这里一望无垠，但我早已失去了欣赏风景的力气。我坐着将旗帜叠了起来，拿出了我的三叉戟徽章。拿出它，是为了纪念我的朋友瑞安。

我一定会将徽章送到瑞安女儿的手上，告诉她，她的父亲是多么的勇敢。今生，她也许无法见到自己的父亲，因为他的母亲凯莉怀上她时，瑞安就去世了。但我会将她父亲的英雄事迹告诉她。

我拿着三叉戟徽章，这枚金色的徽章曾驱使着我的生活。我关注它，渴望得到它，且被它深深地迷住。我曾经几乎快失去它，但我又通过自己的努力重新夺了回来。直到那时，我才明白它所代表的真正意义。它承载着斗士的精神，也承载着我朋友瑞安乔布、亚当·布朗、麦克格里维、凯文·休斯顿，和9·11事件后79名为自由和博爱做出牺牲的人们。

闪灯刮起了大风，在我们四周呼啸。同伴们都欣赏着这雄伟的景色。我闭上眼寻思，为什么上帝让我幸存下来？我知道，我终将找到一条通向未来的路，我会永远怀念我的那些没能回家的兄弟。

我不知道未来的路在哪儿，但我知道瑞安为我们奠定了一种新的生活。

在14000英尺（4627米）的高度，这是我攀爬到的离上帝最近的地方，我渐渐睡着了。很快，我的战友将我唤醒，我们即将下山结束这次登顶征程。我将三叉戟徽章放回背包里。

未来的路也许充满了无数未知，唯一可以确定的是——回家的路。

尾 声
The end

弗吉尼亚海滩（2013 年春）

我躺在艾丽卡的身边，这是我们在郊外的一处房子的卧室，我在黑暗中瞪大了眼睛。床头柜上的钟表时间指向了 4:30。艾丽卡紧紧地靠着我，这为我的困难时刻带来了一种舒服的感觉。我用手臂温柔地搂着她的肩膀，她沉浸在睡梦之中。

如果我从伊拉克回来时，没有她的等待，今天的我应该是什么样的命运？如果我躺在贝塞斯达的病床上时，她带来了离婚协议书，我还能从严峻的考验中存活下来吗？没有艾丽卡，就没有今天的新生活。没有艾丽卡，我只是一个被运送回国的战争幸存者，并在回国后死于伤病。

我长达几个小时地沉思着，难以入睡。我想忘却的事情却在大脑中不断地重演——子弹从我的身旁呼啸而过；接近死亡的敌人发出痛苦的惨叫。有时，我会因为敌人的最后遗言而体会到复仇快感；有时，我也会因为人性的驱使为战争而感到痛，如此多的年轻人因战争而亡。

战争的创伤是隐形的。每个曾参加过战争的士兵都会将它们从战场上带回自己的家里。伊拉克和阿富汗将成为长远的记忆留存于心。

我是个幸运者。恶魔通常会选在晚上侵袭我，在夜晚最黑暗的时刻作祟。但家庭的爱给了我巨大的力量，将它们驱出并使我振作。

每一天，我都能发现，自己可以从孩子身上学到许多新东西。我看着他们成长直至成功。在他们成功时我为他们庆祝；在他们受到挫败时我为他们耐心劝导。引导他们走上正确的道路具有重要意义。几年前，我的周末都用于踹开大门，击倒坏蛋。现在，我时常去的地方是橄榄球场，去那里为我的孩子们加油。我为孩子们拍照，以方便此后能重温并分享孩子们的进球时刻。

我需要睡觉了，今天将会是忙碌的一天，我将参加"伤服"组织的一项活动——目标飞跃。

如果没有"伤服"组织，战胜心中的恶魔将是困难的。我已参加过50多名海豹突击队队友的葬礼。我认识他们中的很多人，其中很多都是我的朋友。

曾经，我在机场所受的注视让我感到愤怒，这也是像我这样的伤兵的共有经历。"伤服"组织由此而生，并发展为一个重要的机构，这多亏了艾丽卡为我们提供的持续的创造性帮助。最初，我们只是为负伤的战友分发印有字样的T恤。后来，我们将"伤服"组织建成了一个全国范围的专业的非营利组织。我们的使命是——帮助伤兵、帮助伤兵的家人和阵亡士兵的家人。我们通过分发服装和组织活动，帮助他们重新焕发埋藏于心中的英雄气概。我们的目标是将他们为国家做出的贡献、为国家履行的服务和自身经历的战争体验传播开来，让大众对这些难以置信的儿女产生尊重和敬意。同时，我们希望告诉伤兵——伤病不能控制他们的生活，他们才是自己生活的主人。

泰勒·萨瑟恩（Tyler Southern）是"伤服"组织的第一批成员之一，也是这种精神的最好代表。虽然他在阿富汗被夺去了双腿、一只胳膊和两个手指，但是他的幽默和不屈服的性格激励了他身边的每一个人。他无时无刻不在拥抱生活，在他的字典里只有"全速前进"这个词。在我们相识的几年时间，我从未见过他因伤残而悲伤。他每天都在拼搏且充满了幽默感。

尾 声

几个月前,我们曾在一个音乐厅碰上了几个醉汉,他们绊到了泰勒的假肢。由于力量大且突然,泰勒被撞翻在地。当他摔倒时,他的假肢打到了醉汉的脸上,自己也重重地摔在地上。泰勒摔得很重,我感觉他一定受伤了。事实是,他翻滚起来,将假肢重新安上后又站了起来。他唯一说的事情是,掌掴那个白痴的脸真是太棒了。

他的妻子艾希莉(Ashley)几乎随时都陪伴着他,他们的故事也不断影响着周围的人们。他们相识于高中时代,泰勒隐藏着对她的爱。当他从阿富汗回国时,他躺在贝塞斯达医院的病床上收到了艾希莉给他写的一封感情真挚的信。信中说自己听到泰勒战争的经历和重伤的消息后,深受打击。接下来的几天时间,泰勒让他的母亲重复地读着那封信。泰勒回家后,与艾希莉建立了感情,并在一年后结婚开始了自己的新生活。

泰勒曾告诉我,艾希莉怀上了他的孩子。我从他的言语中感受到了他的兴奋,我也为他兴奋起来。对泰勒·萨瑟恩来说,无论男孩还是女孩都将为他们的生活带来震惊。

10分钟过去了。我溜下了床,留心着别弄醒艾丽卡。经过5年时间的手术和恢复,我在身体已在很大程度上获得了恢复。

迈克尔·施利茨(Michael Schlitz)是美国陆军突击队的士兵,我是通过"伤服"组织认识他的。今天,他要和我们一起完成跳伞任务(目标飞跃)。迈克尔曾在伊拉克战争时期炸毁了胳膊,身体也遭到了大面积烧伤。

今天,他将向我们的数千名来宾展示,战胜生活的不屈意志,他将从一架飞机上完成跳伞动作。

我一边想着他,一边费力地穿上"伤服"组织生产的运动短裤。我的左臂和肘部的关节传来一阵阵的疼痛。寒冷的晚风通常会加剧我的疼痛。我知道,我永远无法再和以前相比。当子弹打中我时,它们永远地改变了我的身体机能。但正如泰勒和迈克尔展示的那样,这绝不会成为阻止我们迈向新生活的障碍。伤兵也同样能追求并获得美好的新生活。

我站在房门的旁边看着艾丽卡，她的睡姿显得那么安详。我惊诧于她在熟睡时也那般魅力四射。当我在贝塞斯达失去鼻子，全身插满管子的时候，试问有几个女人会亲吻我？

我们将一同渡过难关，亲爱的。

只有她——艾丽卡。

忠诚的宣言并不可靠，这些宣言如果得不到实践都是空谈。我和艾丽卡从未过多谈及我们的爱情或者关系，但我们彼此都能感受到对方的爱和承诺。我们一起战胜困难，穿越火线，结成了爱情的牢固纽带。

在走廊上，我快速走过了孩子们的房间。他们的房门开着，黑暗中，我能听到他们那柔软的呼吸声。这声音使我露出了微笑，我感到夜晚的魔鬼退却了。几年前，我从未注意到这些细节。现在，我非常感恩。

我走下楼，来到前屋。我总是在那儿穿鞋，一边系鞋带一边抬头向上瞥，看到了挂在门闩后面的木质三叉戟徽章。

这是几年前，在我和艾丽卡结婚后她送我的礼物。2英寸（5厘米）宽的大小，材质是多油的黑色南美木，手工雕刻而成。几个月后，我就将从海军退役，我为自己的国家服役了20年。当我看着这个三叉戟时，我想，这枚徽章和它所代表的意义随着我的成长也不断发生着改变。

孩童时期，我把它看作凶残和冒险的标志、英勇的美国人战斗的标志，只有历史上最优秀的战士才能佩戴。今天，我把它看作不同寻常的物体。我仍然相信，它代表了美国，代表了我们最优秀的战士，但我不再将它看作凶残和冒险的标志。我将它看作保护者，在有需要的时候，时刻准备着保护我们的人民和我们的生存方式。

此外，现在的我再看三叉戟徽章时会感生出一种莫名的悲伤。在我青年时代，我只想着如何得到它并将其佩戴在自己胸口。现在，我已目睹了几十名队友的棺材，我相信，它还代表着一种极大的责任。

如果你够细心，一定会发现：任何美国官方徽章上带有"美国鹰"图案的，徽章里的鹰都会高昂着自己的头。唯独美国海军海豹突击队

尾 声

的三叉戟徽章中的鹰是低头的。最初,我不能理解其蕴藏着的含义。现在,我完全理解了。

三叉戟对我来说,代表着牺牲。

我开始了晨跑,穿过邻近的静静的街道。几个月后,我将退出海军,这将是我成人以来首次成为普通市民。我知道,我会怀念海军特种作战。我知道,我难以割舍兄弟情。

但我必须迎接新的生活,开始新的计划。"伤服"组织的发展就是我新计划的一部分,我已经开始在全国范围内巡讲宣传了,传递自己曾经犯下的错误以及自己总结的经验教训——关于领导的、交流的、团体协作和克服困难的教训。未来的几年,我将把我的经验作为警示故事来宣讲。我希望可以为年轻人分享这些教训。

除此之外,在未来的几年,我要尽其所能地向我们的国家展示美国梦。我们这些老兵一直相信这点,守护着这一理想,为这一理想所代表的意义献出生命。我们只希望同胞们能倾听我们的经历,认知我们所做出的牺牲。努力工作、坚定意志、战胜困难——它们才是成功的关键。只要拥有这些品质,你就能在美利坚合众国实现成功。

我们的牺牲值吗?我们的美国同胞能认识到,我们的牺牲是为了他们能和平且自由地生活吗?

在未来的几年,我要尽可能多地为我们的伤兵和牺牲的战士向大众传播信息。

太阳在美国的东海岸渐渐升起。我知道,无论黑夜多么长、多么黑暗,太阳总会从东方升起。明天一定会到来,即便这个明天不是你期望中的样子。你能做的,就是做好一切准备迎接它的到来。

你也许无法改变自己的过去,但你能掌握自己的未来,只要你愿意……

超越

如果你愿意尝试且永不退缩，生活中没有什么是不能超越的。

卓越地活着

鼓励你身边的人努力攀登，勇于完成跳伞任务，永远不要错过生活中出现的任何机遇。

深深地爱

家人的爱是你的唯一，时刻用爱回报自己的家人。

保持谦卑

骄傲会将你摧毁，甚至超越了战争给人类带来的毁灭。

领导力

真正的领导力可以展现于生活中的任何地方，绝非战场独有。

遵循这些原则，退伍时，你可以放心离开去迎接新的世界。

没有后悔，兄弟的友谊万岁！

——杰森·雷德曼

致 谢
Thanks

杰森·雷德曼：

如果缺少了朋友、家人和同事的支持，本书将不会被出版。

我要感谢我的妻子和我最好的朋友，艾丽卡。面对生活抛给我们的每个难题，你总会无条件地选择站在我的身边。我的故事也是你的故事，正是你的鼓励我才有勇气将它书写出来。

我要感谢我非凡的孩子们：小男子汉菲尼克斯，我的天使安杰利卡，我的公主麦肯齐，你们的爱将我带回了家，使我度过了人生中最黑暗的时刻。我希望本书能让你们知道，我多么地爱你们，我多么地高兴上帝赐予我了二次机会可以看见你们健康地成长。

我要感谢我的父亲，罗杰·雷德曼。感谢你告诉我海豹突击队的故事，并在热爱祖国和部队服役方面以身作则。感谢你教会了我怎样成为一个正直的人。在我走弯路时，总有你这个正直的人为我做表率。感谢你把我带上了人间正道。

我要感谢我的母亲，科莱特·雷德曼。感谢你一直支持我和我的理想。即便你知道你儿子将从事一项有危险的职业，也从未打击过我的英雄梦。

我想要感谢我的继母，贝特西·雷德曼。感谢你帮助抚养了我，在我不听管教的青年时代，容忍了我那些幼稚的行为。从农场长大的你教会了我如何努力地工作以及劳动会带来的益处。

我想要感谢我的兄弟姐妹，塞尔比、大卫、芮妮。塞尔比和大卫在我之后也成为了战士，我对你们能继承家庭的传统感到自豪。感谢芮妮一直以来对我的支持和关心，她一直通过电话了解我的情况。

我要感谢我最好的战友，格雷姆林。你是忠诚和真正友谊的代表，你从来不以我的错误来评判我，在我成功时告诫我不能太膨胀。本书中虽未提及到你，但你依然是我最好的战友。

我要感谢我的另外两个好友，牛脖人（Bison neck man）和斗牛士。他们是我在海豹突击队的同伴，我们一起犯错误，一起学着如何成为领导。你们在我最艰难的时刻一直支持着我，我对你们的忠诚和奉献表示感谢。我期待着，在不久的将来，你们都能成为优秀的指挥官。

我要感谢那些帮助我成为海豹突击队队员的人，史葛·瑞奇（Ricky Scott）、亨利·霍恩（Henry Horne）。瑞奇热衷于特种作战的方向且愿意为我分享他知道的一切。亨利不知道现在是否还在征兵办公室，如果不是当初你表现出的对我的不信任，我也许不会成为今天这样的海豹突击队队员。

我和艾丽卡要永远感谢以下的各位。你们在我负伤后帮忙照顾了孩子们，对我们家庭的帮助是巨大的。艾丽卡的母亲戴比（Debbie），会定期来弗吉尼亚海滩帮我们照顾孩子。我的母亲科莱特和艾丽卡的爸爸克雷格（Craig）一直照顾着孩子和艾丽卡的动物园。还有我最亲爱的姑妈帕蒂（Patty）和堂妹萨拉（Sara），她们在我的整个恢复阶段一直为我和艾丽卡提供着支持，直到今天。

我要感谢海豹突击队中的每一个人，我很荣幸能和你们并肩作战。感谢彼得森队长，你是我有幸共事过的最伟大的长官。

我要感谢1队队长：普林斯。感谢你在知道我的阿富汗经历后仍然给了我一次机会。你是伟大的导师、领导者和朋友。感谢阿尔赫帕特、阿尔和1队的所有成员。感谢你们给了我第二次机会。你们是我整个

致 谢

职业生涯中共事过的最伟大的任务单位。我能和你们一起生活、训练、战斗，我感到无比荣幸。

我要感谢乔治·沃尔什长官。感谢你给了我第二次机会，并选择信任我。

我要感谢我整个职业生涯中共事过的全体美国海军和海豹突击队成员——作战人员、海军学院的橄榄球手、狙击手和步兵。

我想要对提供大量医疗护理的部门表达深深的谢意，它们是贝塞斯达国家海军医疗中心，海豹突击队医疗与康复部，巴尔的摩休克和创伤中心，约翰霍普金斯大学医院和圣约瑟夫医院。我要特别感谢所有的医生、护士、看护兵、治疗师和其他工作人员。他们为我实施了漫长的治疗过程，使残破的我重新走回了生活。单独感谢：丹·瓦莱克医生、托马斯·格温医生、托马斯·海因斯医生、沃尔顿·罗伯特医生、爱德华多·罗德里格兹医生、安迪·伊戈尔塞德医生、布兰迪·爱普森（Brandi Epperson）护士、朱莉·泽尔曼（Julie Zelman）护士、安娜·卡尔罗威兹特（Anna Karlowizit）护士、雷德曼·杰森斯托·巴森（Crystal Bathon）护士。

医疗团队中我最后要感谢的是司徒·本德（Stu Bender）。感谢你将我带回原形。

我要感谢我的员工和所有的志愿者，以及甘于奉献的那些爱国的美国人。他们支持"伤服"组织，给了我生命中一个新的使命。我特别要感谢那些一开始就在这里的人：乔（Joe）、丹尼塔·雅各伯（Danita Jacob）、保罗·埃肯尼亚克（Paul Ekoniak）、吉米（Jimmy）。感谢你们帮助我实现了我的使命。

我要感谢我的代理人吉姆·霍恩菲舍尔（Jim Hornfischer）。你信任我那无足轻重的故事，帮助我在未知的水域航行。

我要感谢大卫·海菲尔（David Highfill）和威廉·摩罗（William Morrow）出版公司卓越的员工们。感谢你们为我的书稿润色并顺利出版。

最后，我要感谢才华横溢的约翰·布鲁宁（John Bruning），他是我书稿的协作者。写作时，你一直分担着最困难的任务。

约翰·布鲁宁：

杰森和艾丽卡，你们给了我很大的启发，我很难用语言表达你们的故事是怎样改变了我的生活。我们第一次见面时，当我听说艾丽卡在贝塞斯达医院的病床上见到你的反应时，我就知道我愿意为你们的生活和经历发出声音。我们的第一次交谈就对我的影响很大。它照亮了这本书的精髓：它首先是一个爱情故事。我知道你和艾丽卡的真爱是这个世界的稀缺品。你的故事充满奉献和启发，绝非宣扬暴力和仇恨。正因如此，我才愿意和你们一起将这个故事书写下来。感谢你让我加入了这个旅程。

感谢海菲尔，你的经验、指导、耐心和支持在过去的几个月里对我非常重要。和你一起工作是极大的快乐，是我职业生涯中的闪光时刻之一。我期待着我们以后能在纽约面对面地会见。我对你为我和我的家人所做的一切表示感激。

威廉姆斯·杰西卡（Jessica Williams）和摩罗出版公司小组的其他成员，你们都是无与伦比、乐于奉献的专业人士，和你们的合作总是令人感到愉快。

感谢詹尼弗（Jennifer），在我过去24个月的全身心的疯狂写作时，你总是独自肩负起了更多的家庭责任。感谢你给了我自由和空间，在你的支持下，我才可以集中精力完成写作。这种后勤保障是非常关键的。感谢你所做的一切。

在写这本书的时候，我的女儿芮妮在俄勒冈卫生科学大学（Oregon Health Science University）做了神经外科手术，切除脑部的一个囊肿。杰森送给了芮妮一张自己曾贴在房门上的励志话语，还有一些照片和鼓舞士气的商品。由于杰森的友善和体贴，芮妮对《海报三叉戟》的写作过程产生了持久的兴趣。很多次，芮妮和我以及我的儿子埃迪

致 谢

（Eddie）同坐阅读我新写的篇章。埃迪和芮妮，你们是我疯狂工作的动力。在过去的 18 个月，感谢你们带给我的全部的爱、支持、奉献和鼓舞。

埃迪，我希望几个月后能和你再进行一次加利福尼亚的公路旅行。

感谢杰夫·普尔曼（Jeff Pullman），我欠你一声谢谢。当我需要远离尘世的纷扰时，我总会撤进你的小屋，独自关注着每一个字，每一页纸。虽然我在很多地方撰写《海豹三叉戟》，但你的住所是最清静之地。感谢你允许我使用这么漂亮的避难所。

感谢吉姆霍恩菲舍尔，我的代理人。感谢你把我介绍给了杰森。你总能把我介绍给不同凡响的人。因为有你的存在，我才有可能做我最想做的事情。有一天，芮妮找到我说："你知道吗？有个当作家的父亲，是一件多么酷的事情。"没有你的存在，也许这一幕将永不会发生。感谢你在过去 7 年里改变了我的生命轨迹，我将永远铭记。